Faire de l'a

Owen Johnson

Writat

Cette édition parue en 2023

ISBN : 9789359255569

Publié par
Writat
email : info@writat.com

Contenu

CHAPITRE I

L'ARRIVÉE

Vers la fin d'un agréable après-midi de septembre, dans l'une des années où le gros bâton du président Roosevelt cognait les épaules des malfaiteurs très riches, les masses fiévreuses confinées chez elles qui affluaient dans le haut de la Cinquième Avenue avec le réveil de la nuit électrique ont été accueillis par le plus étrange de tous les spectacles qui peuvent étonner une foule métropolitaine harcelée par le vacarme des sons, l'agitation et la fureur de la lutte quotidienne qu'est la tyrannie de New York. Un très jeune homme, aux membres bien dessinés et au visage enfantin, absolument tranquille au milieu de la presse, sans aucune trace de préoccupation, d'inquiétude ou de concentration mentale douloureuse, se balançait facilement sur l'avenue comme s'il marchait parmi des champs verts, la tête haute. , les épaules carrées comme un grenadier, insouciant, si visiblement ravi de la nouveauté des foules gaies, des immeubles imposants ornés de guirlandes électriques, des vitrines théâtrales, que plus d'un, apercevant cet enthousiasme ouvert, souriait d'un air tolérant. amusement.

Or, lorsqu'un jeune homme apparaît ainsi sur la Cinquième Avenue, sans motivation, sans préoccupation, sans une contraction des sourcils et surtout sans ce regard métropolitain tendu qui essaie de décider quelque chose d'important, soit il se rend à la gare avec des vacances convoitées. en avance ou s'il est en ville depuis moins de vingt-quatre heures. Dans le cas présent, cette dernière hypothèse était vraie.

Tom Beauchamp Crocker, familièrement connu sous le nom de Bojo, avait envoyé ses bagages en avant, désireux de profiter des délices dont on jouit à vingt-quatre ans, où le long apprentissage de l'école et du collège est terminé et où la ville attend avec tout le mystère de cette domination inexplorée. -Le monde. Il avançait à grands pas, souriant du pur plaisir d'être en vie, émerveillé par tout : par le flot enchevêtré des nations qui coulait devant lui ; au nombre prodigieux d'yeux envoûtants qui le regardaient sous des bords provoquants ; aux volées de fenêtres flamboyantes, masquant les faibles étoiles ; à la vigueur et à la vitalité sur les trottoirs ; aux lumières inondées des vitrines étincelantes ; au cortège roulant des richesses incalculables sur l'Avenue.

Partout c'était le retour des foules, la fin du chaud isolement de l'été, la réouverture des théâtres dorés, la cohue des hôtels et l'étalage des devantures radieuses, préparant la campagne de l'hiver. Dans le tumulte de l'avenue résonnait la note du retour à la maison, dans des taxis et des coupés remplis de bagages et d'enfants au visage brun accrochés aux fenêtres, acclamant des repères familiers avec des cris sifflants. Les commerçants et tout le monde du petit commerce, tout le monde qui doit se préparer à nourrir, habiller et divertir la métropole hivernale, affluaient.

Et au milieu de ce réveil fiévreux du luxe et du plaisir, on sentait à chaque instant une nouvelle génération de jeunes hommes envahissant toutes les avenues avec une imagination débordante, désireux de percer les multitudes et de devenir maîtres. Bojo lui-même n'avait pas fait trois pâtés de maisons avant de ressentir ce besoin impérieux d'un rêve stimulant, d'une carrière à imiter – un maître de l'industrie ou un maître des hommes – et, sublimement confiant, il imaginait qu'un jour, pas trop lointain, il prendrait sa place dans la luxueuse volée d'automobiles, un personnage, un futur Morgan ou un futur Roosevelt, pour être immédiatement reconnu, pour entendre son nom sur mille lèvres, sans jamais douter que la vie n'était qu'un jeu plus grand que les jeux qu'il avait. avait joué, régi par le même esprit de fair-play avec le prix ultime décerné au meilleur homme.

Dans la foule, il aperçut une silhouette familière, un camarade de classe au-dessus de lui, et il l'acclama avec enthousiasme comme si la chose la plus étonnante et la plus délicieuse au monde était de sortir de l'université de la Cinquième Avenue et de rencontrer un ami.

"Foster ! Bonjour !"

A ce salut, le jeune homme s'arrêta, tendit la main et dit d'un ton sérieux : "Pourquoi, Bojo, comment vas-tu ? Comment ça va ? Tu gagnes beaucoup d'argent ?"

"Je viens d'arriver", a déclaré Crocker, quelque peu déconcerté.

"C'est vrai ? Tu as l'air bien. Je suis vraiment pressé – appelle-moi au club un jour. Bonne chance."

Il partit à pas déterminés, perdu dans la foule rapide et nerveuse avant que Crocker, avec un sentiment de camaraderie contrarié, ne puisse se ressaisir. Un peu plus tard, une autre connaissance répondit à son salut, hésita et lui tendit la main.

"Bonjour, Bojo, comment ça va ? Tu as l'air prospère ; tu gagnes beaucoup d'argent, je suppose. Je suis content de t'avoir vu si longtemps."

Pour la seconde fois, il éprouva un sentiment de déception. Tout le monde semblait pressé, opprimé par les cent détails qui s'entassaient dans cette journée trop courte. Il prend conscience de cette précipitation dans les airs et dans la rue. Dans ce monde régi par la vitesse, même les grands vols de pierre semblaient s'être levés au fil des heures. Des panneaux électriques éblouissants clignotaient, se transformant en combinaisons ahurissantes avec la nécessité de surprendre cette ville gorgée de merveilles et de la reconnaître en un instant. L'électricité était dans l'air vibrant, dans les foules pressées, dans le besoin nerveux de la foule de s'exciter après une corvée, de sortir, d'être vu dans des restaurants brillants, d'accompagner les foules pressées, liés à une tension plus élevée, avides de lumières et bruits de vrombissement.

Insensiblement, il sentait le stimulus autour de lui, sa propre démarche s'adaptait à la précipitation de ceux qui se bousculaient devant lui. Il commença à guetter les ouvertures, à s'élancer en avant, à se faufiler à travers tel ou tel groupe, se faufilant comme s'il y avait quelque chose de précieux devant lui, un objectif à gagner pour le premier arrivé. Tout à coup, il comprit à quel point il s'était inconsciemment cédé à l'esprit subtil de discorde qui l'entourait, et se releva en riant. A ce moment, un bras passa sous le sien et il se tourna pour trouver un camarade de classe, Bob Crowley, à ses côtés.

« Où est-ce si vite ?

"Je viens d'arriver. Je pars pour les fouilles."

"Fred DeLancy demande de vos nouvelles depuis une semaine. J'ai vu Marsh et la vieille Granny hier. Les Big Four sont toujours ensemble ?

"Oui, nous allons rester ensemble. Comment vas-tu ?"

"Oh, couci-couça."

"Faire de l'argent?"

La salutation vint comme un tour à ses lèvres avant qu'il ne remarque l'adoption. Crowley avait l'air plutôt content.

"Merci, j'ai une très bonne chose. Si vous avez de la petite monnaie, je peux vous mettre en place. Entrez dans le club un instant. Vous verrez beaucoup de monde."

Au club, un immense hôtel rempli de jeunes hommes d'affaires qui entraient et sortaient en courant, remplissant le grill avec des chapeaux et des manteaux, un œil sur l'horloge, Bojo était acclamé avec cet enthousiasme exalté de campus qui accueille un héros de retour. L'hommage lui plaisait, après le voyage à travers la multitude indifférente. C'était quelque chose de revenir, même comme une grenouille de taille moyenne, dans la petite flaque d'eau. Il déambulait de groupe en groupe, installé autour des tables rondes le temps d'un instant instantané avant l'appel de la soirée. La vitalité de ces groupes, le conflit des sons dans la salle basse le déconcertaient. Les spéculations étaient dans l'air. L'âge d'or de la finance américaine atteignait son apogée. D'immenses sociétés se formaient du jour au lendemain et les stocks augmentaient de façon exponentielle. Toutes les discussions dans les coins portaient sur cette astuce et cela tandis que dans le fouillis des phrases staccato frappaient son oreille.

"C'est sûr, Joe, je vais te dire où je l'ai eu."

"Ils disent que Harris en a nettoyé deux mille la semaine dernière."

"La fusion est vouée à se réaliser."

« Je suis dans le secteur des obligations maintenant ; laissez-moi vous parler. »

"Encore deux ans à la faculté de droit, pire chance."

"Au P. et S."

« On dit que la foule de Chicago a gagné quinze millions en hausse… »

"J'ai croisé Bozer la semaine dernière."

"Bonjour, Bill, vieux scout, on me dit que tu gagnes de l'argent si vite—"

On ne parlait que d'affaires et d'opportunités, parmi ces diplômés d'un an ou deux, impatients et agités, tous impatients, tous confiants d'arriver, tous guettant avec une acuité de vautour une opportunité de tuer : un stock qui était voué à disparaître. tirer vers le haut ou tomber. Chacun semblait gagner de l'argent ou être certain de le faire bientôt, sûr de son opinion, pronostiquant avec une maîtrise sûre l'évolution de l'industrie. Bojo était plutôt abasourdi par cette ferveur académique pour la réussite matérielle ; cela lui donnait le sentiment que le monde n'était après tout qu'un cours de troisième cycle. Il avait quitté un groupe, avec un début d'amusement critique, lorsqu'une main le fit pivoter et il entendit une voix connue crier :

"Bojo, vieux pêcheur, tu rentres directement à la maison !"

C'était Roscoe Marsh, copain de copains, plutôt léger, négligemment habillé parmi ces jeunes hommes d'une élégance assez précise, mais les dominant tous par le choc d'une personnalité agressive qui se démarquait de leurs types fabriqués. Tout comme la plupart des hommes sont enclins aux modes de conduite, de philosophie et de politique du moment, il existe certaines individualités constituées par nature pour s'opposer instinctivement. Marsh, se trouvant dans une société complaisante, devint un formidable radical, peut-être plus par nécessité de sensations dramatiques inhérentes à sa nature brillante que par conviction profonde. Ses traits étaient irréguliers, le nez puissant et aquilin, les sourcils arqués avec une suggestion d'éloquence et d'imagination, les yeux gris et dominateurs, la bouche large et expressive de chaque pensée changeante, tandis que les oreilles saillantes de la tête mince et courbée complétaient un accent de bizarrerie et d'obstination qu'il avait lui-même caractérisé avec bonne humeur lorsqu'il se décrivait comme un veau poétique. Roscoe Marsh, le père – rédacteur, homme politique et capitaliste, une des figures de la dernière génération – était décédé, lui laissant une fortune.

"Pourquoi diable perdez-vous du temps dans cette collection d'estampes de mode et de messagers ?" dit Marsh une fois les salutations terminées. "Sortez dans les airs où nous pourrons parler de bon sens. Quand es-tu venu ?"

"Il y a une heure."

"Fred et Granny ont été ici tout l'été. Tu es un chéri choyé, Bojo, pour prendre un été. Qu'est-ce que c'était : un intérêt cardiaque ?"

"Ne me posez pas de questions, je ne vous mentirai pas", a déclaré Bojo avec un demi-rire et un tourbillon de sa canne. "Par George, Roscy, c'est bon d'être ici !"

"Nous allons vous mettre au travail."

"Qui pourrait s'en empêcher ? Dis-je, est-ce que tout le monde gagne de l'argent ici ? Je n'ai rien entendu d'autre depuis mon arrivée."

"Sur le papier, oui, mais vous ne gagnez pas d'argent tant que vous ne l'entendez pas, comme beaucoup le découvriront", a déclaré Marsh en riant. "Cependant, cet endroit est un véritable camp minier, tout le monde spécule. Je dis, qu'est-ce que tu vas faire ?"

"Oh, je vais aussi à Wall Street, je suppose. J'ai passé un mois avec Dan Drake."

"-Et fille."

"Et mes filles", dit Bojo en souriant. "Je pense que j'aurai une bonne ouverture là-bas, après avoir appris les ficelles du métier, bien sûr."

"Drake, hein", dit Marsh d'un ton réfléchi, désignant l'un des manipulateurs les plus audacieux de l'époque. "Eh bien, vous devriez en tirer beaucoup d'enthousiasme. Inutile de vous tenter avec un travail dans un journal, alors. Mais qu'en est-il de votre gouverneur ?"

Bojo se tut, sifflant pour lui-même. "J'ai passé une mauvaise demi-heure là-bas", dit-il solennellement. "Je dois me battre avec le vieil homme dès son arrivée. Vous savez ce qu'il pense de Wall Street."

"J'aime votre gouverneur."

"Moi aussi. Le problème, c'est que nous nous ressemblons trop."

"Alors tu as pris ta décision ?"

"Je n'ai pas de moulins ni de corvées pour moi."

"Eh bien, si vous avez pris votre décision, vous l'avez pris", dit Marsh un peu anxieux.

À l'université, on disait que Marsh bafouillait mais que Crocker restait fidèle, et ce mot exprimait la différence entre eux. L'un a attaqué et l'autre s'est retranché. Crocker avait une intense admiration pour Marsh, pour qui il croyait que tout était possible. A mesure qu'ils marchaient côte à côte, Bojo était d'autant plus agréable à l'œil ; il y avait chez lui un sentiment instinctif de plaire. Il aimait la plupart des hommes, si sincèrement intéressés par leurs problèmes et leurs points de vue que peu pouvaient résister à sa bonhomie. Mentalement et dans la connaissance du monde, il était beaucoup plus jeune. Il y avait chez lui un côté enfantin et peu sophistiqué qui se reflétait dans son front clair et ses yeux bruns rieurs, dans la qualité spontanée de son sourire, dans le ressort de ses pieds, dans l'enthousiasme général pour tout ce qui était nouveau ou difficile. Mais sous cette aisance, il y avait une dangereuse obstination prête à éclater à un instant de provocation, qui se manifestait dans la mâchoire inférieure légèrement en dessous, qui donnait aux lèvres un air pugnace comprimé. Il était implacable dans une haine ou dans un combat, aveugle aux défauts d'un ami et têtu dans ses opinions.

"Quel genre de quartiers avons-nous ?" » demanda Bojo, qui avait laissé le détail à ses trois amis.

"L'endroit le plus étrange de New York, la grotte d'Ali Baba. Attendez de le voir, vous ne le croiriez jamais. Caché aussi sûr qu'une aiguille dans une botte de foin. Pas plus qu'à un jet de pierre d'ici, et vous ne le devine jamais. »

Il s'arrêta, car à ce moment ils entraient dans Times Square, à l'ombre de l'incroyable tour, éblouis par l'embuscade soudaine de lumières qui flambait autour d'eux. Marsh, qui ne supportait jamais d'attendre, sans avoir modifié son allure, fit un large détour au milieu d'un embouteillage d'automobiles, esquiva deux voitures de surface et une file de camions, et arriva au trottoir opposé considérablement après Crocker, qui avait attendu la route directe. . Ni l'un ni l'autre ne percevaient à quel point cet incident était caractéristique de leurs tempéraments divergents. Mais Marsh, dont l'esprit était irrévérencieux, s'exclama avec mépris :

"La Grande Voie Blanche. Quelle imposture !" Il tendit le bras d'un geste extravagant, comme pour dire : « Je pourrais changer tout ça », et continua : « Regardez. Il n'y a pas dix immeubles là-dessus qui dureront cinq ans. Enlevez les publicités électriques et vous le verrez tel qu'il est : une rue principale d'une ville minière. Tout le reste n'est qu'un bidonville de civilisation, qui s'effondrera comme un jeu de cartes. Regardez-le : quelques théâtres cachés avec une entrée coincée entre un cigare. -un magasin et une mercerie, des restaurants sur un étage, et le reste des publicités."

"Cela vous donne quand même une impression", a déclaré Bojo en désaccord, pris dans les courants déferlants des automobiles et la foule mêlée de travailleurs décédés et de premiers amateurs de plaisir. "Il y a une exaltation dans tout cela. Cela vous réveille."

"Pensez à une ville de cinq mille millionnaires qui peut construire une centaine de cathédrales commerciales par an, qui possède un opéra avec une devanture d'entrepôt et qui qualifie de luxe une rangée de cabines trapues. Eh bien, peu importe, nous y sommes. Frottez votre yeux."

Ils avaient laissé derrière eux le rugissement et l'éclat de la masse curieusement mélangée, s'enfonçant dans une rue latérale sordide avec des immeubles au loin, lorsque Marsh s'arrêta devant deux piliers verts, au-dessus desquels un panneau oscillant annonçait :

COUR DE WESTOVER
APPARTEMENTS CÉLÈBRES

Avant que Bojo ait pu se remettre de son étonnement, il se retrouva conduit à travers une longue salle monastique irrégulière inondée de lumières douces et d'arches soudaines, et introduit de manière déconcertante, dans une sorte d'aventure des mille et une nuits, dans une oasis de choses calmes et vertes. Ils se trouvaient dans une cour intérieure fermée du monde extérieur par l'élévation d'un mur imposant à une extrémité et à l'autre par l'arrière vitrée flamboyante d'un grand restaurant. Au cœur de la lutte la plus bruyante, la plus vile et la plus brutale de la ville se trouvait ce petit bout du Vieux Monde, orné de parcelles vertes, avec une fontaine couverte de vignes et un Amour de pierre perché sur la pointe des pieds, et au-dessus d'un groupe de rêves. des arbres remplissant l'enceinte jaune et verte claire d'un feuillage miraculeux. Les lumières brillaient dans une vingtaine de fenêtres au-dessus d'eux, tandis qu'à quatre entrées médiévales, aux portes courbes sous des tabliers verts inclinés, la lueur diffuse des lanternes en fer ressemblait à des signaux lointains perdus dans le brouillard. Tout en eux était si éloigné du stress et de la fureur dont ils étaient sortis, que Bojo s'est exclamé avec étonnement :

"Impossible!"

"N'est-ce pas un tyran ?" dit Marsh avec enthousiasme. "C'est ce que j'appelle Ali Baba Court. C'est ce qu'une touche d'imagination peut faire à New York. Je dis, regarde par ici. Qu'en penses-tu pour une pipe tranquille la nuit ?"

Il l'attira sous les arbres, où l'attendaient une table et des chaises confortables. Au-dessus des toits bas, surplombant le ciel bleu-noir, la ville géante surgissait d'eux depuis les globes de feu enrégimentés sur le toit d'Astor. Un drapeau laiteux flottait paresseusement sur une aigrette de vapeur. À droite, le sommet de la Times Tower, séparé de toute la laideur à ses pieds, s'élevait comme un campanile historique joué par des étoiles timides. Sur les toits, le bourdonnement de la ville, jamais apaisé, tournait sans cesse comme une grande roue, avec des sons faibles et détachés agréablement audibles : une cloche ; un camion se déplaçant comme un obus hurlant ; le klaxon impertinent des taxis ; des oursins sur roues; la ruée fracassante de corps de fer lointains déchirant l'air ; un figurant criait sur une note plus stridente ; le sifflement toujours récurrent d'un sifflet de police imposant l'ordre dans la confusion ; des cornes de brume venant de la rivière, et sous quelque chose de plus insaisissable et confus, le brassage de grandes masses humaines qui passent et repassent.

Marsh poussa un sifflement particulier et instantanément, à une fenêtre du deuxième étage, une silhouette sombre apparut, le châssis se souleva avec fracas et une voix joyeuse s'écria :

"Bonjour, en bas ! C'est Bojo avec toi ? Monte et montre ta belle carte !"

"J'arrive, Freddie, j'arrive", dit Bojo en riant, et, plongeant dans une entrée battante, il se retrouva dans une tanière douillette, presque renversé par les salutations d'un petit bonhomme qui se précipita sur lui avec la frénésie de un chien fidèle.

"Eh bien, vieille gravure, comment vas-tu ?" » dit finalement Bojo en le jetant à travers la pièce. « Vous avez encore eu des ennuis ?

"Non, pas récemment", a déclaré DeLancy en se relevant. "Je n'ai aucune chance de vivre avec deux policiers. Qu'est-ce qui t'a retenu tout ce temps ? Tombé amoureux ?"

"Ce ne sont pas vos foutues affaires. Par George, ça a l'air simple," dit Bojo pour détourner la conversation. Aux murs se trouvaient une centaine de souvenirs d'école et de collège, tandis que quelques salons et plusieurs grands fauteuils étaient indolemment regroupés autour de la cheminée, où un feu était allumé. "Je dis, Roscy, est-ce que le bébé s'est vraiment bien comporté ?"

"Eh bien, nous ne l'avons pas encore libéré", dit Marsh en méditant.

Fred DeLancy avait été en difficulté toute sa vie et s'en était sorti aussi facilement. Le trouble, comme il l'exprimait lui-même, se réveillait dès qu'il sortait. Il avait été suspendu et menacé d'expulsion pour une égratignure après l'autre plus de fois qu'il ne s'en souvenait. Mais il y avait quelque chose qui désarmait instantanément la colère dans l'étrange nez pointé vers une étoile, les yeux scintillants et la large bouche ouverte sur un sourire perpétuel. D'une manière ou d'une autre, il s'est faufilé dans des régions où les anges craignent de marcher, aidé par de nombreux efforts pénibles de la part de ses amis.

"Je deviens terriblement sérieux", dit-il avec une fausse contrition. "Je deviens un vieil homme, les soucis de la vie et tout ce genre de choses."

Il s'interrompit et se jeta au piano, où il commença une improvisation :

"Les soucis de la vie,
Ce terrible conflit, Je prendrai une femme - Non, change la rime Je n'ai pas le temps Pour le mariage - O! Laisse ça au beau BojoBojo amoureux, Rougissez comme une colombe -

"Non, les colombes ne rougissent pas", dit-il en se retournant. "Est-ce qu'ils le font ou non ? De toute façon, une colombe amoureuse pourrait... Pour continuer :

"Bojo est amoureux,
rougit comme une colombe, je ne dirai pas son nom, je devinerai pareil—"

Mais à ce moment, juste au moment où un oreiller s'élançait dans les airs, la porte était fermée par un grand corps et George Granning entra en masse dans la pièce, la main tendue, un sourire sur son visage honnête et ouvert.

"Bonjour Tom, c'est bon de te revoir."

"Le gouvernement peut continuer", a déclaré DeLancy avec joie. "Nous sommes là!"

Alors que les quatre étaient assis en groupe dans la pièce, ils présentèrent une de ces étranges combinaisons d'amitié qui ne pouvaient résulter que du processus d'éducation américaine. Quatre individualités plus dissemblables n'auraient pas pu être façonnées ensemble sauf par les curieux processus sélectifs d'un système de société universitaire. Les Big Four, comme on les avait surnommés (il y en a toujours un dans chaque école et collège), étaient venus d'Andover unis par les liens les plus étroits, et cette intimité ne s'était jamais relâchée, malgré toutes les oppositions incongrues de leurs débuts.

Marsh était un New-Yorkais, un aristocrate par héritage et par la force de la fortune ; Crocker, un Yankee, fils d'un père enthousiaste et autodidacte, qui s'était frayé un chemin jusqu'à atteindre une position de maître dans les filatures de laine de la Nouvelle-Angleterre ; DeLancy, de Détroit, aux moyens plus modestes, fils d'un petit entrepreneur, pour qui son éducation avait représenté un véritable sacrifice ; tandis que George Granning, plus âgé de plusieurs années que les autres, était la preuve de ce génie de l'évolution qui agite la masse américaine. Ils ne savaient que peu de choses de son histoire au-delà de ce qu'il avait choisi de confier à sa manière silencieuse et réservée.

Il avait le torse d'un débardeur, le cou et les mains de l'ouvrier, tandis que la tête en forme de rocher, bien que dépourvue des grâces plus légères de l'imagination et de l'esprit, avait certaines qualités inébranlables de persistance et de détermination dans la mâchoire fortement taillée et ferme. pommettes saillantes. Il était blond, aux yeux bleus, d'une bonne humeur sans faille, comme la plupart des hommes d'une grande force. Une seule fois, on l'avait vu s'emporter, et c'était lors d'un match de football au cours de sa première année à l'université. Son adversaire, espérant sans doute intimider l'étudiant de première année, lui a asséné un coup au visage sous le couvert de la première mêlée. Avant la fin de la mi-temps, les coups qu'il avait reçus de la part de Granning enragé étaient si terribles qu'il a dû être transféré de l'autre côté de la ligne.

Granning s'était frayé un chemin à travers Andover en effectuant des services subalternes au début, progressant progressivement en acquérant des agences pour les domaines commerciaux et en faisant du tutorat occasionnel. Ses étés étaient consacrés au travail dans les fonderies et à la préparation à la carrière commerciale qu'il avait choisie depuis longtemps. Il était profondément religieux, d'une manière calme et sans ostentation. Qu'il y avait eu des jours orageux au début, des tragédies peut-être, devinèrent les amis ; en outre, il y avait des rides sur son visage, des lignes sévères de douleur et d'épreuve, qui avaient été adoucies mais ne pourraient jamais disparaître.

CHAPITRE II

QUATRE AMBITIONS ET TROIS FAÇONS DE GAGNER DE L'ARGENT

Ils dînèrent ce soir-là sur le toit de l'Astor, où, au milieu des jardins aériens, on oubliait qu'une autre ville attendait en bas. Leur table était placée près d'une embrasure d'où ils pouvaient scruter les étendues sombres vers l'ouest où les immeubles de la ville, brisés par le soulèvement occasionnel d'un signe flagrant, mathématiquement divisés en carrés par des rangées de lumières sentinelles, roulaient sombrement vers le fleuve. . Au sud, vaguement définie par l'obscurité aqueuse convergente, la ville se réduit à des tours enflammées dans une brume scintillante qui semblait une vapeur lumineuse s'élevant d'avenues éblouissantes.

Partout où l'œil pouvait voir, d'innombrables lumières scintillaient : sombres et pleines du sombre mystère des berges solitaires et lointaines des rivières ; rouge, vert et doré sur les rivières, traversant activement et de manière déterminée ; intrusif et déroutant au service de l'industrie depuis des squelettes d'acier sur fond de ciel ; magique et onirique sur la féerie des ponts miraculeux ; clignant de l'œil et dansant avec l'esprit de gaieté des théâtres en contrebas et des jardins sur le toit au-dessus ; qu'en été, s'étendit soudain une nouvelle et brillante ville de la nuit au-dessus de la métropole fatiguée du jour. En regardant ces myriades de points lumineux, on semblait être soudainement tombé sur la nidification des étoiles ; où les planètes et les constellations germèrent et prirent leur envol vers le firmament grouillant.

Le drame incomparable du spectacle a affecté d'une manière différente les quatre jeunes hommes au seuil de la vie. Bojo, pour qui la sensation était nouvelle, ressentit une sorte de stimulation prophétique, comme si, dans le champ scintillant en contrebas, se trouvait le joyau qu'il devait emporter. Granning, qui avait rompu avec la routine monastique de sa vie pour faire une exception à ce rassemblement de clans, regardait avec révérence, plongé dans des questions plus profondes de l'esprit. Marsh, plus dramatiquement en phase, éprouva une sensation de faiblesse, comme s'il était soudainement confronté au gigantesque projet de la multitude ; il sentait l'impuissance d'un seul effort. Tandis que DeLancy, qui dînait ainsi tous les soirs, ne voyant pas plus loin que les jardins décorés de feston, les éclatantes taches de couleurs, les visages de femmes rougis par la lueur jaune des bougies, n'entendant que les agréables sons vrombissants d'un orchestre caché, continuait de vibrer. à sa manière privilégiée.

"Eh bien, maintenant que les Big Four sont à nouveau réunis, divisons la ville." Il envoya un grand geste vers l'étendue de blocs au pochoir en contrebas et continua : " Boscy, qu'allez-vous avoir ? Faites votre choix. J'aurai quelques hôtels, un yacht et une loge à l'opéra. Prochain enchérisseur, s'il vous plaît. !"

Mais Bojo, sans prêter attention à ce bavardage, dit :

« Tu te souviens de la veille de notre départ à l'université et nous avons choisi ce que nous avions l'intention de faire. Nous en étions assez proches aussi, n'est-ce pas ? »

Marsh leva rapidement les yeux, saisi par une soudaine suggestion dramatique.

"Eh bien, nous y sommes à nouveau. Je vais vous dire ce que nous allons faire. Disons la vérité - pas de buncombe - juste ce que chacun espère retirer de la vie."

"Mais allons-nous dire la vérité ?" » dit Bojo dubitatif.

"Je vais."

"Bien sûr, nous voulons tous d'abord gagner un million", a déclaré Fred DeLancy en riant. " Roscy a le sien, donc je suppose qu'il en veut dix. Premièrement, est-il admis que chacun de nous veut un million ? Tout jeune Américain correctement élevé devrait croire en cela, n'est-ce pas ? "

"Freddie, comporte-toi bien", dit sévèrement Bojo. "Sois sérieux."

"Sérieux", dit DeLancy d'un air offensé. "Je serai plus sérieux que n'importe lequel d'entre vous et je dirai plus de vérité et quand je le ferai, vous ne me croirez pas."

"Allez, Roscy, commence en premier."

"Freddie a raison sur un point. J'ai l'intention de tripler ce que j'ai en dix ans ou de faire faillite", a immédiatement déclaré Marsh. Il jeta le bout de son cigare dans la nuit, le regarda un moment en descente, puis se pencha en avant au-dessus de la table, les coudes baissés, les mains jointes, les lumières dessinant de profondes ombres autour des yeux creusés, les oreilles saillantes accentuant l'irrégularité. et bizarrerie de la tête. "Je ne suis pas sûr, mais ce serait la meilleure chose pour moi. Si je devais commencer par le bas, je crois que je ferais quelque chose. Je veux dire quelque chose de grand."

Un sourire à demi dissimulé parcourut le groupe, habitué aux instincts dramatiques de l'orateur.

"Eh bien, je dois commencer la vie d'une manière différente. Le problème est que, dans ce schéma américain, je n'ai pas de place naturelle à moins d'en faire une. À l'étranger, je pourrais m'installer dans une flânerie distinguée et trouver beaucoup d'autres mocassins sympathiques. , qui jouerait, chasserait, pêcherait, courrait, ferait le globe-trotter, battrait l'Afrique à la recherche de grand sport, ou dériverait dans les capitales à la mode pour s'amuser un peu ; soit ça, soit si je voulais me développer dans le sens du cerveau, il y a un carrière en politique ou une chance à la diplomatie. Ici, nous développons des millionnaires aussi vite que nous pouvons les rendre sans jamais penser à la manière dont nous pouvons les employer. Quel est le résultat ? Les filles de grandes fortunes épousent des titres étrangers aussi vite qu'elles en ont l'occasion . afin d'avoir la possibilité de jouir pleinement de leur richesse, car ici il n'y a pas de classe aussi limitée et circonscrite sans signification nationale que nos soi-disant Quatre Cents ; les fils ou deviennent des fainéants dissipés, des amateurs de sport professionnels, ou sont condamnés à accumuler plus de dollars sur dollars, ce qui est une absurdité. »

"Je pleure le millionnaire", intervint DeLancy avec désinvolture.

"Et pourtant, vous voulez tripler ce que vous avez", a déclaré Bojo avec un sourire.

" J'en arrive là... attendez. Maintenant, l'idée de l'escroquerie me répugne. Ce que je veux, c'est une grande opportunité que seul l'argent peut offrir. J'ai, je suppose, si une estimation prudente pouvait être faite, une opportunité assez proche. à deux millions de dollars, ce qui signifie environ cent mille dollars par an. Maintenant, si je veux m'installer et me marier, c'est beaucoup, mais si je veux entrer et rivaliser avec d'autres hommes, les dirigeants, ce n'est rien du tout. Le principal intérêt que j'ai en tête est le *Morning Post* ; il n'est pas entièrement à moi, mais la part majoritaire l'est. C'est un bon cheval à bascule conservateur. Il peut continuer à se balancer pendant encore vingt ans, satisfait de sa petite ornière. Maintenant " Comprenez-vous pourquoi je veux plus d'argent ? Je veux qu'un million soit clairement investi. Je ne veux pas que ce soit une publication de haut niveau et rentable - je veux que ce soit le *journal* de New York. "

"Mais êtes-vous prêt à y aller lentement, à apprendre d'abord chaque corde ?" dit Granning en secouant la tête.

"Vous savez que je le suis", dit Marsh avec impatience. "J'ai travaillé plus dur que quiconque dans le journal cet été et l'été dernier aussi."

"Oui, vous travaillez dur et vous jouez dur aussi", a admis Granning.

Marsh accepta l'aveu avec un sourire satisfait et continua avec enthousiasme :

"Exactement. Gagner ou perdre, jouer la limite ! C'est ma devise, et il y a quelque chose de glorieux là-dedans. Je vais travailler dur, mais je vais jouer tout aussi dur. Je veux vivre pleinement ma vie ; Je veux en tirer toutes les sensations. Et quand je serai prêt, je ferai du papier une force, je vais me faire craindre. Je veux m'arrondir. Je veux toucher à tout ce que je veux. Je peux, mais je veux avant tout être sur la ligne de front. Après cette période de flibuste financier, va venir une grande période, une période radicale, la période des jeunes hommes.

"Roscy, tu veux être remarqué", a déclaré DeLancy.

"Je l'admets. Si tu avais ce que j'ai, n'est-ce pas ? Je le répète, je veux avoir la sensation de vivre en grand. Granning secoue la tête, je sais à quoi il pense."

"Roscy, tu es un joueur", dit Granning, mais sans dire tout ce qu'il pensait.

"Oui, mais je vais jouer pour le pouvoir, ce qui est différent, et c'est le premier pas aujourd'hui ; c'est ce qu'ils ont tous fait."

"Vous ne nous avez pas dit quelle est votre ambition", a déclaré Bojo.

"Je veux faire du *Morning Post* non seulement un grand journal mais une grande institution", a déclaré Marsh avec sérieux. "Je crois que le journal peut devenir la force qu'était autrefois l'Église. Aujourd'hui, l'Église n'était dominante que lorsqu'elle entrait dans tous les aspects de la vie de la communauté ; lorsqu'elle n'était pas simplement une force religieuse et politique, mais une force encore plus grande, la force sociale. Je crois que le journal deviendra grand car il satisfera tous les besoins de l'imagination humaine. Il y a des journaux qui impriment un sermon du dimanche. J'aurais une page religieuse tous les jours, tout comme on imprime une page de femme et une page d'enfant. " Je dirigerais un bureau juridique gratuitement ou à des frais symboliques et mènerais des campagnes agressives contre les petits abus. J'organiserais le département financier de manière à le rendre personnel à chaque abonné, avec un bureau d'investissement qui n'offrirait qu'une sélection soigneusement sélectionnée. liste pour les investisseurs conservateurs et refuserais de négocier des obligations à sept pour cent et des actions à quinze pour cent. J'aurais un grand auditorium où les concerts et les pièces de théâtre seraient donnés à un prix ne dépassant pas cinquante cents.

"Attends ! Comment as-tu pu obtenir des pièces dans de telles conditions ?" dit DeLancy, qui avait été essoufflé par ce projet utopique.

"N'importe quel manager de la ville ayant le sens de la publicité sauterait sur l'occasion de donner une représentation l'après-midi, frais payés, dans de telles conditions, d'autant que la liste serait garantie. Alors, surtout, je donnerais à la fiction publique, le meilleur que j'ai pu obtenir et de première main. À votre avis, qu'est-ce qui donne *au Petit Parisien* et *au Petit Journal* un tirage d'environ un million chacun dans toute la France ? Des romans-feuilletons. Connaissez-vous le tirage des journaux à New York ? Il n'y a que trois sur cent mille et le plus grand en a à peine un quart de million. Cependant, je ne m'étendrai pas davantage. Vous voyez que mes idées font une institution - l'institution moderne, remplaçant et absorbant toutes les institutions passées.

"Et que veux-tu d'autre ?" dit Bojo en riant.

"Je veux cela avant l'âge de trente-cinq ans. Je veux dix millions et je veux être à quarante ans soit sénateur, soit ambassadeur à Paris ou à Londres. Je veux construire un yacht qui défendra la coupe américaine et posséder un cheval qui remportera le derby.

"Et veux-tu te marier ?"

"La plus belle femme d'Amérique."

Les quatre éclatèrent de rire simultanément, aucun plus chaleureusement que Marsh, qui ajouta :

"N'oubliez pas que nous devons dire la vérité, et c'est ce que j'aimerais faire." Il a conclu : "Gagner ou perdre, jouez la limite. Qu'à cela ne tienne, grand-mère ; quand je serai fauché, vous me donnerez un travail. À vous de décider. Avouez."

Granning commença avec hésitation, car il était toujours lent à parler et la fluidité du récit de Marsh l'intimidait.

"Je ne sais pas s'il y a quelque chose d'aussi intéressant dans mon avenir", commença-t-il en tournant nerveusement le menu entre ses mains et en fixant un endroit sur la nappe où une tache de vin brisait la monotonie blanche. "Vous voyez, je suis différent de vous, les gars. Vous affrontez la vie d'une manière différente. Je ne suis pas sûr qu'il y ait plus de danger que vous ne le pensez, mais le fait est que vous recherchez tous le pari. Vous voulez ce que vous voulez, Roscy, avant l'âge de trente-cinq ans. Bojo et Fred veulent un million avant l'âge de trente-cinq ans. Vous recherchez la voie facile, la voie rapide. Vous pouvez obtenez-le et vous ne pourrez peut-être pas le faire. Vous avez des amis, des opportunités - peut-être que vous en aurez.

"C'est là que tu n'apprendras jamais, vieux fossile", a déclaré Marsh. « Si vous pouviez sortir et rencontrer des gens, eh bien, un jour vous trouveriez un homme avec un beau gros contrat en poche, à la recherche de la personne fiable... » il s'arrêta, ne voulant pas ajouter, « ce vieux travailleur que vous êtes. ".

Granning secoua la tête avec insistance. Parmi ces types de garçons, il semblait appartenir à une autre génération, un type plutôt grossier de chef de district, doté d'un objectif précis et d'un élan irrésistible.

"Pas pour moi", dit-il d'un ton décisif. "Il y a une chose que j'ai de fort, où j'ai un avantage sur toi et c'est une bonne chose aussi : je connais mes limites. Je ne commence pas là où tu es. Mon fils le fera ; je ne le fais pas. Attends " C'est la vérité, et la vérité est ce que nous disons. Vous pouvez jouer avec la vie, vous avez quelque chose sur quoi vous appuyer. Je suis celui qui doit construire. Oui, je vais être honnête. Je veux aussi gagner un million, je suppose, comme Fred l'a dit, comme tous les Américains. Après tout, si vous voulez gagner de l'argent, c'est une bonne chose d'essayer quelque chose de élevé. Il n'y a pas beaucoup de chance d'y parvenir. la romance dans ce que je fais. Je dois avancer étape par étape, mais cela signifie plus pour moi d'obtenir une augmentation de cinquante dollars que ce prochain million ne peut signifier pour toi, Roscy. C'est parce que je regarde en arrière, parce que Je me souviens."

Il s'arrêta et les souvenirs de l'existence dont il s'était tiré, dont il ne parlait jamais, jetèrent des ombres pensives sur son large front. Tout à coup, prenant un couteau, il traça sur la table une longue ligne droite, inclinée vers le haut comme la pente d'une colline, avec une croix en bas et une en haut, tandis que les autres regardaient, perplexes.

"Vous voyez, il n'y a pas beaucoup de bruit de tambour ou de danse dans ce que j'ai devant moi et pas grand-chose à dire jusqu'à ce que j'y arrive. Vous savez comment se déplace une taupe; eh bien, c'est moi." Il posa son doigt sur la croix du bas puis le déplaça vers la croix du haut. "C'est ici que j'entre et c'est ici que je sors. Entre les deux, ça ne compte pas."

"Et quoi à part ça ?" dit Bojo.

"Eh bien," dit simplement Granning, "je ne sais pas quoi d'autre. J'aimerais partir quelques mois et voir l'Europe et ce qu'ils font en France et en Allemagne dans le secteur de l'acier."

"Mais tout cela va arriver. Qu'aimeriez-vous vraiment retirer de la vie ?" » dit Marsh en souriant, « espèce d'ours sans imagination !

"J'aimerais me lancer en politique de la bonne manière ; je pense que tout homme devrait le faire. Peut-être que je me marierai, que j'aurai un foyer et tout ce genre de choses un jour. Je pense que ce que je préférerais serait pour avoir la chance de gérer une usine selon certaines lignes que j'ai imaginées - un accord de coopération en quelque sorte. Il y a tellement de choses à régler en termes d'organisation et d'efficacité. Il réfléchit un instant à la situation, puis conclut avec une soudaine méfiance, comme s'il était surpris de l'audace de son aveu. "C'est à peu près tout ce qu'il y a à faire, je suppose."

Lorsqu'il eut terminé ainsi maladroitement, DeLancy reprit aussitôt, mais sans cet esprit de raillerie de bonne humeur qui le caractérisait. Lorsqu'il parlait avec des phrases directes et concrètes, les trois amis le regardaient avec étonnement, réalisant tout d'un coup une intention indivise sous toute la légèreté de l'attitude par laquelle ils l'avaient jugé.

"Une chose que Granning a dite me frappe : connaître vos limites", dit-il avec un certain défi, comme s'il était conscient qu'il allait les choquer. "Je suppose que vous me considérez comme un joyeux petit bouffon, un fainéant amusant, un insouciant et tout ce genre de choses. Eh bien, vous vous trompez. Je connais mes limites, je sais ce que je peux faire et ce que je peux faire." Je ne peux pas. Je suis tout aussi impatient d'avancer que n'importe lequel d'entre vous, et vous pouvez être sûr que je ne me trompe pas. Je ne m'assois pas et ne dis pas : "Freddie, tu as des chemins de fer dans la tête". - vous êtes un organisateur - vous brilleriez au bar - vous pousseriez John Rockefeller hors de la carte, ou n'importe quoi de ce genre. Non, monsieur ! Je sais où je me situe. proposition, je ne vaudrais pas vingt dollars par semaine pour qui que ce soit. Mais quand même, j'aurai mon million et mon automobile dans cinq ans. Dînez avec moi dans cinq ans à compter de cette date et vous verrez.

"Eh bien, Fred, quel est le secret ? Comment vas-tu faire ?" dit Bojo, un peu méfiant quant à son sérieux.

Mais DeLancy, comme s'il était toujours conscient de la nécessité de plus d'explications avant de poursuivre sa déclaration :

" J'ai dit que je ne me suis pas trompé et que non. Je n'ai pas les capacités de Granning ici, qui est tout à fait trop modeste et qui finira par être un vieux sac à dos, voyez s'il n'en a pas . Je n'ai pas un tas de billets verts qui me restent ou derrière moi comme Roscy ou Bojo. Mon vieux père est une brique ; il a été gratté et pincé pour me faire faire des études universitaires sur la base de vous les gars. Maintenant, c'est à moi de décider. Je n'ai pas " Je n'ai pas ce que vous avez, les gars, mais j'ai des qualités très précieuses, très précieuses quand on garde à l'esprit ce que l'on peut en faire. J'ai une très belle paire de jambes qui dansent, je joue un bon jeu de bridge et Je suis meilleur au poker, je peux monter les chevaux d'autres hommes et conduire leurs automobiles avec un style de premier ordre, je porte de meilleurs vêtements que mon hôte avec toute sa liasse, et vous pariez que cela l'impressionne. Je sais comment me faire des amis aussi vite que possible. tu peux stimuler la circulation, je peux animer n'importe quelle fête et éviter que n'importe quel dîner soit sur glace, je peux amuser une bande de vieux ennuyeux jusqu'à ce qu'ils s'apprécient ; en un mot, je sais me rendre indispensable dans la société et la société qui compte."

"Qu'est-ce qu'il veut dire ?" Marsh l'interrompit avec une expression perplexe.

"Pourquoi est-ce que je m'assois dans le bureau d'un courtier et gagne cinquante dollars par semaine, juste pour fumer de longs cigares noirs ? Parce que je connais le rap, ce qui s'y passe ? Non. Parce que je connais des gens, parce que je suis un mignon petit coureur social qui apporte coutume au bureau ; parce que mon capital, ce sont les amis et je capitalise sur mes amis.

"Oh, allez, Fred, c'est plutôt dur", dit Bojo, sentant la note d'amertume dans cette auto-estimation cynique.

" C'est la vérité. Que pensez-vous que ce vieux fraudeur de Runker, mon patron, m'a dit la semaine dernière quand je suis arrivé avec une heure de retard ? " Jeune homme, pourquoi venez-vous au bureau pour… pour le thé de l'après-midi ? Et qu'est-ce que j'ai répondu ? J'ai dit : « Patron, vous savez pourquoi vous m'avez ici et voulez-vous que je vous dise ce que vous devriez dire ? Vous devriez dire : « M. DeLancy, vous avez travaillé très dur dans notre intérêt ces nuits et même si nous ne pouvons pas vous donner de notes de frais, vous devez faire plus attention à votre santé. Je ne veux pas te voir brûler la bougie par les deux bouts. Dormir tard le matin. » Et qu'a-t-il dit, le vieux charlatan ? Il a éclaté de rire et a augmenté mon salaire. Il savait que j'étais sage.

"Eh bien, à quoi ça sert tout ça ?" dit Granning après le rire. "Je ne t'avais jamais entendu mettre autant de temps à en venir au fait auparavant."

"Le point est le suivant : il y a trois façons de gagner de l'argent et trois seulement : le laisser comme Roscy, le gagner comme Granning et l'épouser..."

"Comme toi!"

"Comme moi!"

Les autres le regardaient avec retenue, car à cette époque il y avait encore un préjugé contre un Américain qui faisait un mariage calculé. Finalement Granning dit :

"Tu ne feras pas ça, Freddie !"

"En effet, je le ferai", a déclaré DeLancy, mais avec une accélération nerveuse. "Ma carrière, c'est la société. Oh, je ne dis pas que je vais me marier pour l'argent et rien d'autre. C'est beaucoup plus facile que ça. En plus, il y a le motif patriotique, vous savez. Je garde une fortune américaine pour l'Amérique. ", a-t-il ajouté, essayant d'atténuer la déclaration en riant. "Après tout, il y a beaucoup de bêtises à ce sujet. Un étranger en panne vient ici avec une réputation de favori de Sing-Sing, et parce qu'il se fait appeler Duke, il va épouser la fille de Dan Drake pour payer ses dettes. et Dieu sait dans quel but à l'avenir... et vous, les amis, lui tournez-vous le dos et haussez-vous les sourcils comme vous le faisiez tout à l'heure ? Pas du tout. Vous êtes ravis de monter vous accrocher à son doigt ducal. . Ai-je raison, Roscy ?

"Oui mais-"

"Mais je suis américain et je ferai un sacré meilleur mari, et les enfants américains hériteront de l'argent au lieu qu'il soit englouti par une aristocratie pourrie. Voilà la réponse."

"C'est comme ça que tu le dis, Fred," dit Bojo avec inquiétude.

"Parce que j'ai le culot de le dire. C'est tout ce que je vaux et c'est le seul moyen d'obtenir ce que nous voulons tous."

"Vous ne le ferez jamais", dit Granning avec décision; "pas comme tu le dis."

"Grand-mère, tu es un bébé dans les bois. Tu ne sais pas ce qu'est la vie", a déclaré DeLancy en riant bruyamment. " Après tout, qu'est-ce que tu vas faire ? Tu vas mettre de côté les plus beaux jours de ta vie pour en ressortir avec un tas quand tu seras d'âge moyen et à quoi cela te servira-t-il ? Je savais que je Cela vous choquerait. Il est toujours là, c'est plat ! » Il recula, allumant un cigare pour couvrir sa retraite et dit : "Bojo ensuite. Je vous mets au défi d'être aussi franc."

Bojo, ainsi interrogé, se réfugia dans une réponse évasive. Les révélations qu'il avait entendues lui donnaient un vif sentiment de changement. Ce soir même, alors qu'ils s'étaient réunis pour célébrer une vieille amitié, il lui semblait que la séparation de leurs chemins était clairement devant lui.

"Je ne sais pas ce que je ferai", dit-il enfin. "Non, je n'esquive pas ; je ne sais pas. Tout dépend de certaines circonstances." Il ne pouvait dire avec quelle vivacité leurs différentes voies annoncées lui représentaient les difficultés de son choix. "J'aimerais faire quelque chose de plus que simplement gagner de l'argent, et pourtant cela semble la chose la plus naturelle, je suppose. Eh bien, j'aimerais avoir la chance d'avoir un an ou deux pour réfléchir, voir toutes sortes d'hommes. et des activités - mais je ne sais pas, la semaine prochaine je serai peut-être au plus bas - je me débrouille et je suis heureux d'avoir une chance.

Il s'est arrêté et ils ne lui ont pas demandé de continuer. Après l'exposé plat de DeLancy, chacun ressentit le danger de la désillusion. De plus, Fred et Roscoe étaient impatients de partir, Fred dans un jardin sur le toit, Marsh devant le journal. Bojo déclina l'invitation de DeLancy, alléguant la nécessité de déballer ses affaires, en réalité plutôt désireux d'être seul ou d'avoir une conversation plus tranquille avec Granning dans la nouvelle maison.

"Alors c'est à nous", dit Marsh en levant son verre. "Quoi qu'il arrive, l'ancienne combinaison reste soudée."

Bojo leva pensivement son verre, sentant en dessous que quelque chose avait irrévocablement changé. La ville était extérieurement étincelante et noire, mais il y avait une sensation nouvelle dans la nuit en bas, et plus il ressentait la multiplicité de ses expressions multiples, plus il lui venait à l'esprit que ce qu'il ferait, il le ferait seul.

CHAPITRE III

SUR LA QUEUE D'UN TERRIER

Lorsqu'il revint avec Granning dans la cour et à l'étage dans leurs quartiers, un télégramme l'accueillit depuis l'étage alors qu'il ouvrait la porte. C'était de son père, bref et pragmatique.

Arrivez demain. Je souhaite vous voir à trois heures au bureau. Important.

J.B. CROCKER .

Il se tenait près de la cheminée, la déchirant lentement, sentant l'approche de la réalité dans son existence, un peu effrayé par son imminence.

"Ce n'est pas une mauvaise nouvelle", dit Granning en s'installant sur le canapé et en attrapant une pipe sur le support. Mais à cet instant, un valet japonais souriant introduisit les malles.

"Voici Sweeney", dit Granning avec un signe d'introduction. "Il est l'un des quatre. Nous avons renoncé à essayer de nous souvenir de leurs noms, alors Fred les a rebaptisés. Les autres sont Patsy, O'Rourke et Houlahan. Sweeney parle un anglais parfait, si vous lui demandez un annuaire téléphonique, il se précipitera. et je t'amène un taxi. Tu comprends, hein, Sweeney ?

"Très bien, oui, monsieur", dit Sweeney avec un sourire satisfait.

« Comment diable faites-vous cela alors ? » dit Bojo en ouvrant sa malle.

"Oh, c'est assez simple. Fred a découvert la combinaison. Tout ce que tu dois retenir, c'est que peu importe ce que tu demandes, Sweeney prend toujours un taxi, Patsy apporte le petit-déjeuner, Houlahan se dirige vers le tailleur et O'Rourke produit la femme de ménage. ... Souvenez-vous-en et vous n'aurez aucun problème. Mais pour l'amour du Seigneur, ne les mélangez pas. Il s'est interrompu. "Qu'est-ce qu'il y a ? Tu as l'air sérieux."

"Je me demande comment je me sentirai demain", a déclaré Bojo, les bras chargés de chemises et de cravates. "J'ai un petit entretien agréable avec le gouverneur à venir." Il remplit un tiroir du bureau et retourna dans le salon, et comme Granning, avec sa discrétion habituelle, n'osait poser aucune question, il ajouta en regardant la cour où trois fenêtres flamboyantes du restaurant projetaient des flaques de lumière à travers l'obscurité. parcelles vertes : « Il voudra que je jette tout ça, que je tire jusqu'à un trou dans la boue ; que je m'enterre dans une ville industrielle pendant quatre ou cinq ans. Perspective agréable.

Cela semblait en effet une perspective sombre, se tenir là, devant la spacieuse baie vitrée, voyant le ciel inondé, entendant toutes les chansons lointaines et mêlées de la ville. Depuis le mur voisin, l'orchestre du théâtre envoyait faiblement les rythmes gais d'une marche de comédie musicale à travers les fenêtres ouvertes, tandis que depuis le mur attenant du Times Annex, au-delà des fenêtres brillantes et animées, les machines à linotype cliquent sur les nouvelles. du monde qui palpitait. Le théâtre, la presse, ce monde d'imagination et de sensation horaire, le restaurant entrouvert avec des aperçus de tables gaies et les débuts du cabaret nocturne, la cour flamboyante elle-même remplie de jeunes hommes ardents à l'heureuse période des premières grandes entreprises, toutes furent si rapprochées de sa propre curiosité avide qu'il se retourna avec rébellion :

" Par le ciel, je ne le ferai pas, quoi qu'il arrive ! Je ne mourrai pas de faim pour gagner plus d'argent. Eh bien, voudriez-vous être à ma place, maintenant ? "

Il prit une paire de chaussures et les jeta sur le sol dans la pièce, puis il baissa les yeux sur la silhouette évasive de son ami.

"Grand-mère, tu ne nous approuves pas, n'est-ce pas ? Arrête de ressembler à un sphinx. Réponds ou je jette le plateau sur toi. Tu n'approuves pas, n'est-ce pas ? D'ailleurs, j'ai observé ton visage ce soir quand Fred débitait toutes ces choses ridicules. »

"Il le pensait vraiment."

"Tu le penses?" Il s'assit pensivement. "Je me demande."

"Qu'est-ce qui t'a inquiété ?" » dit directement Granning, avec un regard aigu.

"J'étais un peu bouleversé", a admis Bojo. "Vous savez, quand vous avez réussi et que Fred a réussi, j'ai pensé qu'après tout vous aviez raison : nous sommes des joueurs. Nous voulons que les choses soient rapides et faciles. C'est l'excitation, le fait de vivre sous haute tension."

"J'ai toujours pensé que tu voudrais faire quelque chose de différent," dit lentement Granning.

"Alors je le ferais," dit-il d'un air maussade. "J'aurais aimé avoir le cerveau de Roscy. Je me demande ce que je pourrais faire si je devais me déplacer moi-même."

"Alors c'est ça l'idée, n'est-ce pas ?"

Il acquiesca.

"Le vieux père est têtu comme l'incendie. Il s'est disputé avec Jack, mon frère aîné, et l'a mis à la porte. Dieu sait ce qu'il est devenu. Papa a autant d'amour pour le jeu de Wall Street que votre vieux moi embêtant. ... Il pense que ce sont beaucoup de fainéants et d'hommes de confiance.

"Je ne l'ai pas dit", a déclaré Granning avec un petit rire.

"Non, mais tu le penses."

Granning se leva lorsque l'horloge sonna dix heures et se dirigea vers sa chambre selon son habitude invariable. Quand Bojo finit par se coucher, il s'endormit par à-coups. Le poids de la décision qu'il aurait à prendre le lendemain l'oppressait. C'était bien beau d'annoncer qu'il repartirait par le bas plutôt que de céder, mais le monde s'était ouvert à lui sous un autre jour depuis le dîner des confidences. Il voyait clairement les deux voies : la longue et lente voie de Granning, et l'autre voie, le monde des opportunités grâce aux amis, le monde des résultats rapides pour ceux qui ont le privilège d'être dans les coulisses. Si la fin était la même, pourquoi emprunter la voie du labeur et de la privation ? Il y avait d'ailleurs d'autres raisons, des raisons sentimentales, qui le poussaient au choix le plus facile. S'il pouvait seulement amener son père à voir les choses de manière rationnelle... mais il avait un faible espoir de faire impression sur cette volonté directe et inflexible.

"Eh bien, si tout se passe mal, je demanderai à Roscy de me donner un travail sur le journal", pensa-t-il en se retournant agité dans son lit.

La lueur blanche d'une enseigne électrique changeante, au-dessus des toits, jouait sur le mur opposé. A minuit, il entendit vaguement deux bruits qui devaient désormais disputer le début de la nuit avec leurs notes rivales de travail et de plaisir : le bruit des grandes presses commençant à gronder sous l'édition du matin et du restaurant un chœur inconscient saluant le minuit avec un rythme tintant.

Tu   veux   pleurer, tu veux mourir, mais tu ne fais que rire, salut ! Salut ! Vous avez les High Jinks ! C'est pourquoi!

Lorsqu'il se réveilla le lendemain matin, ce fut au son de Roscoe Marsh, dans le salon attenant, téléphonant pour le petit-déjeuner. Le soleil tombait sur sa couverture et l'horloge indiquait neuf heures avec reproche. Il enfila une robe de chambre et trouva Marsh en train de bâiller sur les papiers. Granning était parti à sept heures pour les travaux sur la côte de Jersey. DeLancy sortit alors en chancelant, ébouriffé et endormi, resplendissant dans une robe de chambre en satin rouge flamboyant, annonçant :

"Seigneur, mais cette affaire de courtage est un travail exigeant."

"Fête tardive, hein ?" dit Bojo en riant.

"Où diable est le café ?" » dit DeLancy pour toute réponse.

Marsh, lui aussi, était de la partie une fois le travail de nuit terminé, même s'il ne montrait pratiquement aucune trace de cette double tension. Le petit-déjeuner terminé, Bojo finit de déballer ses affaires, tuant le temps jusqu'à ce que midi arrive, quand, après une sélection minutieuse de chemises et de cravates, il partit sur rendez-vous rencontrer Miss Doris Drake.

Aujourd'hui, les pensées de cette autre entrevue avec son père étaient trop présentes dans son imagination pour lui permettre de ressentir l'enthousiasme habituel qu'une telle rencontre provoquait habituellement. Cet attachement, car malgré les insinuations de DeLancy et Marsh, ce n'était guère plus que cela, existait depuis longtemps. Il y avait eu une période vers la fin du pensionnat où il avait été extrêmement amoureux, avait correspondu avec une fidélité extraordinaire et chérissait de nombreux témoignages de réciprocité féminine avec une dévotion sentimentale. L'engouement s'était calmé, mais la dévotion était restée comme un exutoire romantique nécessaire. Elle avait naturellement été son invitée à tous les nombreux galas de la vie universitaire, au match de football, à la course de New London et au bal de promo. Il était extrêmement fier de l'avoir à son bras, si fier que parfois il ressentait momentanément un retour de cette frénésie douce-amère quand, à l'école, il avait chaud et froid dans l'attente de ses lettres. Au fond, il jouait peut-être à l'amour, un peu effrayé par elle, avec cet esprit de prudence qui, s'il l'avait su, ne supporte pas le romantisme.

Durant le mois qu'il avait passé au ranch lors de leur fête à la maison, il avait cent fois essayé de se convaincre que la vieille ardeur était là, et quand, d'une manière ou d'une autre, dans sa propre honnêteté, il échouait, il se demandait souvent quelle en était la raison subtile. cela l'a empêché. Elle était tout ce que l'œil pouvait imaginer, brillante, peut-être un peu trop pour une demoiselle de vingt ans, et recherchée par une vingtaine d'hommes auxquels elle restait complètement indifférente. Il était flatté et pourtant il restait inquiet, obligé d'admettre qu'il manquait en elle quelque chose pour remuer ses pouls comme ils l'avaient été autrefois. Lorsque DeLancy avait si franchement annoncé son intention de conclure un mariage favorable, quelque chose avait agité sa conscience avec inquiétude. Y avait-il après tout en lui un tel instinct inconscient au fond de cette intimité continue ?

Lorsqu'il atteignit le château métropolitain des Drake, sur le haut de la Cinquième Avenue, il trouva les salons encore recouverts d'attirails d'été, de longs draps jaunes recouvrant les meubles, les peintures sur les murs encore enveloppées de gaze. Alors qu'il faisait tournoyer sa canne sans but devant la cheminée, se demandant combien de temps il plairait à Miss Doris de le faire attendre, il y eut une course et une course essoufflées, accompagnées de rires ravis, et l'instant d'après un terrier irlandais, grognant et grondant en guise de moquerie. fureur, glissa sur le parquet ciré, poursuivi par une jeune fille qui tenait fermement la queue trapue. La course-poursuite s'est terminée au centre de la pièce par une brusque dégringolade. Le chien, libéré, se tenait frémissant de délice à distance sécuritaire, la tête d'un côté, la langue sortie, prêt au prochain mouvement de son bourreau qui campait au milieu du sol. Mais à ce moment elle aperçut Bojo.

"Oh, bonjour," dit-elle avec un début de surprise mais sans confusion. "Qui es-tu?"

"Je m'appelle Crocker, Tom Crocker," dit-il, riant en retour devant le visage ovale rouge, avec des yeux malicieux dansant quelque part dans les cheveux dorés qui tombaient sous le choc jusqu'à son épaule.

Elle se releva vivement, avançant la main tendue.

"Oh, tu es Bojo", dit-elle en guise de correction. "Tu ne me connais pas. Je m'appelle Patsie, la terreur de la famille. Maintenant, ne dis pas que tu pensais que j'étais une enfant, j'ai dix-sept ans et j'en aurai dix-huit en janvier."

Il serra la main qui lui était tendue avec une poigne directe de garçon, surpris et un peu déconcerté par la jeunesse et l'entrain irrésistibles de la jeune femme qui se tenait si naturellement devant lui en jupe courte et en simple taille de chemise ouverte sur le cou bronzé.

"Bien sûr qu'ils vous ont dit que j'étais une terreur", dit-elle d'un ton de défi. Il hocha la tête, ce qui sembla lui plaire, car elle continua : "Eh bien, je le suis. Ils ont dû me tenir à l'écart jusqu'à ce que Dolly accroche le duc. L'avez-vous vu ? Eh bien, si c'est un duc, tout ce que j'ai à dire. c'est que je pense que c'est un cabot. Bien sûr que tu attends Doris, n'est-ce pas ?

L'hypothèse de sa vassalité suscita un peu d'antagonisme, mais avant qu'il puisse répondre, elle repartit.

"Eh bien, vous aurez aussi une très longue attente. Doris barbote parmi le rouge et la poudre comme Romp dans une flaque d'eau."

Ses propres joues n'avaient pas besoin d'un tel encouragement, pensa-t-il, se moquant d'elle à cause de la pure infection de sa bonne humeur.

"Tu me plais bien, tu vas bien", dit-elle en le regardant avec la tête de côté comme Romp, le terrier, qui venait le renifler de la manière la plus amicale. "Vous n'êtes pas comme beaucoup de ces gravures de mode qui arrivent sur la pointe des pieds. Dis, c'était un tacle d'intimidation que tu as fait lors de ce match de Harvard."

Il était à genoux et frottait le pelage hirsute du terrier. Il a regardé en haut.

"Oh, tu as vu ça, n'est-ce pas ?"

"Ouais ! Je suppose qu'il ne restait plus grand chose de ce type ! Papa a dit que c'était le meilleur tacle qu'il ait jamais vu."

"Ça m'a vraiment secoué", dit-il en souriant.

"Eh bien, si papa t'aime bien et que Romp t'aime bien, tu dois être un compte", continua-t-elle en campant sur le tapis et en saisissant triomphalement la queue courte. "Papa est fort pour toi !"

Bojo s'installa sur le bord du canapé, observant la furieuse rencontre qui se déroulait pour la possession du point stratégique.

"Je suppose que tu vas épouser Doris", dit-elle dans un moment de calme, pendant que Romp réussissait à s'enfuir.

Bojo se sentit rougir sous le regard direct d'un enfant.

"Je serais très flatté si Doris—"

"Oh, ne parle pas de cette façon," dit-elle en secouant les épaules. "C'est comme tous les autres. Dites-moi, tous les New-Yorkais sont-ils des idiots désespérés ? Seigneur, je vais vivre une période maussade." Elle le regarda d'un œil critique. "Une chose que j'aime chez toi : tu ne portes pas de guêtres."

« Je suppose que vous êtes à la maison pour le mariage, » demanda-t-il curieusement, « ou en avez-vous fini avec le pensionnat ?

"Tu n'as pas entendu parler de ça ?" dit-elle en touchant ses cheveux raccourcis. "Ils voulaient que je sorte et j'ai dit que je ne sortirais pas. Et quand ils ont dit que je devrais sortir, je me suis dit, je vais juste les réparer pour ne pas pouvoir sortir, et j'ai tout piraté. mes cheveux. C'est pourquoi ils m'ont envoyé à Coventry pour l'été. Je les aurais encore coupés, mais papa les a coupés alors je les ai laissés pousser, et maintenant la vieille mode pesteuse s'est répandue dans les cheveux coupés. Que veux-tu tu penses à ça ? »

"Alors tu ne veux pas sortir ?" il a répondu.

"Pourquoi ? Être gentil avec plein de vieux frumps que tu n'aimes pas, t'habiller et boire du thé et t'appuyer contre un mur et avoir une foule de jouets mécaniques te dire que tes yeux sont comme des étoiles du soir et tout ça pourrir. Je devrais dire *non* .

"Eh bien, qu'est-ce que tu aimerais faire?"

"J'aimerais faire de l'équitation et de la chasse avec papa, vivre dans une grande maison de campagne, avec beaucoup de neige en hiver et faire de la luge..." Elle s'interrompit avec un soupçon soudain. "Dis, est-ce que je t'ennuie ?"

"Ce n'est pas le cas", dit-il avec emphase.

"'Dis, tu es un juge des muscles, n'est-ce pas ?'"

"Tu n'aimes pas non plus ces conneries mondaines, n'est-ce pas ?" » continua-t-elle confidentiellement. "Seigneur, ces femmes habillées me fatiguent. J'aimerais les faire sauter dix milles à travers les collines. Dis, tu es un juge de muscle, n'est-ce pas ?"

"Dans un sens."

"Que penses-tu de cela?" Elle lui tendit un avant-bras ferme et frais pour son inspection et il était dans cette position intime lorsque Doris descendit le grand escalier, avec son élégance élancée et traînante. Elle jeta un rapide coup d'œil de ses yeux sombres au groupe non conventionnel, avec Romp au milieu un spectateur intéressé, et dit :

"Est-ce que je t'ai gardé des heures ? J'espère que cet enfant t'a amusé."

L'enfant, étant à cet instant parfaitement masqué, rétorqua par un clin d'œil malicieux qui faillit bouleverser la sérénité de Bojo. Les deux sœurs formaient un contraste absolu. Au cours de ses deux saisons, Doris était devenue une femme du monde à part entière ; elle avait la grâce qui était la grâce de l'art, mais indéniablement efficace ; éblouissante était le terme qui lui était appliqué. Ses traits étaient délicats, finement tournés, et une qualité de fragilité précieuse s'étendait sur toute sa personne, jusque dans les humeurs conscientes de son sourire, de son enthousiasme, de son équilibre sérieux pour un instant de ses yeux, qui étaient profonds, noirs et brillants comme les masses astucieusement agréables de ses cheveux. Mais le charme qui avait disparu était le charme qui le regardait depuis les yeux crépusculaires inconscients de la sœur cadette !

"Patsie, espèce de terrible garçon manqué, est-ce que tu grandiras un jour !" » dit-elle d'un ton réprobateur. "Regarde ta robe et tes cheveux. Je n'ai jamais vu un aussi petit tapageur. Maintenant, cours comme une chérie. Maman attend."

Mais Patsie a, par malveillance, refusé de se dépêcher. Elle a insisté sur le fait qu'elle avait promis de montrer Romp et, encouragée par Bojo dans cette tromperie, elle a fait attendre sa sœur pendant qu'elle faisait subir au chien ses tours et, pour couronner le tout, le point culminant a fait l'effet d'une bombe.

"Mon Dieu, vous n'avez pas l'air du tout heureux de vous voir – vous avez l'air aussi conventionnel que Dolly et le duc."

"Cieux," dit Doris avec un soupir, "j'aurai les mains occupées cet hiver. Ce qu'ils penseront d'elle dans le monde, le Seigneur le sait."

"Je ne m'inquiéterais pas pour elle", dit Bojo pensivement. "Je ne pense pas qu'elle aura autant de problèmes que tu le redoutes."

"Oh, tu le penses ?" dit Doris en levant les yeux. Puis elle posa sa main sur la sienne avec une petite pression. "Je suis terriblement content de te voir, Bojo."

"Je suis terriblement heureux de vous voir", répondit-il avec un enthousiasme accentué.

« Toujours aussi heureux ?

"Bien sûr."

"Nous devrons utiliser la Mercedes ; Dolly part avec le Reynier. Cela ne vous dérange pas ?" dit-elle en passant devant le valet de pied militaire. "Où déjeunons-nous ?"

Il a nommé un restaurant à la mode.

"Oh, mon Dieu, non, tu ne vois jamais quelqu'un que tu connais là-bas. Allons au Ritz." Et sans attendre sa réponse, elle ajouta : « Duncan, le Ritz.

Au restaurant, tout le personnel semblait la connaître. Le maître d'hôtel lui-même lui montra son coin préféré et la conseilla avec sollicitude quant au choix du menu, tandis que Bojo, qui devait encore manger dix mille déjeuners de ce genre, comparait furtivement son élégante compagne aux femmes brillantes qui étaient groupées autour de lui. lui comme des plantes de serre rares dans une véranda parfumée. Le petit chapeau coquillage qu'elle portait lui allait à merveille, cachant son front et la moitié de ses yeux avec le même mystère provocateur que le voile oriental prête aux femmes d'Orient. Tout dans sa robe était doux et d'un luxe séduisant. Tout à coup, elle se détourna d'un accueil hésitant pour se tourner vers un groupe éloigné et, prenant un air sérieux, dit :

"As-tu déjà vu papa ? Oh, bien sûr que non, tu n'as pas eu le temps. Tu dois le faire tout de suite. Il s'est vraiment pris d'affection pour toi, et il m'a promis de veiller à ce que tu gagnes beaucoup d'argent..." elle regarda dans ses yeux puis vers la table avec un sourire timide, ajoutant avec insistance : « bientôt !

"Alors tu es décidé à ça ?"

"Oui, en effet. Je vais te le faire !"

Elle hocha la tête, riant et le favorisant d'une longue contemplation.

"Tu t'habilles vraiment bien," dit-elle avec approbation. "Les vêtements semblent bien s'accrocher à toi—"

"Mais..." dit-il en riant.

"Eh bien, il y a une ou deux choses que j'aimerais que tu fasses", a-t-elle admis, un peu confuse. "J'aimerais que tu portes une moustache, juste une petite comme le duc. Tu serais magnifique."

Il rit d'une manière qui la déconcerta, et une envie lui vint à l'esprit de la juger, car il commençait à ressentir du ressentiment envers la prise de possession qu'elle avait assumée.

"Comment penses-tu que cela se passerait dans une ville industrielle avec une combinaison et une boîte de conserve ?"

"Que veux-tu dire?

"Dans une semaine, je m'attends à être expédié en Nouvelle-Angleterre, dans une petite ville de dix mille habitants ; un endroit agréable et joyeux avec deux maisons de cinéma et des rangées de maisons-usines pour la société."

"Pendant combien de temps?"

"Depuis quatre ou cinq ans."

"Bojo, comme c'est horrible ! Tu n'es pas sérieux !"

"Peut-être. Comment aimerais-tu garder la maison là-haut ?" Il remarqua l'expression inconsolable de son visage et ajouta : " Ne vous inquiétez pas, je sais qu'il ne vaut pas la peine de vous demander cela. Maintenant écoute, Doris, nous sommes de bons amis depuis trop longtemps pour nous leurrer. Vous avez changé et tu vas changer beaucoup plus. Est-ce que tu aimes vraiment ce genre de vie ?"

"Je l'adore!"

"S'habiller, se défiler, se déchaîner d'une réception à l'autre." Elle hocha la tête, son visage s'assombrit soudainement. " Alors pourquoi diable me veux-tu ? Il y a cinquante... cent hommes qui joueront à ce jeu mieux que moi. "

Il avait abandonné son ton sarcastique et la regardait sérieusement, mais les questions qu'il posait s'adressaient à sa propre conscience.

"Pourquoi agis-tu de cette façon juste après ton retour ?" dit-elle, effrayée par son ascendant soudain.

"Parce que je pense parfois que nous savons tous les deux que rien ne va se passer", dit-il directement ; "Mais c'est difficile de faire face à la vérité. N'est-ce pas ?"

"Non, ce n'est pas ça. J'aime être admirée, j'aime les jolies choses et la société et tout ça. Pourquoi pas ? Mais je tiens à toi, Bojo ; tu as toujours fait ressortir..." allait dire "le meilleur de moi", mais a changé d'avis et a ajouté à la place: "Je suis très fière de toi, je le serai toujours. Ne me regarde pas comme ça. Qu'ai-je fait?"

"Rien," dit-il en reprenant son souffle. "Tu ne peux pas t'empêcher d'être ce que tu es. Vraiment, Doris, dans toute la pièce tu es la plus belle ici. Personne n'a ton style ni ton sourire aussi envoûtant que le tien. Il y a une fascination pour toi."

Elle n'était qu'à moitié rassurée.

"Eh bien, alors, ne parle pas de manière aussi idiote."

"Idiot, c'est exactement le mot", dit-il en riant, et les compliments qu'il lui avait adressés dans un esprit d'auto-dérision éveillaient un petit sentiment de tendresse après que ses taquineries lui eussent montré que, selon ses lumières, elle s'en souciait davantage. qu'il ne l'avait pensé.

Pourtant, lorsqu'il se leva pour se précipiter au centre-ville, il ne se faisait aucune illusion : si l'occasion lui permettait de s'intégrer dans l'ordre social des choses, tant mieux ; sinon... Ses pensées revenaient aux paroles de Fred DeLancy :

"Il y a trois manières de gagner de l'argent : le garder, le gagner et le marier."

Il s'interrompit avec colère, troublé par des doutes, et pour la centième fois il se surprit à demander :

"Maintenant, pourquoi diable ne puis-je pas être fou amoureux d'une fille qui tient à moi, qui est belle et qui a tout au monde ! Qu'est-ce que c'est ?"

Car il avait été très amoureux quand il était écolier et Doris n'était qu'une écolière, avec des yeux ouverts et des manières impulsivement directes, comme une certaine demoiselle, aux lèvres essoufflées et rieuses qui s'était glissée dans sa vie le jour même. queue comique d'un terrier galopant.

CHAPITRE IV

LE PÈRE DE BOJO

Les bureaux de l'Associated Woollen Mills se trouvaient au seizième étage d'un immeuble de bureaux moderne de la ville basse, qui dominait les maisons en pierre brune sordides environnantes, abandonnées aux colporteurs et aux épiceries fines, comme une cigogne luisante jusqu'aux chevilles dans une mare d'eau trouble.

Bojo errait à travers de longues salles de mathématiques avec de jeunes mathématiciens perchés haut sur des tabourets de bureau, tous dotés de la même courbe mathématique du dos, devant des escadrons de machines à écrire cliquetantes, cliquetant sans fin comme si chaque unité humaine avait été livrée aux rouages d'une machine universelle. Il passa une à une devant une rangée de pièces vitrées où étaient affichés les noms d'officiers mineurs, les marquant solennellement comme s'il voyait déjà le long et lent avenir qui l'attendait : M. Pelton, trésorier ; M. Spinny, secrétaire général ; M. Colton, deuxième vice-président; M. Horton, vice-président; M. Rhoemer, directeur général, jusqu'à ce qu'il arrive à la salle d'attente extérieure avec ses canapés en cuir rouge délavé et ses crachoirs en cuivre poli, où il était venu pour la première fois comme un garçon en manque d'argent.

Richardson, un vieux jeune homme qui marchait comme s'il n'avait jamais été pressé et parlait à voix basse, lui fit entrer dans le bureau intérieur de Jotham B. Crocker, lui expliquant que son père reviendrait bientôt. Tout était en ordre ; des chaises placées avec précision, les stores au même niveau, des bibliothèques avec des mémorandums classés, jusqu'au bureau, où les lettres à lire et les lettres à signer étaient rangées côte à côte dans des paquets soignés.

Sur le mur s'étendait une immense peinture à l'huile de quinze pieds sur dix, représentant les chutes du Niagara en éruption mousseuse, avec un grand et brillant arc-en-ciel perdu dans la brume et plusieurs personnages au premier plan représentant les nobles Indiens regardant avec respect le spectacle de nature. Derrière le bureau était accrochée une grande gravure en noir et blanc d'Abraham Lincoln, une main posée sur la Proclamation d'émancipation, flanquée de portraits plus petits d'Henry Ward Beecher et de l'auteur du tarif McKinley. En face se trouvait un groupe familial d'antan réalisé aux crayons de couleur, représentant M. et Mme Crocker debout côte à côte, avec Jack en pantalon long et Tom en short, tandis que sur le bureau brillant au milieu des papiers se trouvait un daguerrotype monté dans un cuir usé. cadre, de la femme décédée depuis quinze ans.

Bojo choisit un cigare dans la loge des visiteurs et marcha de long en large, répétant dans son esprit les arguments qu'il allait opposer à l'ultimatum attendu. Depuis la fenêtre, la baie inférieure s'étendait au-dessous de lui avec ses insectes fumants rampant sur la surface bleu-gris, ses rivages bondés de quais, au-delà des corniches sur les corniches des usines traînant des banderoles de coton contre le ciel cassant. Partout l'empire de l'industrie étendait ses casernes de pierre sans beauté ni faste, prisons enfumées et implacables, où des multitudes se rassemblaient sous la lumière artificielle pour que l'humanité puisse vivre par millions.

A le regarder, il semblait déjà avoir renoncé à son individualité, englouti dans l'armée du travail, et la révolte surgissait de nouveau en lui. À quoi servirait l'argent s'il ne pouvait apporter un horizon plus large et de plus grandes opportunités ? Et une sorte de colère sourde s'animait en lui contre l'ambition parentale qui le limitait à des corvées inutiles.

De toutes les personnes qu'il avait rencontrées, le plus grand étranger pour lui était son père. Depuis la mort de sa mère, alors qu'il n'avait que huit ans, sa vie avait été passée en internat et au collège, dans des colonies de vacances ou en visites à des amis. Leurs relations étaient formelles. Au début et à la fin de chaque été, il descendait la longue allée de bureaux, franchissait les portes vitrées du bureau privé, pour faire un rapport, recevoir de l'argent et recevoir quelques conseils appropriés. Plusieurs fois au cours de l'année, son père apparaissait sur un bref avertissement, restait quelques heures et s'en allait précipitamment. Dans de telles occasions, Tom avait toujours eu le sentiment d'être observé et estimé comme un bûcheron surveille la croissance d'une jeune forêt.

Son père était toujours pressé, toujours en bonne santé, concret et généreux. Il savait que son entreprise avait prospéré et s'était développée, mais il ignorait encore dans quelle mesure les activités de son père s'étaient multipliées. La conversation entre eux avait toujours été difficile dans ces tournées d'inspection ; mais Bojo, instinctivement, censurait les lithographies accrochées aux murs (si inoffensives fussent-elles) et le choix des romans que son père ne manquerait pas d'examiner d'un œil critique.

Klondike, le balayeur, a aménagé la pièce selon un ordre militaire et Fred DeLancy a été enjoint d'observer un régime de pain et de lait. Bojo avait l'idée que son père était très sévère, rigide et exact, avec cette attitude implacable envers la folie et les loisirs qui avait caractérisé la famille Crocker à l'époque de leurs sept célèbres théologiens.

"Comment vas-tu, Tom?" dit une voix de poitrine derrière lui. "Retournez-vous. Vous avez l'air en pleine forme. Heureux de vous voir."

"Ravi de vous voir, père," dit-il précipitamment en prenant la main trapue et puissante.

"Un instant, continue avec ton cigare. Laisse-moi ranger ce bureau. Le train avait dix minutes de retard."

"Maintenant, ça arrive", pensa Bojo en lui saisissant les mains et en fronçant les sourcils déterminé.

Lorsqu'ils se faisaient face, ils étaient étonnamment semblables et différents. Ils avaient la même arcade sourcilière, la même élévation obstinée de la tête en arrière et la mâchoire proéminente en dessous. Les années avaient épaissi la silhouette du père et écrit des lignes caractéristiques sur la bouche et les yeux. Il était devenu tellement partie intégrante de la machine qu'il avait créée que, ce faisant, toutes les nuances d'expression de la jeunesse les plus raffinées s'étaient estompées.

La concentration sur une idée fixe, le but indomptable, la décision, l'autodiscipline étaient là dans le menton et les muscles maxillaires fortement sculptés, sous la barbe clairsemée et rase pleine de gris ; courage et ténacité dans les yeux profonds qui, comme ceux de Bojo, avaient la fixité déconcertante de ceux du dogue ; mais la qualité des rêves qui nuisait si vivement à l'obstination tumultueuse du fils avait été rejetée comme un bagage superflu. La vie était pour lui une succession de nécessités immédiates, un progrès militaire, et son imagination dépassait difficilement les exigences du moment. Il était vêtu d'un costume poivre et sel confectionné à partir de son propre produit, portait une cravate confectionnée et de confortables chaussures à bout carré, avec un certain dédain agressif pour la mode comme qualité de prétention.

Il parcourut sa correspondance en cinq minutes tandis que Bojo dressait l'oreille aux sommes qu'il jetait sans hésiter. Richardson disparut de la pièce, le père déplaça un paquet de notes, tourna le cadran de l'horloge de son bureau pour pouvoir suivre l'heure, se recula sur sa chaise et se servit d'un cigare, jetant un coup d'œil à la silhouette assiégée du fils.

"Vous avez l'air prêt à monter sur le ring", dit-il avec un sourire, et sans attendre la réponse embarrassée de Bojo, il continua, mettant ses doigts en cage et adoptant un ton rapide et incisif.

"Eh bien, Tom, vous êtes maintenant arrivé au domaine de l'homme et il est juste que je discute avec vous de votre avenir dans la vie. Mais avant d'en arriver là, je souhaite dire plusieurs choses. Vous avez terminé vos études universitaires de manière très honorable. ... Vous avez beaucoup pratiqué différents sports, il est vrai, mais vous n'avez pas laissé cela interférer avec votre travail sérieux et je crois que dans l'ensemble votre expérience en athlétisme a été précieuse. Elle vous a enseigné des qualités d'autonomie. la retenue et la discipline, et cela vous a donné un corps sain. Vos résultats dans vos études, même s'ils n'ont pas été brillants, ont été honorables. Vous avez évité les mauvaises compagnies, vous avez choisi les bons amis. Je suis particulièrement impressionné par M. Vous avez bien fait et je n'ai rien à redire. Vous avez travaillé dur et vous avez joué dur. Vous prendrez la vie au sérieux.

Ce discours agaçait Bojo. Cela semblait ériger une barrière de conventionnalité entre eux, les éloignant davantage.

"Pourquoi diable ne parle-t-il pas d'une manière naturelle ?" pensa-t-il d'un air maussade. Et il sentit avec une soudaine dépression combien il était inutile de défendre sa cause. "Nous allons nous disputer. Il n'y a pas d'issue."

"Maintenant, Tom, parlons du futur."

"Le voilà", se dit Bojo, se préparant à résister.

"Qu'est-ce que tu aimerais faire?"

"Qu'est-ce que *je* voudrais ?" » dit Tom, complètement au dépourvu.

"Oui, quelles sont tes idées ?"

Le tournant était si inattendu qu'il ne put pour le moment rassembler ses pensées. Il se leva, sous prétexte de chercher un cendrier, et revint.

"Eh bien, à vrai dire, monsieur, je suis venu ici dans l'espoir que vous exigeriez que j'entre dans ce... dans les moulins."

"Je vois, et tu ne veux pas faire ce que ton père a fait. Tu veux autre chose, quelque chose de mieux."

Le ton avec lequel cela fut dit éveilla l'obstination du jeune homme, mais il réprima la première réponse.

"Bien?"

« Je ne sais pas, monsieur, à quoi cela servirait que je m'explique ; je ne sais pas à quoi cela servirait, » dit-il lentement.

"Au contraire, je ne vous impose aucune exigence. Je suis là pour discuter avec vous." (Bojo réprima un sourire.) "Vous y avez réfléchi. Que suggérez-vous ?"

"Je ne pense pas que tu comprendras du tout, mais je veux du temps."

« Il est temps de faire quoi ?

"Pour sortir et voir du monde, rencontrer des hommes qui font des choses, avoir la chance d'évoluer, de mettre un peu d'ordre dans mes idées."

"Est-ce tout?"

"Non, ce n'est pas tout à fait honnête", dit soudain Bojo. " La vérité est, monsieur, je ne vois pas pourquoi je devrais tout recommencer, les corvées et l'isolement et tout. Si vous vouliez que je fasse seulement cela, pourquoi m'avez-vous envoyé à l'université ? Je me suis fait des amis et c'est tout à fait normal que j'aie l'opportunité de mener une vie aussi grande qu'eux. L'argent n'est pas tout, c'est ce que l'on retire de la vie, et en plus, j'ai des opportunités, des opportunités inhabituelles pour progresser ici.

« As-tu pris ta décision, Tom ? dit lentement le père.

"J'en ai bien peur, monsieur."

"Laissez-moi vous parler. Vous verrez peut-être les choses sous un jour différent. D'abord, vous parlez d'opportunités, de quelles opportunités ?"

"M. Drake a été assez gentil—"

"Cela veut dire Wall Street."

"Oui Monsieur."

Le père réfléchit un instant.

« Quelle est la situation entre vous et Miss Drake ?

"Nous sommes de très bons amis."

"L'épouserais-tu si tu n'avais pas un centime ?"

"Je ne voudrais pas."

"Je suis heureux de vous entendre dire cela. Très heureux. Alors vous allez à Wall Street", dit-il après un moment. "Vous vous lancez dans le secteur bancaire ?"

"Pourquoi, non."

"Ou dans les chemins de fer ou dans toute autre industrie créative ?"

"Pas exactement."

"Vous allez à Wall Street", a déclaré Crocker, "comme un grand nombre de jeunes hommes, qui ont vécu des années faciles et luxueuses à l'université et qui veulent continuer. Vous y allez en tant que joueur. , dans l'espoir de se faire connaître grâce à une certaine influence et de gagner cent mille dollars avec l'argent des autres au cours d'une année chanceuse.

"C'est une façon plutôt difficile de le dire, monsieur."

"Tu ne prétends pas pouvoir gagner cent mille dollars en un an ou en cinq, n'est-ce pas, Tom ?"

"Permettez-moi de le dire autrement", dit Bojo après un moment d'indécision. " Ce que vous avez fait et ce que vous avez pu me donner m'ont permis de me faire des amis que d'autres ne peuvent pas se faire, et les amis sont des atouts. Plus on monte dans la société, plus il est facile de gagner de l'argent ; n'est-ce pas ? Les opportunités sont aussi des atouts. Si j'ai l'opportunité de gagner beaucoup d'argent en peu de temps, quel est le sens de tourner le dos à la voie la plus facile et d'entreprendre la voie la plus difficile ?"

"Tom, est-ce que vous, les jeunes, pensez parfois que votre propre pays existe et que si vous avez des avantages, vous avez aussi des responsabilités ?" dit Crocker, senior, en secouant la tête. " Vous voulez de l'argent comme tout le reste. Quel bien voulez-vous faire en retour ? Quelle utilité accomplissez-vous dans l'ordre des choses ici ? Vous parlez d'opportunité, vous ne savez pas ce qu'est une réelle opportunité et un privilège. Maintenant, laissez-moi dire ce que j'ai à dire."

Richardson entra dans la pièce à ce moment-là et il s'arrêta pour refuser la carte, avec un ordre sec contre toute nouvelle interruption. Lorsqu'il reprit, ce fut sur une note plus calme, avec une touche de tristesse.

" Le problème, c'est que nos points de vue sont trop éloignés pour que nous puissions nous réunir à l'heure actuelle. Vous voulez quelque chose qui ne va pas vous satisfaire et je sais que cela ne va pas vous satisfaire. Mais je ne peux pas vous obliger à le faire. voyez-le, c'est dommage. Vous devez subir vous-même vos coups durs. Vous avez une réelle ambition en vous. Maintenant, laissez-moi vous parler des moulins et réfléchissez-y. Il y a des choses plus importantes là-dedans. monde que vous ne le pensez, et le plus important est de créer quelque chose, quelque chose d'utile à la communauté, d'en faire un monument et de le transmettre à votre fils pour qu'il continue, la fierté de la famille. Vous pensez qu'il n'y a que de la corvée là-dedans. Avez-vous déjà pensé qu'il y avait des milliers et des milliers de personnes en fonction de la façon dont vous dirigez votre entreprise ? Réalisez-vous que chaque grande entreprise d'aujourd'hui signifie la protection de ces milliers ; que vous devez étudier comment les protéger à chaque instant de leur vie. pour les rendre efficaces, qu'il n'y a rien de sans importance, il faut veiller à leur santé et à leur bonheur, veiller à ce qu'ils s'amusent, se détendent ; qu'ils sont encouragés à acheter une maison et qu'on leur apprend à économiser de l'argent. Vous devez veiller à ce qu'ils reçoivent une éducation pour les garder hors des mains d'agitateurs ignorants. Vous devez les amener à se respecter et à comprendre intelligemment votre propre entreprise, afin qu'ils perçoivent qu'ils obtiennent leur juste part. Ajoutez à cela l'autre côté, la compétition, la surveillance de chaque nouvelle invention, le calcul jusqu'au dernier centime, l'étude des conditions locales et étrangères de l'offre et de la demande, les habitudes et les goûts des différentes communautés. Ajoutez également ce qui est le plus important que vous ayez, une population mixte, qui doit être transformée en citoyens américains intelligents et utiles, et vous avez une opportunité et une responsabilité aussi grande que vous puissiez en confier à n'importe quel jeune homme que je connais. Que dites-vous?"

Bojo n'avait rien à dire – non pas qu'il s'était rendu, mais que ses propres arguments semblaient insignifiants à côté de ceux-là.

Le père se leva et posa les mains sur les épaules de son fils.

"Pourquoi, Tom, tu ne sais pas que ça a été le rêve de ma vie de te transmettre cette chose que j'ai moi-même construite ? Ne sais-tu pas qu'il y a un sentiment à ce sujet ? Pourquoi, ce n'est pas des dollars et des cents. : J'ai dix fois ce que je veux ; c'est de la fierté. Je suis fier de chaque instant. Il n'y a pas de nouveau tournant, mécanique ou social, qui soit survenu dans le monde sans que je ne l'ai adopté là-bas. ... Je n'ai pas eu de grève depuis quinze ans. J'ai fait des choses là-bas qui vous ouvriraient les yeux. Vous seriez fier. Eh bien, à quoi pensez-vous ?

"Vous rendez les choses très difficiles, monsieur," dit-il lentement. Il ne s'attendait pas à ce genre d'appel. "Si j'étais plus âgé, je ne sais pas, mais c'est difficile maintenant." Il ne pouvait pas lui dire tout ce que signifierait la reddition, et même si sa nature la plus profonde avait été atteinte, il continuait à se battre. " Je ne commence pas par où vous avez commencé, monsieur ; c'est là le problème. Vous êtes allé travailler quand vous aviez douze ans. Ce serait plus facile si je l'avais fait, et, si vous me pardonnez, c'est aussi de votre faute si je veux ce Je veux maintenant. Je suppose que je veux commencer au sommet, mais j'ai été au sommet toutes ces années, c'est tout. Je ne pourrais pas le faire maintenant, peut-être plus tard, je ne sais pas. Si j'allais jusqu'à les moulins maintenant, je devrais me ronger le cœur. Je suis désolé de devoir vous dire cela, mais c'est la vérité.

Le père le quitta brusquement et s'assit à son bureau sans parler.
"Si j'insistais, tu refuserais," dit-il lentement.
"J'ai bien peur de devoir le faire, monsieur", dit Bojo avec un sentiment d'effroi.
Il y eut un autre silence, à la fin duquel M. Crocker sortit son chéquier et le regarda solennellement.
"Bien ! Maintenant, il se demande combien il va me donner et me couper les vivres !" pensa le fils.
"Tom, je ne veux pas te perdre aussi," dit lentement le père. "Je vais essayer une manière différente avec toi. Tu es sain et tu sonnes juste. Le seul problème est que tu ne sais pas; tu dois apprendre ta leçon. Alors tu penses que si tu avais un début, tu Vous feriez une fortune, n'est-ce pas ? — et vous croyez... (il fit une pause) — aux amis de Wall Street. Très bien, je vais vous donner l'occasion d'ouvrir les yeux.

Il trempa sa plume dans l'encre et écrivit un chèque avec délibération, tandis que Bojo, perplexe, pensait en lui-même : « Qu'est-ce qu'il fait maintenant ? "Je ne vais pas faire de marché avec toi. Je vais faire confiance à l'expérience et au Crocker qui est en toi. Je connais de quoi tu es fait. Tu ne feras jamais un fainéant, tu ne feras jamais supporte cette vie, mais tu veux l'essayer. Très bien. Je vais te donner un chèque. Il est à toi. Joue avec autant que tu veux. On te le fera retirer dans deux ans au plus. Quand cela arrivera, reviens-moi, comprends-tu, quelle est ta place ! Le sang est plus épais que l'eau, mon garçon ; il y a quelque chose chez le père et le fils qui se serrent les coudes, font quelque chose qui compte ! Tiens, prends ça.
Et il lui mit dans la main un chèque qui disait :

Payer à l'ordre de Thomas Beauchamp Crocker
Cinquante mille dollars
JOTHAM B. CROCKER .

CHAPITRE V

DANIEL DRAKE, LE MULTIMILLIONNAIRE

Une semaine après son entretien avec son père, Tom Crocker entra dans la grande bibliothèque obscure des Drakes en réponse à une invitation du père. À cette époque, alors que Wall Street approchait de cette phase dramatique inévitable dans les transformations sociales, où les individualités dominantes et exceptionnelles succombent à la montée anéantissante des bureaucraties, il n'y avait pas de personnalité plus pittoresque que Daniel Drake. Il était venu à New York plusieurs années auparavant, attendu comme un esprit de voltige qui jouait le jeu avec imprudence et qui ne cesserait d'aspirer jusqu'à ce qu'il se fraye un chemin jusqu'au sommet ou qu'il soit complètement brisé dans sa tentative.

Sa carrière avait frôlé le fantastique. Lorsqu'il était enfant, l' *envie de voyager* l'avait poussé à parcourir le globe. Une capacité astucieuse à gagner de l'argent avec tout ce qu'il mettait en œuvre l'avait conduit à exercer d'étranges professions. Il avait été colporteur sur le Mississippi, cuisinier sur un bateau à vapeur en direction de l'Australie, enfermé dans des rencontres professionnelles mineures, exhibé comme cycliste rusé, servi comme soldat de fortune à travers l'Amérique centrale et retourné dans son pays natal pour établir une petite fortune dans le domaine des foires champêtres.

Avec l'acquisition de capitaux, il devint conservateur et travailleur. Réconcilié avec sa famille, il avait réuni les fonds nécessaires pour tenter une opération sur le marché du blé qui, menée à une échelle raisonnable, lui rapporta un beau bénéfice et élargit ses activités. Son génie de la manipulation et du trading, bientôt reconnu, l'a mis au service des grandes industries. Il gagna rapidement de l'argent et épousa impulsivement, contre l'avis de ses amis, une femme de premier plan qui ne se souciait absolument pas de lui, ce dont il fut le dernier à s'apercevoir.

Il entreprend ensuite une opération audacieuse : le rachat du contrôle d'une grande industrie en concurrence avec un groupe oriental. Un ami en qui il avait confiance a trahi le pool qu'il avait constitué, et la loyauté de ses associés, qui l'a fait continuer, l'a complètement ruiné. Avant même que le public ait eu la moindre idée de l'ampleur de sa catastrophe, il avait réparé sa fortune par un coup de génie, pris le contrôle d'une des filiales destinées au trust sidérurgique et réalisé quelques millions en guise de part. Lorsqu'il évoquait ce moment, ce qu'il faisait souvent, il disait franchement :

"Nous sommes entrés en faillite et en sommes ressortis sept millionnaires."

Il est devenu le chef d'un groupe de jeunes financiers qui ont acquis et développé avec un succès étonnant une chaîne de chemins de fer pauvres. Il jouait le jeu, scrupuleux de sa parole, impitoyable dans le combat, généreux envers l'ennemi vaincu, pour l'amour du jeu lui-même. Grand homme avec une curieuse atmosphère de calme amusé au milieu de l'agitation et de l'agitation qu'il suscitait, il appréciait les rebondissements du destin avec l'enthousiasme d'un garçon aux yeux gris, imperturbable et magnétique, gagnant même ceux qui y voyaient. lui un danger éthique et économique.

Tel était l'homme qui était penché sur une grande table en chêne, absorbé par l'assemblage d'un puzzle complexe, tandis que Bojo traversait les lourdes portières en tapisserie. Patsie, perchée dans un coin, regardait avec un intérêt approbateur la résolution heureuse d'un groupe perplexe. Elle sauta à terre, jeta ses bras autour de son père en un adieu impulsif et s'approcha de Bojo en l'avertissant en riant :

" Quoi que vous fassiez, ne lui trouvez jamais un morceau. Cela le rend plus fou qu'une poule mouillée. Il veut tout faire lui-même. Maintenant, je m'enfuis. Ne vous inquiétez pas ! Allez, parlez de vos vieilles affaires. "

Elle s'en alla comme un éclair d'oiseau doré tandis que Bojo, légèrement intimidé, souhaitait qu'elle reste.

"Tom, je suis content de te voir, entre, juste un instant, et prends un cigare. C'est foutu ce morceau, je savais qu'il y tenait!" Drake quitta le plateau avec un regret persistant, serra la main avec une poigne qui semblait envelopper le jeune homme et se dirigea vers la cheminée pour un match, où une grande statue équestre de Bartolommeo Colleoni surgit de l'ombre d'une manière menaçante.

"Je suis content de te voir, mon garçon, mes ordres me viennent du directeur général, et quand le directeur général donne des ordres, je sais que cela signifie bousculer!" Il désignait par ce titre Doris, dont il satirait avec un sourire indulgent les ambitions pratiques et la persévérance. "Autant que je sache, Doris a décidé de faire de toi un millionnaire dans quelques années, donc je suppose que la meilleure chose est de s'asseoir et d'en discuter."

Alors qu'il se tenait là, maigre et alerte sur le fond de bronze, il y avait aussi quelque chose en lui du vieux condottieri, une certaine qualité brutale et durcie de la tête grisonnante, comme si lui aussi venait de suspendre un casque d'acier et d'en ressortir tendu et victorieux. d'une bousculade meurtrière.

"Supposons qu'il se rende compte que je lui coûterai moins cher que le duc", pensa Tom, conscient d'une certaine estimation exclusive sous toute l'urbanité superficielle, et, face à l'accusation, il dit : "J'ai peur, monsieur, tu as une assez mauvaise opinion de moi."

"Que veux-tu dire?" dit Drake avec un intérêt soudain.

« Puis-je vous parler clairement, monsieur ? » dit Tom, un peu troublé. "Je ne sais pas exactement ce que je ressens pour Doris ni même ce qu'elle ressent pour moi. Je n'ai certainement pas l'intention de l'épouser tant que je ne saurai pas ce que je vaux moi-même, et je n'ai certainement pas l'intention de venir vers toi, son père, pour gagner de l'argent pour moi."

Il s'arrêta avec un peu de crainte pour son audace, car telle n'était pas son intention en entrant dans la pièce. En fait, il était venu plutôt dans un état d'indécision, après de longues discussions avec Doris et de nombreux sophismes à sa conscience ; mais les salutations de Drake avaient frappé sa jeune indépendance, comme c'était peut-être censé le faire, et une vague impulsive d'indignation annula ses calculs. Il resta un peu inquiet, observant l'homme plus âgé, se demandant comment il recevrait ce défi.

"C'est parlant", a déclaré Drake avec un sourire approbateur. "Continue."

"M. Drake, je ne peux m'empêcher de penser que nous allons regarder les choses de plus en plus d'un point de vue différent. Doris tient à moi - je suppose que oui - si elle peut m'avoir sans rien sacrifier. Je ne l'exprime pas très bien, mais j'ai parfois l'impression qu'elle s'intéresse plus à ce qu'elle peut tirer de moi qu'à moi, et je ne sais pas si je vais réussir comme elle le souhaite ; en fait, je Je n'en suis pas du tout sûr", lâche-t-il avec pugnacité. "Mais je veux m'en sortir de cette façon, et si je ne le fais pas, il y aura une catastrophe très bientôt."

"Il y a quelque chose dans ce que tu dis," dit Drake en hochant la tête, "et j'aime que tu le dises franchement. Maintenant, écoute, mon garçon, je ne vais pas m'emparer de toi parce que j'attends que tu épouses Doris, mais parce que je *veux* que tu l'épouses ! Notez ça. Je peux contrôler beaucoup de choses, mais je ne peux pas contrôler les femmes. Elles m'ont battu à chaque fois. Je suis une pulpe. J'ai cédé une fois, même si Dieu sait J'espère que ma petite fille ne le regrettera pas. J'ai un titre étranger pourri qui pend au totem, et ça suffit, il faut que ça satisfasse madame. Je n'en veux pas d'autre et je n'en veux pas. mec de la Cinquième Avenue. Je veux un homme, un de mes semblables, qui puisse parler ma langue."

Il se leva, se tourna et lui tapa sur l'épaule. "Je te veux. J'ai réglé cela dans mon esprit il y a longtemps. Maintenant, je vais te parler aussi clairement. Au fur et à mesure que tu avanceras, tu regarderas les gens différemment. Tu verras combien est dû." au hasard, la bifurcation des chemins, aller à gauche au lieu de droite. Maintenant, je connais Doris. Je l'ai observée. Elle a deux côtés en elle, tu fais appel au meilleur. Je le sais. Elle le sait. " Elle ne t'épouserait pas si tu étais mendiant - les femmes sont comme ça - mais elle te restera loyale, comme une habituée, si elle t'épouse ; et tu ne seras pas un mendiant. "

"Oui, si je consens à fermer les yeux et à te laisser construire..."

"Maintenant, ne vous fâchez pas. Je ne vais pas vous mettre sous mon aile", dit Drake en souriant. "De plus, je ne voudrais pas que tu fasses partie de la famille si je ne savais pas que tu as des qualités en toi. Ne penses-tu pas que je veux quelqu'un en qui je peux avoir confiance dans ce jeu acharné ? Ne t'inquiète pas, si tu " Vous êtes le bon genre pour lequel je peux vous utiliser. Maintenant, arrêtez de trop réfléchir, laissez les choses s'arranger. Doris est le genre de personne qui appartient au sommet ; elle est forcément une leader, et nous allons la mettre là, vous et I. Maintenant, que veux-tu faire ? »

"Je veux voler de mes propres ailes", dit Tom avec une dernière résistance. "Je veux voir ce que je vaux par moi-même."

"Wall Street, bien sûr", a déclaré Drake, souriant à nouveau. "Eh bien, pourquoi pas ? Tu apprendras plus vite les choses que tu dois apprendre, même si cela te coûte plus cher."

Il se laissa tomber dans un grand fauteuil et regarda la nouvelle recrue comme s'il remontait un instant les années jusqu'à ses propres débuts.

« Tom, si tu entres, » dit-il tout à coup, « entre les yeux ouverts et décide-toi bientôt de ce que tu veux ; mais quand tu as pris ta décision, ne te trompe pas. vous voulez avancer sain et sauf, vous pouvez le faire aussi bien à Wall Street que n'importe où ailleurs. Mais je pense que ce n'est pas ce que vous recherchez. Il rit de la reconnaissance confuse par Bojo de la justesse de ses suppositions et continua :

"Eh bien, reconnaissez que ce dans quoi vous vous engagez, c'est la guerre, ni plus ni moins. Vous voyez, nous sommes un peuple curieux, nous n'avons pas eu la chance de nous développer comme les autres. Et il y a quelque chose d'instinctif dans la guerre ; dans un pays en pleine croissance, il dégage beaucoup d'énergie sauvage. Maintenant, il y a un groupe de grands gars ici qui auraient dû avoir la chance de devenir maréchaux ou amiraux, et parce qu'ils n'ont pas la chance, ils ont développé un talent spécial. petit champ de bataille à eux pour se battre les uns contre les autres. Et, disons, les grands gars ne se trompent pas, ils savent ce qu'ils font ! Ils ne se font aucune illusion. Mais il y a beaucoup de grands petits hommes là-bas. qui se promènent en serrant leurs illusions dans leur cœur, qui saccagent un chemin de fer ou font le siège d'une entreprise avec l'idée qu'ils sont destinés à s'emparer des biens des autres. Maintenant, je ne me trompe pas : c'est mon point fort. J'attrape aussi vite que l'autre, mais je sais que le moment vient où ils ne nous laisseront plus attraper. Je le fais parce que j'en ai envie, parce que j'aime ça et parce que nous fondons des aristocraties ici comme dans le Vieux

Monde. l'a fait il y a quelques siècles. Eh bien, revenons à vous. Je te verrai commencer dans une bonne entreprise—"

"Je préfère le faire moi-même."

"Comme tu veux. Tu as de l'argent ?"

"Cinquante mille dollars", dit Tom, qui raconta ensuite la prédiction de son père.

"D'habitude, c'est un bon devineur", a déclaré Drake en riant. "Mais nous pouvons lui en donner une. Il y a un plan que j'ai préparé pour une grande moissonneuse-batteuse de l'industrie de la laine et qui pourrait lui réserver une agréable surprise. Eh bien, alors, commence par tes propres ailes, mon garçon. Apprends tout ce que vous pouvez des hommes. Étudiez-les – parcourez -les en chiffres, si vous voulez, mais gardez toujours vos yeux sur les hommes ! C'est l'homme et non la proposition qui est dorée ou vide. Vous devez apprendre comment l'autre homme pense, ce qu'il fera dans une situation donnée, si vous voulez anticiper lui, et c'est la qualité qui compte. C'est là que je les fais deviner, à chaque minute de la journée; il n'y en a pas un Certains d'entre eux peuvent savoir maintenant si j'ai vingt millions d'avantages ou dix millions de retard. »

"Eh bien, Tom, il fut un temps où j'étais ruiné - bon sang, même mes créanciers étaient ruinés, ce qui est une chose horrible; et tout dépendait de mon soutien à la proposition qui m'a sauvé. Pensez-vous que quelque "Un de ces détectives était sur le coup ? Pas sur votre vie. Je vivais dans le plus grand hôtel, dans la plus grande suite, déversant de l'argent dans toute la ville - au tic-tac, bien sûr. Et, disons, au cours de la semaine critique, quand J'esquivais mon propre tailleur, j'ai envoyé ma femme (elle ne savait rien non plus) sur la Cinquième Avenue pour acheter un collier à 100 000 $. C'était réglé. Les autres gars, ceux dont le cerveau tourne comme une horloge, ne pouvaient pas. Je n'ai pas compris. J'ai mon soutien.

"Mais à supposer que ce ne soit pas le cas", dit Bojo involontairement. Il avait écouté ce récit les yeux ouverts comme un enfant au cirque. « Que serait-il arrivé ?

Drake rit de contentement. "Voilà. C'est tout ce à quoi l'autre gars pouvait penser. Maintenant, n'imaginez pas que vous pouvez faire ce que j'ai fait - vous ne pouvez pas. Je suppose que cela ne sert à rien de vous dire de ne pas spéculer, parce que vous allez le faire, non. peu importe ce que vous pensez maintenant. Vous le ferez, car le jeune homme qui entre à Wall Street et ne pense pas qu'il est un génie au cours des trois premiers mois n'est pas encore né ! Mais la première fois que cela vous arrive, jetez seulement un un tiers de votre capital par la fenêtre. Vous me comprenez ?

"Je ne ferai pas ça", dit résolument Bojo.

"Allez. Faites-le. Vous devriez. C'est bon marché en plus ! J'ai payé sept cent mille mille pour la même information", dit Drake en lui tendant la main. Il attrapa son épaule dans sa poigne puissante et ajouta : « Si vous avez trop de problèmes, venez me voir ! N'oubliez pas cela et bonne chance !

CHAPITRE VI

BOJO OBÉIT À SON DIRECTEUR GÉNÉRAL

Trois mois après son entrée à Wall Street, Bojo sortait de sa chambre dans le salon commun dans un état d'excitation tendue. La veille, il avait plongé pour la première fois dans le monde de la spéculation et acheté un millier d'actions de l'Indiana Smelter à vingt pour cent. marge. Cette transaction, qui représentait à ses yeux l'inévitable défi aux portes de la fortune, l'avait laissé dans le trouble pendant toute la nuit agitée. Il n'avait pris la décision qui devait décider de son avenir qu'après un long combat avec sa conscience.

Au début, il s'était imposé une limite, se promettant de ne pas toucher à un centime de son capital de 50 000 $ tant qu'il n'en aurait pas eu connaissance par lui-même. Peu à peu, ce délai s'était réduit. La spéculation était dans l'air, triomphante et insidieuse. Le marché tout entier était irrésistiblement balayé. Les temps étaient dramatiques. Une opportunité en or semblait à la portée de tous. Expansion, développement, fusion étaient sur toutes les lèvres. Roscoe Marsh en avait gagné cent mille sur papier. Même Fred DeLancy avait remporté plusieurs tours, ce qui lui avait rapporté de beaux profits.

Bojo avait résisté obstinément au début, prêtant une oreille insouciante aux arguments excités de ses amis, mais la fièvre de la spéculation était entrée dans ses veines, il ne rêvait de rien d'autre, et peu à peu la pensée de ses 50 000 $, si modestement investis dans quatre pour cent. les liens l'obsédaient. Le pire, c'est que chaque fois qu'il refusait de suivre une astuce de Marsh, de DeLancy ou d'une douzaine de nouveaux amis, il notait secrètement ses spéculations ; et la pensée de ces dollars qu'il avait refusés, et qui auraient pu lui appartenir s'ils le demandaient, lui apparut comme un reproche constant. En fin de compte, c'est Doris qui l'a décidé.

Cet intrigant infatigable, que même lui appelait maintenant le directeur général, l'avait convoqué à plusieurs reprises pour une consultation animée sur quelque rumeur qu'elle avait entendue au passage. Au début, il s'était moqué d'elle, puis il avait obstinément refusé une telle alliance. Mais Doris, intrépide, revint à la charge, l'étonnant parfois par la pertinence des informations qu'elle recueillait auprès des épouses et des filles, de ceux qui venaient en prétendants ou en simples amis de la famille, tout en travaillant avec la même industrie. et intelligemment, elle réquisitionna sa connaissance et envoya à Bojo une série de clients qui avaient remarquablement affecté sa progression dans les bureaux de courtage de Hauk, Flaspoller et Forshay.

Finalement, il avait cédé, parce que depuis des semaines il avait envie de céder, en spectateur las de regarder inactif le spectacle des combinaisons dorées changeantes sur le tapis vert de la table de jeu. Elle disposait d'informations des plus explicites. Un grand regroupement de fonderies du Moyen-Ouest avait été retardé pendant plusieurs semaines par le refus de deux grandes sociétés d'entrer au prix proposé : Indiana Smelter et Rockland Foundry. Elle savait pertinemment que l'affaire serait réglée dans les quinze prochains jours.

"Est-ce que ton père l'a dit ?" » demanda-t-il, vraiment impressionné, car Drake aurait été directement intéressé.

"Pas en premier lieu."

"Mais où as-tu trouvé tes informations ?"

"Oh, j'ai mes manières", dit-elle, ravie, "et je garde mes secrets aussi. N'oubliez pas que si vous aviez suivi mes conseils, ce que vous auriez fait."

"C'est stupéfiant à quel point vous avez eu raison", dit-il dubitatif.

"Écoute, Bojo, c'est tout à fait exact. Je le sais. Je ne peux pas te le dire maintenant, je l'ai promis, mais si je le pouvais, tu n'aurais pas le moindre doute. Ne peux-tu pas me faire confiance juste pour une fois ? Ne sais-tu pas que je travaille pour toi ? Oh, c'est une telle opportunité pour nous deux. Écoute, si tu ne le fais pas, achète-moi cinq cents actions avec mon propre argent. Oh, comment puis-je te convaincre ! "

Il détourna le regard pensivement ; tentée, convaincue, soupçonnant la source de ses informations, mais souhaitant rester dans l'ignorance.

"Vous êtes déterminé à acheter ?" Elle hocha énergiquement la tête. "Que dit ton père ?"

Elle s'empara de son idée, lui épargnant l'embarras d'une suggestion directe.

"Si papa dit oui, est-ce que ça te convaincra ? Attends." Elle réfléchit un instant, faisant les cent pas, fredonnant joyeusement pour elle-même. Soudain, elle se tourna, les yeux pétillants du plaisir de ses propres machinations. "Je vais vous dire comment je vais procéder. La semaine prochaine, c'est mon anniversaire. Je lui demanderai de me donner le pourboire comme cadeau d'anniversaire." Elle frappa joyeusement dans ses mains et ajouta : "Je lui dirai que c'est pour mon trousseau. S'il dit d'accord, tu ne refuseras pas."

"Non, je ne le ferai pas."

Elle se jeta joyeusement dans ses bras à cette victoire remportée, à cette perspective ouverte.

"Bojo, je t'aime et je veux faire tellement pour toi!" » cria-t-elle en resserrant ses bras autour de son cou, avec une démonstration plus authentique qu'elle n'en avait montré depuis des mois.

"Après tout, je serais idiot de refuser", pensa-t-il, excité lui aussi, et il dit à voix haute : "Oui, Miss Directrice Générale."

"Oh, appelle-moi comme tu veux, si seulement tu me laisses te gérer !" dit-elle en riant. "Maintenant, asseyez-vous et laissez-moi vous dire tout ce que j'ai prévu pour vous."

Cette nuit-là, elle lui a dit au téléphone avec enthousiasme que son petit plan avait réussi, que son père avait donné son accord, mais bien sûr, personne ne devait le savoir. Le lendemain, il lui avait acheté cinq cents actions et, après bien des hésitations, mille pour son propre compte à 104½. C'était un bon risque ; le stock était stable depuis des années ; même si la combinaison ne réussissait pas, il y avait peu de danger d'une chute rapide ; et s'il augmentait, il y avait une chance d'augmenter de trente ou quarante points. Il a gardé l'injonction du secret, comme toutes les injonctions de ce genre, au point de n'en parler qu'à ses amis les plus proches, Marsh et DeLancy, qui ont acheté immédiatement.

Néanmoins, à peine la transaction terminée, il éprouva une soudaine répulsion. Il était à Wall Street depuis assez longtemps pour avoir entendu cent histoires sur les méthodes des grands manipulateurs. Et si l'approbation de Dan Drake n'était qu'une ruse astucieuse pour dissimuler ses véritables intentions, démissionnant pour avoir ensuite remboursé Doris avec un chèque, selon un précédent célèbre ? Peut-être soupçonnait-il même que lui, Bojo, avait incité Doris à le faire et qu'il utilisait cette méthode pour lui faire comprendre que ses méthodes ne devaient pas être résolues de cette manière. Quoi qu'il en soit, Tom passa une très mauvaise nuit, se disant qu'il s'était jeté sur les preuves les plus fragiles et qu'il méritait pleinement d'être tondu.

Par la fenêtre entrouverte, une glorieuse matinée de décembre, avec une touche d'été indien, coulait à flots, portant les bruits lointains des riveteuses à vapeur. Marsh était occupé à trier une demi-douzaine de journaux, tandis que Fred bâillait devant les œufs et le café, lorsque le courrier fut apporté par l'Oriental souriant qu'on avait surnommé Sweeney. DeLancy, qui avait la curiosité d'une fille, s'est jeté sur les lettres, en lançant une demi-douzaine à Bojo avec un commentaire grognon.

"Dinguez-le s'il n'est pas plus populaire que moi ! Des lettres commerciales importantes - M. Morgan et M. Rockefeller vous demandant conseil - des invitations de société - honorent notre humble palais, enveloppe rose, très parfumée. Je dis, Bojo, je J'ai fouillé en profondeur vos précieux actions, deux cents actions - tout ce que j'ai pu rassembler. J'espère que vous avez raison.

Tout ce que je déteste, c'est du travail, et une marge de 10 pour cent devrait être renforcée par une révélation divine.

"J'aimerais bien que vous ne l'ayez pas fait", a déclaré Bojo en s'asseyant et en ouvrant l'annonce officielle de l'achat de son courtier, qui a frappé ses yeux comme un mandat d'arrêt criminel.

"Rassurez-vous", dit Marsh, sortant de la litière de papiers. "J'ai une astuce sous un autre angle, l'un des avocats impliqués. Je vais acheter quelques milliers d'actions supplémentaires. Pourquoi si maussade, Bojo ?"

"J'aurais aimé ne pas vous le dire, les gars."

"Les rats, c'est tout dans le jeu !" » dit Marsh, mais DeLancy n'avait pas l'air si philosophique.

Bojo a ouvert plusieurs invitations, un avis du tailleur pour appeler à un essayage, deux lettres de clients, d'amis personnels et enfin l'enveloppe rose, qui venait de Doris.

Bojo cher:

Quoi que vous fassiez, ne le dites à personne. Papa m'a interrogé terriblement et j'ai raconté un petit mensonge. Combien d'actions avez-vous achetées ? Papa m'a fait promettre de n'en acheter que cinq cents, mais je sais que tout va bien à la manière dont il s'est comporté. Oh, Bojo, j'espère que tu gagneras beaucoup d'argent ! Papa ne serait-il pas surpris ? Il m'a demandé ce soir, avec son drôle de ton bourru : « Comment va votre jeune homme ? Ont-ils déjà récupéré sa peau ? Ce ne sera pas une blague de sa part ? Au fait, j'ai dîné avec les Morrisons (c'est une de mes anciennes amies d'école) et j'ai mis mon petit aviron intelligent. Ne soyez pas surpris si quelqu'un d'autre vous appelle bientôt pour passer une petite commande. Je travaille également dans une autre direction. Ne manquez pas de venir prendre le thé.

Avec   beaucoup   d'amour,
DORIS .

PS Les Tremaines sont *terriblement* influents. Assurez-vous d'aller à leur danse.

Il plaça la lettre dans sa poche pensivement, pas entièrement content. C'était un bon échantillon d'une vingtaine de lettres – enthousiasme, sollicitude, ambition et conseils intelligents du monde, mais il lui manquait la seule note dont quelque chose en lui implorait malgré toute la satisfaction purement mentale que la perspective lui réservait.

DeLancy continuant à flâner, il sortit, seul, obsédé par l'idée de l'ouverture du marché et le bruit du téléscripteur, et prit le métro pour Wall Street, préoccupé et sérieux.

Cela faisait maintenant trois mois depuis le jour où il était venu pour la première fois en ville pour prendre ses fonctions de coureur de courtier, et beaucoup de choses avaient changé en lui pendant cette période, dont lui-même n'était pas conscient. Les premiers jours, il avait été plutôt déconcerté et irrité par ce début servile. Cela ne semblait pas vraiment être un travail d'homme : ce service de messager et la contemplation de ceux qui étaient au-dessus de lui, les hommes aux draps et les employés de bureau, lui inspiraient du dégoût. Souvent, il se souvenait de sa conversation avec son père et de ses conversations avec Granning, d'un ton neutre ; comparant leur vision de la vie avec ses associés, au grand désavantage de la foule curieusement sans importance de jeunes hommes qui, comme lui, étaient prêts à se précipiter sous la pluie et dans l'obscurité dans les quêtes des serviteurs, afin d'avoir un aperçu de la complexité de la vie. mystères de Wall Street qui réservaient des fortunes soudaines à ceux qui pouvaient les voir.

Il était sorti de l'université avec l'amour des qualités viriles et la conviction que c'était le privilège de l'homme d'affronter des tâches difficiles et laborieuses, et que le type prédominant parmi les débutants n'était pas son type. Et puis aussi, l'ampleur de la rue le submergeait, les gratte-ciels sans sommet l'éclipsaient, son jargon le mystifiait, tandis que l'ampleur colossale des opérations qu'il voyait semblait lui voler le sens de sa propre individualité. Mais peu à peu, doté d'un sens inné et d'une persévérance astucieuse, il commença à distinguer dans la foule des types et parmi les types des figures qui se détachaient avec un relief audacieux. Il a commencé à voir ceux qui passeraient et ceux qui persisteraient.

Il commença à rencontrer des types plus robustes, formés lors d'examens antérieurs, astucieux, prudents et résolus, des hommes autodidactes qui avaient une manière brusque d'exprimer leurs pensées, qui le classaient franchement parmi d'autres jeunes chanceux et lui assuraient qu'ils seraient là d'ici peu. c'est vrai, de leur retirer ce qui avait été bêtement donné et de leur rendre l'expérience. Il acceptait leurs plaisanteries avec bonne humeur, recherchant de préférence leur compagnie et leurs points de vue, désarmant peu à peu leurs critiques, résolu en secret que, quel que soit le sort commun, au moins il ne se révélerait pas un agneau insensé à tondre.

Fort de cette résolution, il commença par se dresser contre la spéculation, plaçant momentanément son argent dans des obligations irréprochables, refusant d'écouter tous les tuyaux, chuchotés ou ouvertement offerts, qui assaillit ses oreilles du matin au soir, jusqu'au jour où il devrait le faire. connaître sa propre connaissance des hommes et des choses. Il a travaillé dur, suivant les conseils de Drake, recherchant des informations auprès des hommes plutôt que dans des livres, vérifiant ce que chacun lui disait par ce que l'homme suivant avait à dire de son dernier informateur, souvent mystifié par la psychologie désinvolte de la finance, évaluant lentement les hommes à leur niveau. juste valeur, ne prêtant plus une oreille crédule aux prophètes effilochés de New Street ou ne s'excitant plus avec l'excitation d'une information trois fois confidentielle.

Il avait progressé rapidement, mais derrière toute sa joie, il y avait le soupçon constant que ses progrès n'étaient pas entièrement dus à ses propres réalisations éclatantes, mais que le nom de Crocker, senior, son compte en banque et la touche magique de Daniel Drake l'avaient fait. ça fait longtemps.

CHAPITRE VII

SOUS LA TYRANNIE DU TICKER

Au cours du dernier mois, il avait eu plusieurs tentatives d'approche de Weldon Forshay, qui était ce que DeLancy appelait le charognard social de l'entreprise, un homme de club irréprochable, aimable et gagnant dans ses manières, qui recevait les clients des quartiers chics dans le bureau extérieur, qui sortait pour déjeuner avec le groupe de cavaliers, qui se prélassait vers midi pour ce qu'ils appelaient une bagarre au marché. Forshay était un très bon garçon qui donnait à ses amis les meilleurs conseils, qui n'en étaient pas du tout, et laissait les détails de ses affaires à ses partenaires, Heinrich Flaspoller et Silas T. Hauk, des hommes astucieux, conservateurs et autodidactes qui échangeaient un cérémonial. dîner de famille par an avec leur brillant associé.

Forshay, qui n'était pas idiot et ne négligeait aucun détail des liens sociaux, avait tenu à percevoir les avantages d'une alliance avec le futur gendre de Daniel Drake, en gardant à l'esprit les volumineuses transactions qui découlaient chaque mois des clés de cet hôtel. manipulateur audacieux. Les transactions des derniers jours avaient été notées avec un intérêt plus que d'habitude, et l'annonce par Bojo du montant des garanties qu'il devait offrir en garantie (il ne donnait naturellement pas l'impression qu'il s'agissait de la somme de ses avoirs) avait Cela augmenta encore l'affection croissante de la maison pour un jeune homme travailleur, aux perspectives si excellentes.

Lorsque Crocker arriva, excité et captivé par le vrombissement du téléscripteur, Forshay, une splendide imitation américaine d'un aristocrate anglais, l'entraîna avec affabilité dans une pièce intérieure.

"Je dis, Crocker," dit-il, "la maison a réfléchi à vous assez sérieusement. Ce n'est pas souvent qu'un jeune homme vient ici et progresse aussi vite que vous. Nous aimons vos méthodes, et je pense que nous" Nous avons été prompts à les reconnaître, n'est-ce pas ? »

"C'est certainement le cas", dit Tom avec un réel enthousiasme.

"Vous nous avez apporté des affaires et vous nous en apporterez davantage. Maintenant, un soir prochain, je veux que vous veniez au club et que vous vous asseyiez autour d'un petit dîner et discutiez de toute cette perspective." Il le regarda avec bienveillance et ajouta : "Je ne vois pas pourquoi un homme ambitieux comme vous, qui a ce qu'il a devant lui, ne pourrait pas intégrer cette entreprise avant très longtemps."

"Pourvu que j'épouse Miss Doris Drake", pensa Bojo. La manière froide avec laquelle il a reçu la nouvelle a fait une nette impression sur Forshay, qui est allé un peu plus loin. "Nous sommes conscients qu'avec les amis et le soutien que vous avez, vous n'êtes pas à la recherche de rester éternellement avec un salaire. Ce que vous voulez, c'est obtenir une part équitable des affaires que vous pouvez générer, et le seul moyen est de rejoindre une certaine ferme. Eh bien, je n'en dirai pas plus maintenant. Vous savez à quoi nous pensons. Nous nous retrouverons plus tard.

"Vous êtes vraiment très gentil, M. Forshay", dit Bojo, délicieusement troublé.

"Pas du tout. Vous êtes du genre à aller de l'avant. Oh, au fait, le cabinet veut que je vous dise qu'à partir de la semaine prochaine, votre salaire sera de soixante-quinze dollars."

Cette fois, Bojo ravala sa surprise et serra la main avec un plaisir enfantin.

"Je suis très heureux de vous le donner", a déclaré Forshay en riant. "Je vois que vous avez une bonne opinion d'Indiana Smelter. Maintenant, je ne veux pas que vous trahiez aucune confiance, mais bien sûr, je sais quelle est votre position dans certains milieux. Il n'y a aucun mal à dire cela, n'est-ce pas ? J'ai regardé Vous. Vous n'avez pas couru après toutes les rumeurs du quartier. Vous êtes astucieux. Vous êtes trop conservateur pour investir sans raison assez solide ou pour laisser entrer vos amis à moins d'en être sûr.

"J'en suis presque sûr", dit solennellement Crocker.

"Je le pensais", dit Forshay méditativement. "Je suis plutôt tenté d'essayer le truc moi-même. J'ai une sorte d'intuition à ton sujet. Je t'ai aimé, Tom, dès le début. J'espère que tu as frappé fort." Il jeta un coup d'œil en direction des associés principaux et baissa la voix en toute confidentialité. "Alors c'est bon de voir l'un des nôtres réussir, tu comprends ?"

En cinq minutes, Bojo lui avait dit dans la plus stricte confidentialité tout ce qu'il savait. Forshay a reçu la nouvelle avec une délibération réfléchie.

"J'aurais préféré que Dan Drake vous le dise directement", dit-il en fronçant les sourcils. "Néanmoins, c'est précieux. Il y a peut-être beaucoup de choses là-dedans. Je pense que je peux obtenir une réponse moi-même. Jimmie Boskirk est un bon ami à moi et il le saura. Tenez-moi informé et je vous laisserai Je sais ce que je découvre. Allez-y un peu lentement. Dan Drake prépare de nombreux trucs. Il a trompé le talent à plusieurs reprises auparavant. Supposons que nous disons vendredi soir pour notre petite conférence. Bien.

La mention de Jimmie Boskirk a jeté un bémol sur les plaisirs que l'interview avait apportés à Bojo. Il ne réalisa pas tout de suite avec quelle facilité Forshay s'était joué de lui pour obtenir les informations qu'il désirait et à quel point il les croyait vraiment précieuses. Il était perdu dans une nouvelle irritation. Le jeune Boskirk avait été remarquablement assidu dans ses attentions envers Doris ; et, bien que ce fait n'éveillât en lui aucune jalousie, il avait le sentiment inconfortable que Boskirk était en fait la source de ses informations.

Mais l'ouverture du marché a complètement chassé toutes autres pensées de son esprit. Pour la première fois, il subit la poignante tyrannie du ruban adhésif. Il ne pouvait s'empêcher de faire ce qu'il voulait. Indiana Smelter a ouvert à 104½, a quitté la fraction, puis a avancé à 106 grâce à une force modérée des ordres d'achat.

« Un point et demi – 1 500 $ – j'ai gagné 1 500 $ – juste comme ça », se dit-il, stupéfait. Il se dirigea vers son bureau, mais dix minutes plus tard, sous prétexte de prendre un verre d'eau, il revint à la cassette pour s'assurer que ses yeux ne l'avaient pas trompé. Le voilà à nouveau et sans erreur : 200 Indiana Smelter, 106. Il s'assit à son bureau dans la tourmente. Quinze cents dollars ! Cinq fois ce qu'il avait gagné en trois mois. S'il avait acheté deux mille actions, comme il l'aurait facilement fait, à un taux sûr de vingt pour cent. marge, il en aurait gagné trois mille. Il se sentit en colère contre lui-même, escroqué, et, tirant un papier devant lui, il commença à calculer ses bénéfices si le titre devait atteindre 140 ou 150, comme tout le monde le disait si la combinaison se réalisait.

Puis, afin de réaliser lui-même ses gains colossaux, il appela Doris au téléphone pour entendre le bruit de tels chiffres. A une heure, alors qu'il sortait prendre une bouchée lors d'un déjeuner debout, il consultait trois téléscripteurs, impatient qu'aucune nouvelle vente n'ait été enregistrée. Lorsque Ricketts, qui était encore dans les draps, lui a fait part de son budget quotidien de potins, il a écouté avidement. Chaque astuce l'intéressait, lourde d'une nouvelle signification dramatique. Il eut envie de le prendre à part et de lui murmurer à l'oreille :

« Écoute, Ricketts, si tu veux une bonne chose, achète Indiana Smelter : ça va monter à 140. J'ai gagné quinze cents dollars avec ça en quelques heures.

Mais il n'a rien fait de tel. Il avait l'air très sage et ennuyé, se sentant immensément supérieur en tant que capitaliste et futur membre de la société Hauk, Flaspoller et Forshay, sur Ricketts, qui avait commencé quand il avait commencé et qui était toujours sur les draps à quinze dollars par semaine. "Whispering Bill" Golightly, qui avait l'art hypnotique d'inciter les clients à acheter, à vendre et à acheter à nouveau le même jour, sur la base de rumeurs astucieusement fluctuantes (sans dénigrer son compte de commission), s'est faufilé et l'a salué royalement. .

"Bonjour, Bill, que sais-tu ?"

"Achetez Redding", dit doucement Golightly, avec un battement confidentiel de la paupière proche.

"Tu es loin derrière. Je sais quelque chose de mieux que ça. Reviens la semaine prochaine."

Il quitta Golightly avec un sourire incrédule et se dirigea lentement vers le groupe hétéroclite de New Street, cette antichambre tragique de Wall Street, où les rois déchus de la finance racontent les gloires du passé et parient quelques misérables dollars sur un murmure fugitif.

« S'ils savaient ce que je sais », se disait-il en souriant, en passant dans une jeunesse confiante, à travers ces vieillards fatigués qui, dans leur malheur, préféraient encore être les derniers dans la rue, ne serait-ce que pour être près de Rome. Dans les bureaux, en haut d'Exchange Place, regardant le groupe blotti sur le trottoir en bas, vêtus de peaux de mouton et de silencieux, lançant des signaux du doigt en l'air aux personnages qui attendaient aux fenêtres au-dessus, il trouva un nouvel ordre de Roscoe Marsh et le fit exécuter à la hâte.
. Il avait envie d'appeler tous ses amis et de leur demander de suivre aveuglément son exemple.

Il voulait que chacun gagne de l'argent aussi facilement que possible. Avant la fermeture du marché, l'Indiana Smelter a reculé à 105¼ et il avait l'impression que quelqu'un avait physiquement sorti 500 $ de sa poche. Pourtant, il avait gagné mille dollars pour la journée. Il prit le métro avec la foule des agents de change qui sortaient de la bourse en courant comme des écoliers libérés après la tension de la journée, se bousculant et se bousculant avec une joie libérée. Sa première action fut de se tourner vers les colonnes financières de son journal, pour s'assurer qu'il n'y avait pas eu d'erreur, pour voir à froid qu'il n'avait réellement commis aucune erreur. Au cours de la semaine, l'Indiana Smelter a grimpé de manière irrégulière jusqu'à 111¼, a cassé trois points et a terminé à 109 au milieu d'une soudaine concentration de l'intérêt du public.

Samedi, alors qu'il revenait à ses vitres flamboyantes dans la pénombre douce du court, en prévision de s'habiller pour une fête dans le sillage de Fred DeLancy, il montait l'escalier deux pas à la fois, débordant du besoin de verser de l'eau. raconter son histoire de bonne fortune à des oreilles attentives. Il ne trouva que George Granning, blotti dans le grand fauteuil, plongé dans la contemplation béate d'un immense livre de comptes.

"Qu'est-ce qui te fait rire, vieux rhinocéros ?" » dit Bojo, s'arrêtant surpris.

"Je suis en train de créer des comptes", a déclaré Granning. "J'ai douze cent quarante-deux dollars d'avance. Demain, tu pourras m'acheter ma première obligation et faire de moi un capitaliste. Bojo, félicite-moi. J'ai mon augmentation, quarante par semaine à partir de maintenant. ... surintendant adjoint ! Qu'en pensez-vous ?

"Non!" s'exclama Bojo, qui avait rêvé par centaines de milliers. Il serra la main avec tout l'enthousiasme qu'il pouvait forcer. Puis une véritable pitié l'envahit pour les inégalités des chances. Il saisit une chaise et l'approcha avec enthousiasme de son ami. "Mamie, écoute-moi. Sais-tu ce que j'ai gagné en dix jours ? Près de cinq mille dollars ! Maintenant tu sais que rien au monde ne me permettrait de te tromper, à moins que je le sache. Eh bien, Mamie, je sais ! Je Je vous garantis, comprenez-vous, que si vous me laissez prendre votre mille et le placer comme je veux, je doublerai votre capital en un mois.

"Merci, non", dit Granning d'une manière qui n'admettait aucune discussion. "Le genre doré sur tranche est mon ambition. Regardez ici, combien d'argent avez-vous investi ?"

"Seulement vingt mille."

"Alors donne-moi le reste et laisse-moi l'enterrer pour toi."

"Je vous dis que je peux le vendre maintenant et gagner 4 500 $. Qu'en dites-vous ?"

"Je suis vraiment désolé de l'entendre."

"Tu es un bon ami."

"Les cours magistraux ne sont pas mon point fort", dit imperturbablement Granning, "mais puisque vous insistez, la première leçon de la vie à mon avis est un respect salutaire pour la difficulté de gagner de l'argent."

"Tu agis comme si tu pensais que j'avais volé une vieille veuve, espèce d'anarchiste !"

"Douze fois 30 font 360, ajoutez 12 fois 150 fois 30", dit Granning en prenant son crayon.

"Qu'est-ce que tu fous en train de comprendre ?"

"Je calcule qu'au rythme où je vis, je pourrai acheter une autre obligation dans environ dix mois et trois quarts", a déclaré Granning avec bonheur.

"Oh, va au diable", dit Bojo en se retirant dans sa chambre.

Alors qu'il commençait à s'habiller pour la soirée, il commença à moraliser, jetant un coup d'œil à Granning, qui continuait à représenter une image de bonheur sauvage.

"Supposons qu'il pense maintenant à ce revenu de quarante-cinq dollars par an", pensa Bojo, qui commença à se livrer à de nombreuses spéculations mondaines dont il aurait été incapable trois mois auparavant. Après tout, si seulement certaines personnes le savaient, il serait tout aussi facile d'en gagner cent mille que mille. Il suffisait de reconnaître que le monde était inégal et le resterait toujours, et qu'au sommet de la société, quand on en avait l'occasion bien sûr, tout était une question de connaissance et d'influence.

"Pauvre vieille grand-mère", dit-il en secouant la tête. "Dans quatre ans, je vaudrai un million et il continuera à travailler dur, travaillant comme un esclave, se réjouissant d'une augmentation de dix dollars." Mais comme il était néanmoins honnête dans ses valeurs, il ajouta : "Et ce vieux vaut dix fois ce que je vaux aussi !" Il se souvenait de sa propre augmentation de salaire, mais, pour certaines raisons, il était déterminé à ne pas risquer une comparaison éthique.

"Eh bien, capitaliste, bonne nuit", dit-il, vêtu d'un haut-de-forme, d'un manteau de fourrure et de linge brillant.

Granning grogna avec complaisance et le rappela alors qu'il disparaissait.

"Salut!"

"Quoi?"

"Viens un jour à l'usine avec moi et vois ce qu'est le vrai travail."

Bojo a claqué la porte et est descendu les escaliers en riant.

Les ordres d'achat se sont multipliés à Indiana Smelter, l'air était plein de rumeurs, les colonnes financières ont accepté comme un fait que le rapprochement était décidé, et le titre s'est envolé dès la troisième semaine, malgré une journée d'horrible incertitude, lorsque la nouvelle s'est répandue. que toutes les négociations étaient interrompues et qu'Indiana Smelter a perdu douze points. Lorsque le chiffre 135 fut atteint, Bojo devint perplexe. En moins d'un mois, il avait récupéré plus de trente mille dollars. Il ne pouvait pas croire sa propre raison. D'où venait-il ? Est-ce qu'il existait réellement ou se réveillerait-il un matin et le trouverait-il évaporé ?

Le tintement tournant du téléscripteur était toujours dans ses oreilles. La nuit, quand il commençait à s'endormir, la pièce était toujours pleine d'instruments diaboliques, et de grands courants de papier fin et enroulés tombaient sur son lit et Indiana Smelter se transformait en figures impossibles ou s'effondrait brusquement en néant. Un matin, la nécessité de détenir réellement entre ses mains ces sommes énormes qu'il avait envisagées avec incrédulité pendant toutes ces semaines était si impérieuse qu'il les vendit alors que le stock atteignait 138¼.

Pendant une journée, un sentiment de libération sublime l'envahit, comme si la tyrannie claquante avait disparu à jamais de ses oreilles. Dans sa poche se trouvait une certitude, incroyable mais tangible, un chèque à son ordre de plus de trente-trois mille dollars. Une fois que cette certitude s'était imposée en lui, il éprouva une vive répulsion. Il lui semblait que ce qu'il avait fait était absolument immoral, comme s'il avait jeté son argent sur une table de jeu et gagné fabuleusement avec la chance d'un débutant. Une certaine providence a dû le protéger, mais il a fermement résolu de ne jamais répéter l'épreuve.

Il informa Mémé de cette décision, en avouant franchement tout l'appétit du gain, l'excitation téméraire et dangereuse qu'elle avait suscitée en lui. Il parla avec une telle conviction profonde, étant pour le moment lui-même convaincu, que le scepticisme de grand-mère était vaincu, et ils se serrèrent la main devant l'illumination soudaine de Bojo.

Mais le lendemain, alors qu'il se rendit chez les Drake et exhiba le chèque pour le plus grand plaisir de Doris, ses bonnes intentions commencèrent à vaciller dans un élan de triomphe.

"Maintenant, n'es-tu pas content d'avoir écouté une petite personne sage qui va faire ta fortune ?" dit-elle, ravie à la vue du chèque.

"Qui t'a donné le pourboire, Doris ?" dit-il avec inquiétude. "Tu peux me le dire maintenant."

"Ne me pose pas de questions—"

"Un homme ou une femme ?" il persistait, cherchant un subterfuge, car l'idée de demander à brûle-pourpoint s'il devait sa fortune à Boskirk lui répugnait.

Elle hésita un instant, devinant ses scrupules.

"Promets de ne plus poser de questions."

"Si tu me le dis."

"Une femme, alors."

Il feignait une grande satisfaction, immensément soulagé de son orgueil, prêt à se laisser convaincre. Dan Drake entra et Doris, heureuse de l'interruption, montra le chèque en triomphe.

"Alors c'est ça, n'est-ce pas ?" » dit Drake en levant les yeux vers Bojo, qui avait l'air timidement heureux. Et prenant un air colérique, il attrapa Doris par l'oreille. « Un traître dans ma propre maison, hein ?

"Que veux-tu dire?" dit-elle en se défendant.

"Je veux dire, la prochaine fois que tu divulgueras de telles informations privilégiées, souviens-toi juste que tu as un papa."

"Maintenant, papa, ne sois pas horrible et ne m'enlève pas tout mon plaisir. N'est-ce pas glorieux !"

"Très", dit Drake avec une grimace. "Je vous félicite, jeunes coquins. Votre entrée et votre diffusion de la bonne nouvelle parmi vos amis intimes..." il jeta un coup d'œil à Bojo, qui rougit - "m'a coûté quelques centaines de milliers de dollars de plus que ce que j'avais l'intention de payer. Je suppose, jeune homme. , ça me coûtera moins cher de t'avoir à l'intérieur de mon bureau qu'à l'extérieur !"

"Je n'avais pas réalisé, monsieur—"

"Il n'y a aucune raison pour que vous le fassiez, mais je tiens à vous dire, à vous et à votre directeur général, afin que vous ne vous fassiez pas une idée fausse de vos talents napoléoniens, qu'il y a eu un moment il y a dix jours où toute la combinaison s'est approchée d'un cropper, où que vous soyez. J'ai eu vos informations." Il s'arrêta, regarda sévèrement sa fille et dit : « Au fait, où *avez*-vous obtenu vos informations, jeune femme ?

Doris rit malicieusement, pas du tout trompée par sa colère assumée.

"J'ai mes propres sources d'information", dit-elle, imitant ses manières.

Le père la regardait astucieusement, amusé de l'intrigue qu'il devinait.

"Eh bien, c'est ce que je suppose—"

Mais Doris, se jetant en riant, lui ferma les lèvres avec sa jolie main.

"Elle a utilisé Boskirk pour m'aider", pensa Bojo en percevant son début de peur et le sourire astucieux sur le visage du père.

Il n'a pas poursuivi l'affaire, mais la conviction lui est restée.

Malgré ses nouvelles résolutions, il fut surpris de constater que l'obsession du téléscripteur le tenait toujours. Avec l'annonce de la finalisation de la fusion de Smelter, Indiana Smelter a grimpé jusqu'à 142¾, et la pensée de ces milliers qu'il aurait pu avoir aussi facilement qu'autrement a commencé à l'ennuyer. Il oubliait qu'il avait condamné la spéculation dans la contemplation de ce qui aurait pu être.

Avec le recul, il lui semblait que ce qu'il avait fait était ridiculement petit. S'il avait joué sur les actions comme d'autres esprits résolus menant de telles campagnes pour la fortune, il aurait dû consacrer le reste de son capital à l'entreprise une fois qu'il avait joué sur le velours. Il a imaginé une douzaine de façons par lesquelles il aurait pu réaliser un coup de maître et tripler, voire quadrupler, ses bénéfices, et plus son esprit y réfléchissait, plus il devenait impatient de se lancer dans une nouvelle entreprise. Dan Drake avait laissé entendre qu'il l'emmènerait dans son bureau. Il commença à aspirer au moment où la proposition lui serait à nouveau proposée, à accepter, à avoir le privilège de jouer au jeu comme d'autres y jouaient, avec des cartes marquées.

CHAPITRE VIII

LE RETOUR DE PATSIE

Pendant ce temps, Bojo avait vu beaucoup de vie. Marsh était trop occupé à explorer en détail les rouages et l'organisation de son journal pour être souvent disponible, et le temps de Bojo était réparti à parts égales entre les soirées formelles sur le plateau de Doris et les excursions avec Fred DeLancy dans des régions moins orthodoxes. Il commença à voir beaucoup de choses dans les coulisses, à s'émerveiller de l'inflexibilité des grands hommes d'un certain type soudainement enrichi, de leur crédulité et de leurs curieuses vanités de parade. Lui-même avait un amour inné du raffinement et une vieille touche de chevalerie dans son attitude envers les femmes, et traversait ce qu'il voyait sans plus de mal que de désillusion, plus sage pour la leçon.

À sa grande surprise, il découvrit que ce que DeLancy avait estimé de ses valeurs sociales était tout à fait vrai. Fred était très demandé dans les bals tranquilles des salons discrets de Tenafly et de Lazare, où des éléments curieux se conjuguaient pour distraire l'aventurier, riche à quarante-cinq ans, qui, après une vie de routine spartiate, s'éveillait à l'appel du plaisir et de la curiosité à une heure matinale. l'âge où d'autres hommes ont résolu leur attitude. Fred était considéré comme une sorte d' *enfant gâté* qui était récompensé après une soirée gaie par une commande facilement lancée de mille actions de ceci ou de cela pour faire sa commission. Il n'a pas fallu longtemps à Bojo pour percevoir la faiblesse inhérente au caractère adorable mais joyeux de DeLancy, ni pour spéculer sur son avenir avec une certaine appréhension, malgré toutes les protestations de Fred selon lesquelles il était astucieux dans la façon dont ils sont faits et très conscient du principal. chance à chaque minute de la journée.

Bojo avait été admis assez loin dans sa confiance pour savoir qu'il y avait déjà quelqu'un dans le milieu pratique, une Miss Gladys Stone, financièrement un prix qui avait été surpris par la gaieté volatile et les astuces amusantes de Fred DeLancy. DeLancy en effet, dans des moments d'intimité sérieuse, avouait ouvertement son intention de s'installer d'ici un an ou deux tout au plus, et Bojo, avec le souvenir des nuits tumultueuses dont il avait difficilement extrait le populaire Fred, avoua que plus tôt cela se produirait, mieux cela lui conviendrait.

Il avait rencontré Gladys Stone une fois, lorsqu'il était passé chez Doris, et il avait le souvenir flou d'une jeune fille mince et blonde, qui riait et bavardait beaucoup et disait à plusieurs reprises qu'elle s'ennuyait par ceci ou cela, par l'opéra où il n'y avait rien de nouveau, dans les dîners où il était si ennuyeux de parler de bridge, à Palm Beach, qui devenait ennuyeux parce que les hôtels moins chers avaient augmenté et que tout le monde était admis, mais qui éclaterait en éclats de rire au moment où Fred DeLancy a touché une corde sensible au piano et imité une ballade allemande.

"Gladys est une bonne âme au fond. Elle est folle de Fred et il peut l'épouser quand il le souhaite", a déclaré Doris, assise en jugement.

"Pensez-vous que ça se passerait bien ?" il a dit.

"Pourquoi pas ? Gladys n'a aucune idée en tête. Elle sera un public splendide pour Fred. Il n'est pas le genre de personne à tomber désespérément amoureux."

"Je n'en sais rien", dit Bojo, avec un souvenir inquiet d'une certaine petite actrice séduisante mais assez évidente, respectable mais bien trop calculatrice à son avis, que Fred avait beaucoup trop vue.

"C'est absurde ! Ce genre de personne pense toujours à la foule. En plus, Gladys est trop stupide pour être jalouse. C'est un mariage magnifique. Elle aura un mari qui évitera à sa maison de devenir ennuyeuse, et il aura une pile d'argent : exactement ce dont chacun a besoin.

Il voyait Doris trois ou quatre fois par semaine. Elle était devenue une femme très occupée, se plaignant constamment des fatigues d'une saison sociale. Fred DeLancy, qui, avec Marsh, avait été admis dans l'intimité, se moquait d'elle en face avec son air impudent, feignant une profonde sollicitude pour les riches surchargés.

"Mais c'est vrai", s'est indignée Doris. "Je n'ai pas une minute à moi. J'y vais du matin au soir. Vous n'imaginez pas à quel point nos vies sont exigeantes."

"Dites-moi", dit DeLancy, prenant un air de commisération, tandis que Bojo riait.

« Horrible bête ! dit Doris en faisant la moue. "Et puis il y a la charité, vous n'imaginez pas le temps que prend la charité. Je fais partie de trois comités et nous devons nous réunir une fois par semaine pour un déjeuner. Ensuite, je suis dans le spectacle au profit d'un hôpital ou autre, Et maintenant, ils veulent que nous venions aux répétitions du matin. Ensuite, il y a le cours de bridge de l'après-midi jusqu'à quatre heures, et une demi-douzaine de thés à prendre, et le retour pour être habillé et recroquevillé et partir pour un dîner et une danse, soir après soir. Et maintenant, il y a le mariage de Dolly qui approche, la couturière et les courses. Je vous le dis, je commence déjà à paraître vieille !

Elle jeta un coup d'œil à l'horloge et partit avec un soupir se préparer pour une autre lutte sociale, lorsque Mme Drake entra. Les jeunes gens s'excusèrent. Bojo ne s'est jamais senti tout à fait à l'aise sous le regard scrutateur de la lorgnette menaçante de sa mère. C'était une petite femme frêle et inquiète, qui s'habillait trop jeune pour son âge, dont les larmes promptes avaient vaincu l'opposition de son mari, tout comme l'écoulement régulier d'un petit ruisseau se fraye un chemin à travers les surfaces de granit . Elle n'approuvait pas Bojo – un fait dont il était bien conscient – et fut résolue lorsque sa première ambition fut satisfaite par le prochain mariage de Dolly et tourner ses forces contre Doris.

À présent, elle était trop occupée, car il y avait des moments de faiblesse où Dolly, malgré toute son éducation étrangère, se révoltait, et d'autres où M. Drake, irrité par la conduite froide des arrangements commerciaux prénuptiaux, avait a menacé d'envoyer en fuite toute la meute d'avocats impudents. Patsie avait été envoyée rendre visite à un cousin après une série d'indiscrétions, aboutissant à une demande du duc de savoir ce que les Français entendaient par mariage de convenance - une demande *qui* a fait l'effet d'une bombe dans un soudain silence de la famille. dîner.

C'était une semaine avant le mariage, alors que Bojo remontait l'avenue devant le parc pour se rendre à Doris, qu'il se rendit soudain compte d'une jeune femme en bonnet de fourrure blanche et en velours noir qui sautait vers lui, poursuivie par un terrier qui avait un air familier, tandis que depuis l'automobile qui l'accompagnait, une grande et maigre fille gesticulait violemment et sans être entendue. L'instant d'après, Patsie avait couru vers lui, son bras sous le sien, Romp s'appuyant contre lui en signe de reconnaissance, tandis qu'elle s'exclamait :

"Bojo, Dieu merci ! Sauve-moi de cette horrible femme !"

"Qu'est-ce qui ne va pas, qu'est-ce qu'il y a ?" dit-il en riant, ressentant tout à coup une lueur délicieuse à la vue de ses yeux vifs et de ses lèvres essoufflées et entrouvertes.

"Ils m'ont ramenée et m'ont attaché un dragon", s'est-elle indignée. "Je ne le supporterai pas. Je n'irai pas défiler avec un gardien, tout comme un animal dans un zoo. Tout cela est le fait de ma mère et de Dolly, parce que j'ai vexé son vieux duc. Renvoyez le dragon, s'il vous plaît. , Bojo, s'il te plaît."

"Quel-est son nom?" » dit-il en regardant la voiture qui approchait.

"Mlle du Quelque chose ou autre... comment le sais-je ?"

Le compagnon frénétique fonçant maintenant, avec le chauffeur souriant, Bojo expliqua son droit d'agir comme escorte de Miss Drina, et la question fut réglée par la *demoiselle de compagnie* promettant de garder un bloc derrière jusqu'à ce qu'ils approchent de chez eux.

Patsie s'est indignée. "Attends que je trouve papa ! Je vais la soigner ! L'idée ! J'ai dix-huit ans, je suppose que je peux prendre soin de moi. Je dis, donnons-leur la fuite. Non ? Oh, chérie, ce serait C'est tellement amusant. Je suis fou de m'éclipser et de patiner. Qu'en pensez-vous ? Je ne peux même pas faire ça. Trop vulgaire !"

"Qu'avez-vous dit au duc pour provoquer une telle dispute ?" » dit Bojo, agréablement conscient du poids léger sur son bras.

"Rien du tout", dit Patsie avec un visage innocent ; mais il y avait une étincelle dans les yeux. " J'ai simplement demandé ce qu'était ce *mariage de convenance* dont je les entendais tous parler, et quand il a commencé à faire un long discours, je l'ai interrompu et lui ai demandé si ce n'était pas quand les gens ne s'aimaient pas mais se mariaient. pour payer les factures. Ensuite, tout le monde a parlé à haute voix et ma mère m'a regardé à travers son télescope.

"Vous le saviez, bien sûr", dit Bojo d'un ton de reproche.

Drina eut un rire coupable.

"Je ne pense pas que Dolly veuille l'épouser du tout", a-t-elle déclaré. "C'est entièrement maman. Surprends-moi en train de me marier comme ça."

"Et comment vas-tu te marier ?"

"Quand je me marierai, ce sera parce que je suis tellement amoureuse que je serais assise sur la plus haute marche à attendre qu'il revienne. Si j'étais fiancée à un homme, je l'accrocherais fort et je le ferais. "Je ne le lâche pas non plus, peu importe qui regarde. Quel genre d'amour est-ce quand on s'assoit à six pieds l'un de l'autre et qu'on essaie d'avoir l'air ennuyé quand quelqu'un fait claquer une porte !"

"Patsie, tu es très romantique, j'en ai peur."

Elle hocha énergiquement la tête en rabâchant : « Le clair de lune, les nuages changeants, les fleurs très parfumées et tout ce genre de choses. Qu'à cela ne tienne, ils feraient mieux de faire attention. Je ne supporterai pas ce genre de traitement. je m'enfuirai."

"Tu ne ferais pas ça, Patsie."

"Oui, je le ferais. Je dis, quand toi et Doris vous marierez, me laisserez-vous venir et rester avec vous ?"

"Nous le ferons certainement", a-t-il déclaré avec enthousiasme.

"Alors qu'est-ce que tu attends ?"

"J'attends", dit sèchement Bojo après une pause, "jusqu'à ce que j'aie gagné assez d'argent moi-même."

"Bien pour toi", dit-elle, comme si elle était immensément soulagée. "Je savais que tu étais ce genre-là."

"Et quand sors-tu ?" » demanda-t-il pour détourner la conversation.

"La veille du mariage. N'est-ce pas horrible ?"

"Il y aura beaucoup d'hommes qui traîneront autour de vous, fous de vous", dit-il brusquement.

"Caca!"

"Peu importe, je veillerai sur toi attentivement et j'éloignerai les mauvais."

"Veux-tu?"

Il hocha la tête, la regardant dans les yeux.

"Bien pour vous. Je viendrai vous demander conseil."

Ils étaient à la maison, la livrée citron des valets de pied apparaissant derrière les portes vitrées.

"Je dis," dit Patsie avec un soudain sourire malicieux, "rejoignez-moi au coin demain à quatre heures et nous irons patiner."

Il secoua sévèrement la tête.

"Bojo, s'il te plaît, juste pour plaisanter !"

"Je vous appellerai peut-être d'une manière sociale appropriée."

"Est-ce que Doris devra être là ?" » demanda-t-elle pensivement.

"Je demanderai bien sûr à Doris."

— À bien y réfléchir, non, merci. Je crois que je vais aller chez ma couturière, dit-elle en imitant parfaitement son ton formel, et elle disparut dans un dernier éclat de rire.

Il entra voir Doris avec une soudaine détermination à clarifier certaines questions qui lui préoccupaient la conscience. Par chance, au moment où il entrait dans la grande antichambre, M. James Boskirk partait. C'était un jeune homme minutieux, assez évident, d'une industrie et d'habitudes irréprochables, un peu trop sérieux, considéré déjà comme l'un des jeunes hommes solides de la jeune génération des financiers, qui ne cachait pas qu'il était parvenu à une solution délibérée. décision d'inviter Miss Doris Drake dans la nouvelle entreprise qu'il avait décidé de fonder pour l'établissement de sa maison et la perpétuation de son nom.

Il sembla à Bojo, dans les salutations superficielles qu'ils échangèrent en tant que sauvages civilisés, qu'il y avait un regard d'accusation désobligeante dans les yeux de Boskirk, et, furieux, il résolut de revenir sur le sujet de l'Indiana Smelter et d'arracher la vérité à Doris.

Il entra avec un air amusé bien assumé, adoptant un ton sarcastique, qu'il savait qu'elle redoutait particulièrement.

"Regardez, Miss Directrice Générale, ça ne marchera jamais," dit-il d'un ton léger. "Je pensais que tu étais plus intelligent que ça."

"Que veux-tu dire?" » dit-elle, flairant instantanément le danger.

"Laissez vos visites se chevaucher. J'espère seulement que vous avez eu le temps de gérer toutes les affaires de M. Boskirk. Seulement, pour l'amour du ciel, Doris, maintenant que vous l'avez en main, faites-lui changer de style de col et de poignets. Il On dirait le chef d'une société de pompes funèbres."

L'idée qu'il puisse être jaloux lui plaisait.

"Pauvre M. Boskirk", dit-elle en souriant. "C'est un gars très direct et simple."

"Très simple", dit-il sèchement. "Eh bien, quelles informations supplémentaires vous a-t-il donné ?"

"Il ne me donne aucune information."

"Tu sais parfaitement, Doris, qu'il t'a donné l'information sur Indiana Smelter," dit-il furieusement, "et que tu as nié parce que tu savais que je n'aurais jamais approuvé."

"Tu es parfaitement horrible, Bojo", dit-elle en se dirigeant vers la cheminée et en remuant les bûches. "Je n'ai pas envie d'en discuter avec toi."

"Je suis désolé", dit-il, "mais vous avez blessé ma fierté."

"Comment?"

"Mon Dieu, ne voyez-vous pas ! Vous, les femmes, n'avez-vous aucune forme physique ? Ne savez-vous pas que certaines choses sont faites et d'autres ne le sont pas ?"

Elle s'approcha de lui avec contrition et posa ses mains sur ses épaules.

"Bojo, pourquoi me fais-tu des reproches ? Parce que je ne pense qu'à ton succès, tout le temps, tous les jours ? C'est pour ça que tu es en colère ?"

Il avait envie de laisser échapper qu'il y avait là aussi quelque chose, qu'il voulait avoir le privilège de sentir qu'il gagnait sa propre voie ; mais à la place il dit :

"Donc c'était Boskirk."

Elle le regarda, hésita et répondit :

"Non, ce n'était pas le cas. Mais si c'était le cas, pourquoi devrais-tu m'en vouloir ? Pourquoi ne veux-tu pas que je t'aide ? – car ce n'est pas le cas !"

Il résolut d'être franc.

"Si seulement tu faisais quelque chose qui n'est pas raisonnable, qui n'est pas calculé, Doris ! Mais tout ce que tu fais est si bien réfléchi. Tu n'avais pas l'habitude d'être ainsi. Je ne peux m'empêcher de penser que tu te soucies davantage de ta vie en société. que toi, moi. C'est la partie mondaine de toi qui me fait peur.

Elle le regarda fixement dans les yeux pendant un moment, puis détourna la tête et hocha la tête, souriant en signe d'assentiment.

"Mon Dieu, Doris, si tu veux faire comme Dolly, si tu veux un poste ou un titre, dis-le et soyons honnêtes."

"Mais je ne le fais pas, je ne le fais pas", cria-t-elle impétueusement. « Tu ne sais pas comment je me suis battu... » Elle s'arrêta, ne voulant pas parler de sa mère et, levant vers lui un regard anxieux, dit : « Bojo, que veux-tu que je fasse ?

"Je veux que tu fasses quelque chose d'incalculable", s'écria-t-il, "fou, impulsif, comme le font les gens qui sont follement amoureux les uns des autres. Je veux que tu m'épouses maintenant."

"Maintenant!"

"Écoutez : avec ce que j'ai et mon salaire, je peux en récolter dix mille - non, ne le gâchez pas - je ne veux pas d'argent de votre part. Voulez-vous tenter votre chance et m'épouser de mon propre chef maintenant ?"

Elle reprit son souffle et dit finalement, en marquant chaque mot :

"Oui, je vais t'épouser maintenant !"

Il éclata de rire devant l'expression de terreur dans ses yeux à l'idée d'affronter la vie avec dix mille dollars par an.

"Ne t'inquiète pas, Doris," dit-il en la prenant dans ses bras. "Je ne serais pas si cruel. Je voulais seulement t'entendre le dire."

"Mais je l'ai fait – je le ferai – si vous me le demandez," dit-elle rapidement.

Il secoua la tête.

"Si seulement tu l'avais dit différemment. Ne fais pas attention à moi, je suis un idiot et tu ne comprends pas."

Ce qu'il voulait dire, c'est qu'il était idiot, alors qu'il obtenait tant que d'autres hommes convoitaient, d'insister sur ce qu'elle n'était pas dans sa charmante et facile personnalité à lui donner. Une heure plus tard, après un entretien avec Daniel Drake, il était prêt à se demander ce qui l'avait fait s'enflammer si vite : la présence de Boskirk peut-être, ou quelque chose d'impulsif qui s'était réveillé en lui lorsque Drina avait rougi en décrivant ses idées distinctes au sujet de les ressentis.

Mais une nouvelle exaltation chassa effectivement toutes les autres émotions – l'appétit délirant du gain qui s'était introduit irrésistiblement et tyranniquement dans sa vie avec l'intensité dramatique de sa première spéculation. Entre-temps, dans la bibliothèque de Daniel Drake, avec Doris perchée avec enthousiasme sur le bras de son fauteuil, plusieurs choses avaient été décidées. Une grande opération était en cours, qui promettait un bénéfice inhabituel. Bojo devait placer 50 000 $ dans le pool qui devait être utilisé pour opérer sur les stocks d'un certain chemin de fer du Sud soupçonné depuis longtemps d'être au bord d'une mise sous séquestre, à la fin de laquelle campagne il devait entrer au service de M. Drake dans le rôle d'un secrétaire particulier.

En attendant, il devait continuer à employer Hauk, Flaspoller et Forshay, pour mieux figurer dans le schéma mixte de manipulation qui serait nécessaire. Il était tellement saisi par le drame de l'occasion, si passionné par l'idée de faire à nouveau partie de toute la machinerie tourbillonnante et précipitée de la spéculation qu'il ne se souvenait même pas d'une pensée passagère, de l'horreur qui l'avait envahi à ce moment-là. son premier succès incroyable.

CHAPITRE IX

LE BAL DE MARIAGE

Le mariage de Miss Dolly Drake avec le duc de Polin-Crécy était l'événement de la saison. Elle fut précédée d'un bal qui marqua la reddition définitive des derniers membres récalcitrants de la société new-yorkaise aux ambitions de Mme Drake. De tels événements ont une qualité plus ou moins publique, comme une représentation caritative ou un vernissage lors d'une vente aux enchères importante. Tous ceux qui pouvaient obtenir une invitation par crochet ou par escroc arrivaient avec la foule roulante qui bloquait l'avenue et les rues secondaires et nécessitait un détachement spécial de police pour empêcher la foule de démocrates enthousiastes de se précipiter sur la voiture ducale et de déchirer le ducal. vêtements en lambeaux en quête de souvenirs.

Les trois jeunes hommes du tribunal d'Ali Baba sont arrivés ensemble, abandonnant leur taxi et se dirigeant de force à pied vers le devant. Marsh, qui était toujours poussé au sarcasme dans de telles occasions, a continué à faire un commentaire récurrent.

" Merveilleuse exposition ! Tous ceux qui visent Drake sont ici ce soir. Il y a le vieux Borneman. Il cherche une chance d'attraper Daniel D. du mauvais côté du marché depuis que Drake l'a coupé dans un coin de blé à Chicago. Par Jupiter, les Fontaines et les Gunther. Ils vont à cela comme à un cirque. Pourquoi diable les cartes n'ont-elles pas lu M. et Mme Daniel Drake vous invitent à rencontrer leurs ennemis !

"Peu importe", dit Bojo en riant. "C'est la soirée de Mme Drake, elle sera dans sa gloire, vous pouvez parier."

"Oh, vous serez aussi mauvais que les autres", a déclaré Marsh, qui a dit ce qu'il pensait. "Tom, tu es condamné. Je peux le voir. Tu dois affronter une volonté féminine, alors décide-toi de l'inévitable. Il y a la fête de Haggerdy maintenant - tous les bandits de Wall Street seront là pour déterminer comment ils peuvent atteindre leur hôte. Eh bien, Bojo, tu es déjà perdu pour nous.

"Comment ça?"

"Dans ce jeu, vous ne faites jamais attention à vos amis. Vous devez divertir ceux qui ne vous aiment pas, pour être sûr qu'ils vous inviteront à une réception ou une autre où tout le monde doit être vu. Eh bien, je sais quoi. Je le ferai, je vais m'emparer de la plus jeune sœur, qui est un atout, et jouer avec elle.

Bojo le regarda avec inquiétude ; même cet intérêt occasionnel pour Patsie l'affectait désagréablement. DeLancy les avait abandonnés pour se précipiter au secours des Stones qui venaient d'arriver.

"J'espère qu'il l'aura", a déclaré Marsh, étudiant le profil blond de Miss Gladys Stone.

"Je crois qu'il y a une sorte d'entente."

"Le plus tôt sera le mieux, pour Freddie", dit Marsh en secouant la tête. "Le problème avec Fred, c'est qu'il pense qu'il est une machine à penser froidement, et qu'il est du mastic entre les mains de n'importe quelle femme qui se présente."

"Je m'inquiète moi-même pour une certaine personne", a déclaré Bojo.

Mais à ce moment Thornton, l'un des secrétaires de M. Drake, lui toucha le bras.

"Voulez-vous s'il vous plaît venir à la bibliothèque, M. Crocker ? M. Drake vous a demandé de témoigner de certains papiers."

Dans la bibliothèque, dans une aile tranquille, il trouva un groupe de cinq personnes rassemblées autour du bureau, des avocats vérifiant les garanties du règlement du mariage, Maître Vondin, un Français trapu à la barbe noire importé pour la circonstance, froidement incrédule et suavement insistant, le centre de la tempête d'un groupe excité qui se disputait depuis le dîner. Drake, près de la cheminée, faisait les cent pas en jurant de manière audible.

"Est-ce que *monsieur est* maintenant tout à fait satisfait ?" dit-il avec colère.

Maître Vondrin sourit affirmativement.

Drake s'assit à table avec le geste de repousser un essaim de mouches et signa son nom sur un document placé devant lui, faisant signe à Bojo d'ajouter sa signature en tant que témoin.

"C'est dommage que certaines de nos sociétés ne puissent pas employer Vondrin", dit Drake en se levant avec colère. "Il ne resterait plus assez d'argent pour entretenir une caisse d'épargne."

D'autres signatures furent apposées et la fête se sépara, maître Vondrin, pointilleux et imperturbable, saluant le maître des lieux et partant avec les autres.

La colère de Drake éclata immédiatement.

"C'est un peu plus grossier ! Il était assez enthousiaste pour sauver ça jusqu'à maintenant. Par le ciel, s'il m'avait lancé cette tactique il y a une semaine, son petit duc aurait pu rentrer chez lui avec un billet emprunté."

Bojo apprit par la suite que l'avocat de la famille noble avait refusé de croire Drake sur parole sur un seul élément du transfert de propriété, insistant pour que toutes les garanties soient placées sous ses yeux, les examinant toutes personnellement, se disputant sur les valeurs, obligeant certains substituts, même exigeant une garantie personnelle dans une émission controversée d'obligations.

"Dieu veuille qu'elle ne le regrette pas", dit Drake en pensant à sa femme. Sa colère le rendait indifférent à ce qu'il disait. "Tom, remarquez bien mes paroles, si jamais ce précieux duc vient me voir pour de l'argent - comme, remarquez bien mes paroles, il le fera - je le ferai se mettre à genoux malgré toute sa dédain et faire des sauts périlleux comme un chien trompeur. Oui, par le ciel, je le ferai ! »

Bojo resta silencieux, ne sachant que dire, et Drake s'en rendit enfin compte.

"Ce n'est pas la faute de Dolly", s'excusa-t-il. "Elle est une bonne personne. Ce n'est pas sa faute. Il fut un temps où sa mère... Eh bien, je n'en dirai pas plus. Sale affaire ! Tom, je bénirai le jour où je verrai Doris en sécurité avec toi, mariée. à un Américain honnête." Il fit un tour ou deux et dit brusquement, essayant de transmettre plus qu'il n'exprimait : « N'attendez pas trop longtemps. C'est une mauvaise ambiance, tout ça – il y a des influences – ce n'est pas juste envers la fille, envers Doris. Au diable l'argent ! Je veillerai à ce que vous n'ayez jamais à demander de l'argent de poche à votre femme. Non, je ne vous le présenterai pas. Nous y arriverons ensemble. Il y a beaucoup de buses assises ici ce soir, En calculant, je suis chargé à ras bord et prêt à être cueilli. Eh bien, Tom, je vais les tromper. Je vais leur faire payer le mariage.

L'idée le frappa. Il éclata de rire. Ses yeux se brisèrent avec un projet soudain.

"Tiens," dit-il en tapant sur l'épaule de Bojo. "Oubliez ce que vous avez entendu. Entrez et jetez un œil à Doris. Elle est un spectacle pour les yeux fatigués." Il lui tenait la main. « Etes-vous prêt à risquer votre argent avec moi – faites-le à l'aveugle, hein ? »

« Chaque centime que j'ai, M. Drake », dit Bojo, attiré vers lui par les sympathies dramatiques que le vieil homme savait susciter ; "seulement, je ne veux aucune faveur. Si nous perdons, je perds."

"Nous ne perdrons pas", a déclaré Drake et, attirant le bras de Bojo sous le sien, il a ajouté : "Allez. Je dois avoir le sourire aux lèvres. Alors voilà."

Bojo trouva Doris dans un coin de la salle de bal, assidûment entourée d'une haie de jeunes hommes en blouse noire. Il eut un instant de frisson à la vue d'elle, radieuse et éblouissante de tous les arts de la couturière et de la coiffure, révélée dans un arrangement sinueux de mousseline noire aux mystérieux reflets soudains d'or. Elle vint aussitôt vers lui, l'attente dans les yeux ; et la pensée que ce prix lui appartenait, que des centaines de personnes les regarderaient se tenir ensemble, reconnaissant son droit, lui donna soudain un sentiment rapide de pouvoir et de conquête.

« J'étais avec ton père, » dit-il pour expliquer, « pour voir certains papiers. Dis, Doris, comme toutes les femmes ici doivent te détester ce soir !

"C'est tout pour toi", dit-elle, ravie. "Dansez avec moi. Racontez-moi ce qui s'est passé. Il y a eu une terrible dispute, je sais, depuis des jours. Mère et père ne se sont parlé qu'en public, et Dolly se morfondait."

"C'était quelque chose à propos des colonies. Votre père était chauffé à blanc, d'accord."

"Nous n'aurons pas plus d'un tour ou deux", a-t-elle déclaré. « J'ai gardé pour vous ce que je pouvais : le souper dansant, bien sûr. Tout le monde est là !

"Je devrais le dire. Ta mère sourit partout. Elle m'a même favorisé. Attention cependant, Doris, elle va commencer par toi."

"'Attends, tu seras un jour l'un des grands hommes !'"

"Ne t'inquiète pas, Bojo," dit-elle dans un murmure, avec une petite pression sur son bras. Elle était très excitée par l'éclat de la foule, par son propre triomphe personnel et par la beauté de son partenaire. "Je veux quelque chose que je puisse fabriquer moi-même, et nous le ferons aussi. Attends, tu seras l'un des grands hommes un de ces jours, et nous aurons notre maison et nos fêtes - plus belles que jamais." cela aussi!"

Cette fois, il se mit dans son humeur, la remettant à un autre partenaire avec un sourire confiant, exalté par l'idée de petites suprématies dans des régions de lumières brillantes et de musique de rêve. Fred DeLancy, de retour d'un bal avec Gladys Stone, l'a arrêté avec une anecdote.

"Je dis, Bojo, j'aurais aimé voir certaines des vieilles poules inspecter le palais. Vous connaissez Mme Orchardson, Standard Oil ? J'étais juste derrière elle quand elle s'est promenée dans une pièce Louis ou une autre, et qu'a-t-elle fait ? " Elle a passé son ongle du pouce dans une cloison et a murmuré à sa voisine : "La nôtre est en vrai acajou" ! Mais ils ne s'aiment pas ?"

Près du buffet, des groupes d'hommes fumaient, un verre à la main, Borneman et Haggerdy discutant affaires. Dans l'antichambre où descendait le grand escalier de marbre, il trouva Patsie aux abois, repoussant un groupe d'admirateurs. Elle lui fit signe frénétiquement.

"Bojo, sauve-moi. Ils me citent même de la poésie !"

Elle s'éloigna d'un bond et descendit les escaliers à ses côtés, le pressant de partir.

"Plus vite, plus vite ! N'y a-t-il aucun endroit où nous pouvons nous cacher ? Mes oreilles tombent."

"Patsie, je n'aurais jamais dû te connaître !" dit-il, étonné.

"Eh bien, je sors!" dit-elle avec une moue indignée. "Comment m'aimes-tu?"

Elle s'éloigna de lui, un petit plaisir malicieux dans les yeux face à son ahurissement, le menton légèrement incliné, le profil tourné, ses petites mains en équilibre dans les airs.

"C'est ainsi que posent les mannequins. Eh bien ?"

"Je pensais que tu étais un enfant..." dit-il bêtement, troublé par la découverte soudaine de la femme.

"Est-ce tout?" dit-elle en feignant le mécontentement.

Il vérifia un compliment impulsif et dit avec un peu de colère :

"Oh, Patsie, tu vas créer énormément de problèmes. Je peux le voir!"

"Caca!"

"Oui, et tu aimes aussi les méfaits que tu causes. Ne ment pas!"

"Oui, j'aime ça", dit-elle en hochant la tête. "Dolly et Doris m'ont regardé comme si j'étais un fantôme. Eh bien, je vais leur montrer que je ne suis pas si sauvage."

"J'espère que tu ne changeras pas", dit-il.

"N'est-ce pas ?" dit-elle, et pour le taquiner, elle continua : "Je vais leur montrer !"

Il se sentit sentimentalement ému de lui donner une conférence, mais à la place il dit, profondément ému :

"Je détesterais penser que tu es différent."

"Oh vraiment?" » continua-t-elle sans pertinence. "Tu ne t'es pas soucié de moi alors que tu pensais que je n'étais qu'un garçon manqué et une terreur ! Mais maintenant, quand il y a beaucoup de mouches noires qui bourdonnent autour de moi—"

"Maintenant, Patsie, tu sais que ce n'est pas vrai !"

Elle a cédé en riant.

"Est-ce que tu m'aimes vraiment comme ça ? Non, ne dis rien de pâteux. Je vois que tu l'aimes. Oh, chérie, je savais que ce vieil argent me trouverait," dit-elle, apercevant soudain un jeune dodu avec un sourire narquois. moustache qui s'abat. "S'il te plaît, Bojo, viens danser avec moi, souvent."

Il partagea plus que la soirée avec elle, tout à fait inconscient de l'effet qu'elle lui faisait, la suivant constamment dans le désordre des danses, heureux quand de loin elle aperçut son regard et lui rendit son sourire.

Pendant ce temps, au buffet, Haggerdy et Borneman, au milieu d'un groupe, discutaient de leur hôte ; c'est-à-dire que Borneman discutait et Haggerdy, impassible comme un buffle, avec son grand masque impassible, hochait la tête de temps en temps.

"Eh bien, Dan est au sommet", a déclaré Marcus Stone. "Les ducs montent haut. Que pensez-vous que cela lui a coûté ?"

"Les ducs ne sont plus une nouveauté", a déclaré Borneman. Il n'était pas vraiment à sa place dans cette réunion formelle, ayant autour de lui l'air curieux d'être toujours en manches de chemise. Un long nez glissant, des lèvres pincées comme un poisson-chat, chaque trait semblait alerte et pointé pour capter le moindre murmure. Stone hocha la tête et s'éloigna. Borneman a entraîné Haggerdy dans un coin.

"Jim, j'ai des raisons de croire que Drake est surchargé", a-t-il déclaré.

Haggerdy se gratta le menton, pensivement, comme pour dire « tout à fait possible », et Borneman poursuivit : « Il a des stocks d'Indiana Smelter, et bien d'autres choses aussi. marché. Une petite agitation pourrait l'inquiéter considérablement. Maintenant, savez-vous comment j'ai compris cela ?

"Comment?"

"Dan Drake est un plongeur, il l'a toujours été. Ce duc lui a coûté une somme considérable : un million." Il jeta un coup d'œil à Haggerdy. « Deux millions peut-être – et en valeurs mobilières, Jim ; rien de spéculatif ; des obligations dorées. Cela fait un million ou deux de sa réserve – vous comprenez ? ".

"Bien?"

"Eh bien, Dan Drake est un plongeur, souviens-toi de ça ; il ne voit pas un million sortir – sans avoir envie de voir où un autre million entre – »

Haggerdy lui donna un léger coup de coude. A ce moment, Drake traversa la foule et les aperçut en consultation. Un coup d'œil à leurs attitudes lui fit deviner le sujet de leur conversation.

"Bonjour, les garçons", dit-il en venant; "être correctement pris en charge ?"

"Dan, c'est un très bon duc que tu as là. Sacrément plus intelligent que celui que Fontaine a choisi", a déclaré Borneman. "Mais les ducs sont des articles chers, Dan. Prends plus qu'un coin de blé pour régler ça, devrais-je dire."

"Je le pensais moi-même", dit joyeusement Drake. "Eh bien, Al, si je décidais d'essayer un petit dépliant - juste pour payer le mariage, tu comprends - que recommanderais-tu ?"

"Qu'est-ce que *je* recommanderais ?" » dit Borneman, surpris.

"Exactement. Que pensez-vous des conditions générales ?"

"Mes sentiments", a déclaré Borneman, l'observant avec méfiance, "le marché est très lourd. Les valeurs sont bien au-dessus de ce qu'elles devraient être. Les prix chutent tôt ou tard, et puis, bon sang, ça va mal avec un vous êtes nombreux, mes amis. »

"Vous avez tendance à être baissier, hein ?" dit Drake, comme frappé par cette pensée.

"Je le suis certainement."

"Je ne devrais pas me demander si tu as raison, Al. J'ai envie de suivre ton conseil. Vends mille Southern Pacific, mille Seaboard Air Line, mille Pennsylvanie et mille Pittsburgh et La Nouvelle-Orléans. Tout comme un " Tâteur, Al. Peut-être que demain je t'appellerai et augmenterai ça. Je ne peux pas te présenter une des jolies filles qui ne dansent pas ? D'accord. "

Borneman reprit son souffle et regarda Haggerdy tandis que Drake s'éloignait. S'il y avait un homme qu'il avait combattu avec acharnement, attendant à chaque instant son heure, c'était bien Daniel Drake, qui était ainsi venu à lui avec une apparence de franchise et avait exposé son jeu.

"C'est du bluff", dit-il avec enthousiasme. "Il pense qu'il peut me tromper. Il est au marché, mais il veut acheter."

"Je le pense?" » dit profondément Haggerdy.

"Ou alors il a l'impudence de me montrer son jeu en pensant que je ne le croirai pas. De toute façon, Dan a commencé quelque chose, et si je connais la bestiole, c'est quelque chose de grand !"

Haggerdy sourit et se gratta le menton.

CHAPITRE X

LE JEU DE DRAKE

La soirée était encore à son apogée alors que Daniel Drake quittait Haggerdy et Borneman, la tête ensemble, perplexes sur la signification de ses ordres de vente.

"Laissez-les casser cette noix", dit-il en riant sombrement. "Borneman s'inquiétera de peur que je le rattrape à nouveau." Il cherchait autour de lui d'autres opportunités, impatient de profiter de l'opportunité apparente qui avait si bien joué dans ses plans. De l'autre côté de la pièce, à travers le changement et la soudaine apparition des couleurs gaies, il aperçut la silhouette basse et lourde de Gunther, le banquier, en conversation avec Fontaine et Marcus Stone. Gunther, le plus simple des êtres humains, un génie du bon sens, avait déjà assumé à cette époque une certaine égalité légendaire à Wall Street, grâce à la possession du don inhumain du silence, qui avait magnifié dans l'imagination populaire les traits de la ténacité. , une patience et une stabilité qui, dans le mécanisme délicatement construit de la confiance et du crédit, avaient fait de lui un balancier indispensable, puissant en soi, mais irrésistible dans les forces conjuguées de l'industrie qu'il pouvait mettre en mouvement. Fontaine appartenait à la vieille aristocratie foncière ; Stone, un habitant du Moyen-Occident, est devenu riche grâce au flot miraculeux du pétrole.

Conscient que chaque conversation serait notée, Drake laissa passer plusieurs minutes avant de s'approcher du groupe et, profitant d'un mouvement de foule, parvint à enlever Gunther sous prétexte de lui montrer un nouvel achat de porcelaines chinoises dans la bibliothèque. Ils restèrent vingt bonnes minutes, absorbés par l'examen des porcelaines et des bronzes de la Renaissance, dont Gunther était un connaisseur, et revinrent sans parler des questions financières. Mais comme les hommes de Wall Street sont aussi crédules que des enfants, cette interview fit une immense impression, car Gunther était d'un tel pouvoir qu'aucun courtier ne refusait d'admettre que le moindre de ses gestes pouvait être sans signification.

Se retrouver dans l'arène de la manipulation a éveillé chez Drake toutes les qualités enfantines de ruse et d'excitation. Au cours de l'heure qui suivit, il conversa avec une douzaine d'hommes qui semblaient se plier à leurs conseils, haussiers ou baissiers, mélangeant si adroitement ses ordres que si la liste entière avait été étalée devant un seul homme, il aurait été impossible de dire quel était le principal point de sa discussion. attaque. À deux heures, alors que la fête commençait à se dissiper, Borneman et Haggerdy arrivèrent pour se serrer la main. Borneman agité et inquiet, Haggerdy impassible et maussade.

"Quoi, tu y vas déjà ? Ne t'ont-ils pas bien traité ?" » dit Drake jovialement.

"Dan, tu as un superbe visage de poker", dit sournoisement Borneman.

"De quelle manière ?"

"C'est un peu de bluff que vous nous avez lancé, ceux qui vendent des commandes. Les commandes sont bon marché *avant* les heures de bureau."

"Alors tu penses que je t'appellerai demain matin, tôt et de bonne heure, et que j'annulerai ?"

Borneman hocha la tête avec un mouvement nerveux et saccadé de la tête.

"Je suppose que tu t'es inquiété de ces ordres toute la soirée. Le problème avec toi, Al, c'est que *tu* ne joues pas au poker : c'est un excellent jeu. Il t'apprend à évaluer un bluff à partir d'une main pleine."

"Cette fois, j'ai bien compris votre jeu", a déclaré Borneman, avec son regard de furet.

"L'as-tu dit à Haggerdy ?" dit Drake en riant. "Vous l'avez fait. Vous voulez un petit pari là-dessus ? Mille, je vais vous dire exactement ce que vous avez découvert."

Il sortit un billet de son portefeuille et le tendit d'un air moqueur.

"Etes-vous partant ?"

Borneman hésita et fronça les sourcils.

"Allez," dit Drake avec un scintillement malicieux, "l'information vaut quelque chose."

C'est ce dernier qui décida Borneman. Il fit un signe de tête à Haggerdy.

"Mon chèque demain si vous gagnez. À quoi ai-je pensé exactement être votre jeu ?"

" Vous avez compris que je suis long à gogo sur le marché et que je bluffe en faisant baisser les valeurs pour vous amener, les gars, à faire monter les stocks sur moi pendant que je décharge. Créditez ce millier sur mon compte. Je vais l'utiliser!"

Haggerdy sourit sombrement et remit l'addition, tandis que Borneman, complètement perplexe, regardait le manipulateur comme un enfant surpris.

"Al, ne te rebelle pas contre moi", dit Drake, sérieux d'un coup. "Bien sûr que vous le ferez, mais rappelez-vous que je vous ai prévenu. Laissez le passé derrière vous ou coupez un autre gars."

"Je n'oublie pas aussi facilement que ça", a déclaré Borneman d'un ton maussade.

"Grande erreur", a déclaré Drake avec un sourire moqueur. "Vous laissez vos sentiments personnels s'immiscer dans vos affaires - mauvais, très mauvais. Vous devriez être comme Haggerdy et moi - pas d'amis ni d'ennemis. Eh bien, Al, vous allez m'en vouloir, je sais. Si vous avez " J'ai compris, vous m'avez eu. Je vous ai peut-être dit la vérité. C'est très simple : soit vous avez raison, soit vous avez tort. Lancez une pièce. "

Borneman s'en alla en marmonnant. Haggerdy flânait, apparemment pour serrer la main.

"Drake, toi et moi devrions faire quelque chose ensemble," dit-il lentement, avec son regard froid et lanterne.

"Pourquoi pas?"

"Au lieu de tenter une aventure, supposons que nous inventions quelque chose qui en vaille la peine. Le marché est prêt pour cela."

"Et Borneman ?"

"Utilisez-le", dit Haggerdy avec un léger sourire.

"Eh bien, oui, nous pourrions faire quelque chose ensemble", dit Drake, faisant semblant de réfléchir. "Tu pourrais me faire ou je pourrais te faire."

"Je suis sérieux."

"Moi aussi." Il lui serra la main et se retourna pour un dernier tir. "Au fait, Haggerdy, je vais te dire une chose. Tes informations sont exactes. Cette poursuite fédérale est sur le point d'aboutir. Je ne savais pas que je le savais ? Que Dieu te bénisse, je te l'ai transmis !"

Il tourna le dos sans attendre de constater l'effet de cette révélation et retourna à la salle à manger, où il fit signe à Crocker et l'entraîna à l'écart.

"Tom, j'aurai un petit quelque chose à faire pour toi demain. Il est temps que nous commencions à déplacer les choses. Je vais passer quelques commandes par ton intermédiaire et je vais en opérer par l'intermédiaire d'un de mes agents. ". Mettez ceci dans votre tête - Joseph R. Skelly. Écrivez-le quand vous rentrez chez vous. Tout ce qui passe par lui, je le soutiens. Nous ne ferons rien dans la précipitation, mais nous poserons quelques lignes. Demain, je veux que tu vendes pour moi... » Il s'arrêta et réfléchit, changeant soudain d'avis. "Non, fais-le de cette façon. Appelle-moi de ton bureau à midi... non, onze heures précises. J'ai ce mariage à trois heures. Demande-moi personnellement. Tu comprends ? D'accord ?"

A trois heures et demie, Fred DeLancy, Marsh et Bojo sortirent avec les derniers retardataires. Fred était de bonne humeur, les gardant dans des éclats de rire, pendant le chemin rapide du retour. Il avait été constamment avec Gladys Stone toute la soirée et les deux amis avaient assisté à une séparation murmurée dans les escaliers.

"Je crois que c'est parti", a déclaré Marsh, tandis que DeLancy passait le temps avec le policier au coin. (Fred était assidu dans sa culture de la force ; il l'appelait « assurance accident ».)

"Quelque chose était réglé", dit Bojo en hochant la tête. "Ils ont compris, je parie. Je les ai croisés une fois repliés sur le dos d'une paume et ils ont arrêté de parler comme un coup de feu. J'aurais aimé que le bébé soit rangé en toute sécurité, Fred."

"Moi aussi."

Les rues étaient d'un calme surnaturel et inhumaines alors qu'ils revenaient à la cour Ali Baba, avec toutes les fenêtres noires, et seules les lanternes en fer aux entrées brillaient de leur accueil brumeux.

"Je n'ai pas du tout envie de dormir", a déclaré Bojo.

"Moi non plus", a déclaré Marsh. Il levait les yeux vers les fenêtres, toujours vigilantes, du grand bureau du journal désormais chargé de la surveillance de nuit. "Je me demande ce qui filtre là-dedans ? Je me sens toujours coupable quand je coupe une soirée. Je suppose que c'est comme la fascination de la cassette. Cela m'atteint toujours : le clic du télégraphe."

"Comment ça se passe sur le papier ?" dit Bojo.

"Merci, je m'attire toutes sortes d'ennuis", dit Marsh, plutôt sombre, pensa-t-il. "Je découvre beaucoup de choses que je ne connais pas — une sorte de période de rougeole et d'oreillons. Je n'avais pas le droit de sortir ce soir. Je dis, si vous vous retrouvez dans une autre bonne affaire, faites-le-moi savoir. J'en aurai peut-être besoin."

Seul dans sa chambre, Bojo ne se coucha pas tout de suite. Il était nerveusement éveillé, tournant dans son esprit trop de nouvelles impressions, de nouvelles ambitions et d'étranges philosophies. La soirée chez les Drakes avait balayé de lui ses derniers préjugés contre la vie aventureuse dans laquelle il s'était lancé. Il y avait quelque chose de bouleversant dans le spectacle de la société telle qu'il l'avait vue, quelque chose de si insolemment triomphant et à l'écart de toutes normes laborieuses, de si dramatiquement séduisant qu'il n'éprouvait plus de scrupules mais seulement des désirs féroces. L'appétit était entré dans ses veines, lui insufflant sa fièvre. Les quelques mots que Drake lui avait dit avaient fait monter en flèche son espoir. Il fut surpris, et même un peu alarmé, de l'intensité qui s'éveillait en lui pour risquer des profits faciles contre un pari plus grand.

Le marché s'est quelque peu détérioré le lendemain matin, s'est redressé puis s'est affaibli sous l'effet d'un flux constant d'ordres de vente. Des rumeurs circulaient sur des causes possibles connues uniquement du groupe interne, un conflit d'intérêts majeurs, un procès en dissolution par une enquête fédérale. Quelque chose se passait : le nom de Drake était murmuré, ainsi que celui de Haggerdy et d'un groupe occidental. Sur la Bourse, cent rumeurs surgissaient comme des nuées d'insectes nouvellement éclos. Quelqu'un soutenait régulièrement les chemins de fer de l'Est et quelqu'un les soutenait obstinément, mais qui restait un mystère, discuté avec avidité par petits nœuds, ferveusement attentif à une touche plus ferme aux ficelles de la spéculation.

À onze heures, comme prévu, Bojo a appelé Daniel Drake sur son fil privé et a reçu un ordre d'acheter immédiatement 500 actions de Seaboard Air Line et de vendre 500 de Pittsburgh et de la Nouvelle-Orléans. Il remit la commande à Forshay, avec la caution du secret qui lui avait été transmise. Cette transaction a créé toute une agitation et, après consultation, Forshay a été chargé de sonder Bojo.

"Ordre personnel du vieil homme lui-même ?" dit-il après lui avoir signalé l'exécution de l'ordre. "Rien de confidentiel, bien sûr. Il m'est arrivé de vous entendre téléphoner."

"Eh bien, non", a déclaré Bojo en téléphonant dans son rapport.

"Supposons que vous ayez une idée de ce qui se passe ? Naturellement, vous l'avez", a déclaré Forshay. "Maintenant, je ne vais pas tourner autour du pot ni vous faire des vers. Nous vous sommes très reconnaissants, Tom, pour la photo à la fonderie d'Indiana. Si vous pouvez nous parler de quoi que ce soit, pourquoi le faire. Vous comprenez. J'en ai discuté avec Hauk et Flaspoller. Si Drake entre sur le marché, nous ne voyons pas pourquoi nous ne pourrions pas être utiles. Bien sûr, à cause de vos relations, il ne le ferait probablement pas. Nous voulons faire beaucoup de choses ouvertement ici. Trop de regards sont rivés sur nous. Mais ce que nous voulons que vous lui soumettiez, c'est que nous pouvons dissimuler les choses aussi bien que n'importe qui d'autre. Pour que les commandes soient passées discrètement, nous pouvons travailler par certains canaux. — tu comprends. Au fait, faire n'importe quoi pour ton propre compte ?

"Pas encore."

"Tu ne veux pas parler?"

Bojo haussa les épaules.

"Je suis complètement dans le flou, M. Forshay," dit-il prudemment.

Forshay fit quelques pas pensifs dans la pièce, s'arrêtant curieusement pour examiner la cassette et revint.

" Écoute, Tom, s'il y a quelque chose à grande échelle, pourquoi ne devrions-nous pas nous y attaquer ? Vous voyez, je mets cartes sur table. Nous vous considérons comme une sorte de membre de l'entreprise. . Je vous ai fait une proposition une fois. Peut-être que nous pouvons l'améliorer maintenant. Il hésita, réorganisant les draps sur le bureau devant lui. " J'essaie de voir comment nous pourrions régler ce problème. Ce n'est pas exactement l'étiquette de donner des commissions ici - mais pourquoi Dieu le sait. Supposons que j'établisse une échelle de salaire - pour faire face, disons, à certaines éventualités. Laissez-moi réfléchir. C'est fini. En attendant, voici ce que nous serions heureux de faire. Vous ne pouvez pas appeler Drake ici où n'importe qui peut tendre l'oreille. Maintenant, cela peut correspondre ou non à ses plans, mais il n'y a aucun mal à essayer. S'il veut opérer par notre intermédiaire et que les choses soient bien dissimulées, il vaudrait peut-être mieux que vous vous occupiez de cela depuis ma chambre sur un fil spécial. Nous vous soignerons là-dedans, heureux de le faire. Il s'arrêta, considéra Bojo pensivement et ajouta : "Tom, nous voulons certaines des affaires de Drake. Aucune raison au monde pour que vous ne les obteniez pas. Vous nous connaissez. Vous savez qu'on peut nous faire confiance, et vous savez que nous apprécions." -comprendre?

"Je peux essayer", dit Bojo dubitatif.

Mais à sa grande surprise, lorsqu'il s'approcha de Drake la nuit suivante, il trouva un auditeur réceptif.

"Je ne sais pas à quoi votre entreprise pourrait me servir", dit pensivement l'opérateur. " Ce n'est pas que je précipite les choses trop, Tom. Le marché est plutôt fort en ce moment. Je veux le ressentir. Peut-être que je pourrais les utiliser – pour ce que je veux qu'ils sachent. Obtenez votre augmentation, mais restez à l'écart. En ce moment, je me retiens un peu, Tom, un peu tôt pour découvrir mon jeu. Mais je vous dirai ce que vous pourriez faire : vendre cinq cents actions par jour de Pittsburgh et de la Nouvelle-Orléans pour moi, mais dis-leur de partager 50 ici et 50 là. Cela ne me dérange pas de vous dire une chose, mais gardez-la sous votre ceinture ; pas de confidences cette fois. Il leva brusquement les yeux vers le jeune homme, qui tourna les talons sous ce regard. "Les confidences réagissent parfois et je ne veux pas que le chat sorte du sac. Que cite Pittsburgh et la Nouvelle-Orléans ?"

"47-1/8 Clôture", a déclaré Bojo.

" Dans un mois, il se vendra à moins de trente dollars. Et autre chose, Tom, n'essaye pas de dépliants sur ton propre crochet, sans venir me voir. Tu as eu une fois une mauvaise chance, n'essaye pas encore. N'oubliez pas que je manipule cette piscine et que j'ai mes moyens !"

Cette fois, Bojo ne se faisait aucune illusion. Malgré son avertissement, il savait au fond de son cœur que le moment venu, il opérerait lui-même. Il résolut cependant deux choses : ne partager son secret avec personne et suivre pendant une semaine le parcours de Pittsburgh et de la Nouvelle-Orléans avant de se décider. La première rafale s'était apaisée. À la surprise générale, l'attaque a cessé dans la nuit. La cotation a repris sa position normale à l'exception de plusieurs valeurs ferroviaires du sud, notamment Pittsburgh et la Nouvelle-Orléans, qui sont restées lourdes, en légère baisse.

Durant ces jours, Bojo est resté résolument fidèle à sa détermination, ne communiquant aucune information et se tenant lui-même à l'écart du marché. A l'annonce de la première commande de Drake, son salaire a été porté à 125 dollars par semaine et l'affection de la firme s'est manifestée dans plusieurs invitations à participer à la consultation. Chaque jour, Forshay trouvait l'occasion de demander d'une manière informelle :

« Vous ne faites encore rien de votre propre chef, hein ? Vous surveillez en quelque sorte les développements ?

Dix jours après la première attaque, une nouvelle vague est arrivée, mais cette fois-ci, l'attaque était ouverte, de la part de toutes les cohortes d'ours qui, depuis des mois, grommelaient en vain, prédisant le désastre de l'inflation et la panique qui devrait suivre l'inévitable réajustement. Borneman et ses acolytes vendaient ouvertement et vicieusement, pillant toutes les actions, en particulier les valeurs industrielles. Ce jour-là, entre autres commandes, Hauk, Flaspoller et Forshay ont vendu 10 000 actions de Pittsburgh & New Orleans qui sont passées de 44 à 39-5/8 sous un martèlement sauvage. Crocker ne résista plus et en vendit mille pour son propre compte. Ce jour-là, Forshay ne fit pas son enquête habituelle.

Après trois jours d'avancées convulsives et de chutes rapides, l'attaque ralentit de nouveau, mais cette fois la liste entière se ressaisit avec difficulté, reculant presque imperceptiblement, mais cédant lentement sous un changement marqué de l'opinion publique. Lorsque Pittsburgh et la Nouvelle-Orléans ont touché 38, Bojo a mis sa conscience au point, au point d'exiger de Fred DeLancy les promesses les plus solennelles de secret éternel avant de leur communiquer l'information qui était désormais devenue une conviction, selon laquelle il avait placé 50 000 $ dans un pool que Drake avait choisi. était conçu pour vendre le marché à découvert et tuer Pittsburgh et la

Nouvelle-Orléans. Il a accordé cette confiance non seulement parce que c'était devenu un secret presque intolérable à porter, mais pour des raisons plus profondes. Fred DeLancy avait consacré la moitié de ses anciens bénéfices à l'achat d'une automobile et à des dépenses gratuites, et Marsh était confronté à de graves pertes dans le journal à cause d'une grève des compositeurs et d'une baisse de la publicité résultant de la nouvelle politique radicale du gouvernement. Page éditoriale.

CHAPITRE XI

BOJO SE FOUTRE

Le dimanche, les quatre avaient l'habitude de se prélasser toute la matinée et de flâner sur l'avenue pour un déjeuner tardif au Brevoort. À la date actuelle, Granning était étendu sur le siège de la fenêtre, relisant un roman préféré de Dumas, Bojo et Marsh tirant sur leur flûte, dans une discussion approfondie sur une rumeur importante qui pourrait affecter considérablement la progression descendante de Pittsburgh et de la Nouvelle-Orléans. une éventuelle enquête de certains États du Sud qui faisait parler d'elle dans le bureau — tandis que Fred, au piano, répétait à l'oreille les mélodies de l'opéra-comique de la veille, lorsque le téléphone sonna.

"Répondez-y, Bojo", a déclaré DeLancy, "et, soyez prudent!"

Bojo fit ce qui lui était demandé, disant presque immédiatement :

"Fête pour toi, Freddie."

"Voix masculine ou féminine ?"

"Mâle."

DeLancy se leva avec un air soulagé et trébucha vers le combiné. Mais presque immédiatement, il s'effondra avec une simulation de désespoir. Bojo et Marsh échangèrent un regard, et Granning cessa de lire, aux bruits sourds d'explications qui leur parvenaient de l'autre pièce.

"Pincé", dit DeLancy, redevenant sombre et, s'effondrant sur le tabouret du piano, il toucha une corde sensible.

Les trois amis, selon l'étiquette masculine, gardaient une attitude de correcte incompréhension tandis que Fred marchait lugubrement de long en large sur le clavier. "Saints chats, maintenant je suis partant !"

"Louise Varney ?" dit Bojo.

"Louise ! Et j'ai juré sur les doigts de ma grand-mère que je partais à la campagne cet après-midi. Belle, belle perspective ! Je dis, Bojo, tu m'as entraîné là-dedans, tu dois rester à mes côtés !"

"Qu'est-ce que ça veut dire ?"

« Nous partons en voiture avec nous pour le déjeuner. Pour mon amour, restez aux côtés d'un gars, d'accord ? »

Bojo hésita.

"Continuez", dit Marsh avec un regard méfiant. "Si tu ne le fais pas, le bébé reviendra marié !"

"Tout à fait possible", a déclaré DeLancy, inconsolable.

"J'y vais si vous acceptez de participer à la conférence", dit Bojo sévèrement, car DeLancy était devenu un sujet de délibération sérieuse.

"N'importe quoi. On ne peut pas le frotter trop fort", a déclaré Fred, qui s'est tourné vers le miroir pour voir si ses cheveux devenaient gris. "Et dis, pour l'amour de Mike, invente un nouveau mensonge : je suis aux rendez-vous chez le dentiste et ma mère est venue en ville."

Ravi de l'adhésion de Bojo qui lui évitait la perspective d'un tête-à-tête difficile, il commença à reprendre ses esprits ; mais Bojo, prenant un visage sévère, attendait son occasion.

"Je dis, ne me regardez pas avec cette expression de chaire", a déclaré DeLancy une heure plus tard alors qu'ils traversaient le parc en route vers Upper Riverside. "Qu'est-ce que j'ai fait?"

"Fred, tu t'enfonces !"

"Je ne le sais pas?" dit ce jeune homme impressionnable en faisant avancer la voiture. "Eh bien, fais-moi sortir."

"Je ne suis pas sûr que tu veuilles sortir", a déclaré Bojo.

DeLancy a avoué ; en fait, la confession était chez lui une habitude agréable et bien établie.

"Bojo, ça ne sert à rien. Quand je suis loin d'elle, je peux me traiter d'imbécile en six langues. Je suis *un* imbécile. Je sais que je n'ai rien à faire dans les parages ; mais, disons, dès qu'elle arrive, je' Je suis prêt à m'allonger et à me retourner.

"C'est l'amour des chiots."

"Je l'admets."

"Elle va juste te garder en suspens, Fred. Tu sais aussi bien que moi que tu n'as aucune chance même si tu étais assez idiot pour penser à l'épouser. Elle ne perd pas la tête, tu peux parier là-dessus. C'est pourquoi la mère est sur le pont.

"Oh, il y a une demi-douzaine de Yaps avec une liasse qu'elle pourrait avoir, et quand elle veut siffler," dit Fred pugnace.

Bojo a décidé de changer de tactique.

"Je pensais que tu étais plus intelligent. Je pensais que tu avais planifié toute ta carrière ; souviens-toi de la nuit sur le toit de l'Astor : tu n'allais pas faire d'erreurs , oh non ! Tu allais en épouser un million. Tu l'étais" Je ne vais pas me faire prendre ! »

"Tais-toi, Bojo. Tu ne vois pas à quel point je suis pourri là-dedans ? Je fais de mon mieux pour m'échapper."

"Alors levez-vous et restez à l'écart."

"J'ai essayé, mais elle est trop intelligente pour ça. Honnêtement, Tom, je pense qu'elle m'aime bien."

Bojo gémit.

"Elle pense que tu es millionnaire avec ton foutu style, et ta foutue voiture, c'est tout !"

"Eh bien, peut-être que je le serai", a déclaré DeLancy avec un soudain dégoût de la gaieté, "si Pittsburgh et la Nouvelle-Orléans continuent de glisser."

"Supposons que nous nous fassions prendre."

"Je dis, il n'y a aucun danger à ça ?" dit Fred alarmé. "Je suis au fond."

"Non, pas grand-chose, mais il y a toujours un risque d'erreur", a déclaré Bojo, qui a commencé à se demander si une émission réussie ne compliquerait pas davantage les enchevêtrements sentimentaux de Fred.

A ce moment ils s'arrêtèrent, et Fred dit d'un ton réconfortant :

"Louise sera furieuse parce que je t'ai amené."

"Espèce de vieux imbécile", dit Bojo, percevant l'empressement dans les yeux de M. Fred. "Tu es juste chatouillé à mort."

"Eh bien, peut-être que je le suis", dit Fred, riant du visage sérieux de son ami. "Dis, elle a un moyen avec elle, n'est-ce pas maintenant ?"

Miss Louise Varney ne semblait pas trop ravie du spectacle d'un invité à la fête alors qu'elle sortait en courant, soutenue par la figure douairière vigilante de Mme Varney, qui ne laissait jamais sa fille échapper à sa garde. Mais quelle que soit l'irritation qu'elle aurait pu ressentir, elle la cachait sous un charmant sourire, tandis que Mme Varney, habituée à se balancer seule et digne sur la banquette arrière, l'accueillait avec un véritable enthousiasme.

"Eh bien, M. Crocker, n'est-ce pas génial ! Vous et moi pouvons nous asseoir ici, flirter sur la banquette arrière et les laisser murmurer des mots doux." Elle lui tapota le bras en disant à mi-voix : « Dis, ils forment certainement une belle équipe maintenant, n'est-ce pas ?

La vieille Grenadier, comme l'appelaient affectueusement les admirateurs de sa fille, était dehors, vêtue de ses couleurs de guerre, habillée comme une débutante, grassement complaisante et souriante dans la perspective d'un délicieux déjeuner à la fin du trajet.

"Dis, je pense que Fred est le gars le plus gentil," commença-t-elle, rayonnant vers Bojo, "et tellement intelligent aussi. Louise dit qu'il pourrait faire un forchin dans le vaudeville. Je pense qu'il est beaucoup plus intelligent que ce gars de Pinkle qui gagne deux-cinquante par semaine. pour avoir donné des imitations sur le piano. Pourquoi n'êtes-vous pas là, M. Crocker ? Elle lui donna à nouveau un coup de coude, son regard maternel fixé avec tendresse sur sa fille. "N'est-elle pas un rêve avec ce joli petit chapeau ? Mon Seigneur, je devrais penser que tous les hommes seraient juste fous d'elle."

"La plupart d'entre eux le sont, devrais-je dire", a déclaré Bojo et, souriant, il a fait un signe de tête en direction de Fred DeLancy, qui était à ce moment-là en proie à une explication difficile.

Mme Varney poussa un énorme soupir et poursuivit en toute confidentialité.

" Bien sûr, Louise a un grand avenir, tout le monde le dit, et le vaudeville rapporte cher quand on devient un excellent joueur ; mais, pour mon amour, M. Crocker, l'argent n'est pas tout dans ce monde, comme je lui ai souvent dit. —"

"Mère, tais-toi, tu parles trop", dit brusquement Miss Louise Varney, dont la petite oreille attentive était toujours entraînée aux indiscrétions maternelles. Mme Varney, comme à son habitude, se retira dans une attitude de réserve maussade, pour ne pas se détendre jusqu'à ce qu'ils soient confortablement installés à une table d'angle dans une auberge au bord de la route pour le déjeuner. À ce moment-là, Miss Varney avait manifestement décidé d'accepter les protestations de DeLancy, et la paix ayant été déclarée et le vieux Grenadier apaisé par son homard grillé préféré et une carafe de bière, la fête s'est déroulée gaiement. Fred DeLancy, au mépris de la présence de Bojo, rayonnant et fasciné, échangeait des murmures et des sourires confidentiels avec la jeune fille que chacun croyait affectueusement inaperçu.

"Bon Dieu", pensa Bojo, maintenant assez alarmé, "c'est un cornichon ! Il est partant pour le coup cette fois et pas d'erreur. Elle peut l'avoir quand elle le veut. Bien sûr, elle pense qu'il est chargé de diamants. "

L'attitude de M. Fred aurait en effet trompé une princesse de sang royal.

"Louis, prépare quelque chose de savoureux", dit-il au *maître d'hôtel courbé* . "Vous savez ce que j'aime. Ne me dérangez pas avec le menu. Louis", ajouta-t-il confidentiellement, "est un joyau, le seul homme à New York en qui vous pouvez avoir confiance." Il a paraphé le chèque sans l'examiner et a déposé un magnifique pourboire d'un simple mouvement du doigt.

"Le petit idiot", pensa Bojo. "Je me demande quelles factures il a accumulées. Décidément, je dois tenter ma chance avec la fille et lui ouvrir les yeux."

Le hasard l'a favorisé, ou plutôt Miss Varney elle-même. Le déjeuner terminé, tandis que Fred sortait chercher la voiture, elle dit brusquement :

" Allons courir dans le jardin. Je veux te parler. Ne t'inquiète pas, maman. Tout va bien. " Et comme Mme Varney, fidèle à son instinct de grenadier, se préparait à objecter, elle ajouta en haussant les épaules : "Maintenant, somnole comme un chéri. Nous ne pouvons pas nous enfuir, vous savez !"

« Que peut-elle vouloir me dire ? pensa Bojo avec curiosité, se laissant conduire en riant à travers les portes vitrées dans les allées de galets. Malgré son inquiétude croissante, Bojo fut forcé d'admettre que Miss Varney, avec ses yeux japonais vifs et son humour pétillant, était une personne des plus fascinantes, en particulier lorsqu'elle s'efforçait de plaire de manière peu intime.

"M. Crocker, vous ne m'aimez pas," dit-elle brusquement. Il s'est mal défendu. "Ne mentez pas, vous êtes contre moi. Pourquoi ? À cause de Fred ?"

"Je ne vous déteste pas, personne ne le pourrait," dit-il, cédant à la persuasion de son sourire, "mais si vous voulez savoir, je m'inquiète pour Fred. Il est éperdument amoureux de vous, jeune femme. ".

"Et pourquoi pas?"

"Est-ce que tu tiens à lui ?"

"Oui, beaucoup," dit-elle doucement, "et je veux que tu sois notre ami."

"Mon Dieu, je le crois vraiment", pensa-t-il, affolé. Il dit brusquement à voix haute : « Si c'est ce que tu veux, laisse-moi te poser une question. S'il te plaît, pardonne-moi d'être direct. Savez-vous que Fred n'a pas un centime au monde que ce qu'il gagne ? Vous pouvez juger vous-même comment il dépense ça.

"Mais Fred m'a dit qu'il avait gagné beaucoup ces derniers temps et je sais qu'il espère gagner dix fois plus dans quelque chose…" elle s'arrêta précipitamment en voyant le visage de Bojo. "Pourquoi qu'est ce qui ne va pas?"

« Miss Varney, vous n'y avez rien mis, n'est-ce pas ?

"Oui, je l'ai fait", dit-elle après un moment d'hésitation. "Eh bien, il m'a dit que tu lui avais dit toi-même qu'il ne pouvait pas perdre. Tu ne veux pas dire qu'il y avait un—un danger ?"

"Je suis désolé. Il n'aurait pas dû te le dire ! Il y a toujours un risque. Je suis désolé qu'il t'ait laissé faire ça."

"Oh, je n'aurais pas dû le laisser sortir", dit-elle avec contrition. "Promets de ne pas lui dire. Je ne voulais pas le faire ! En plus, ce n'est pas grand-chose en réalité."

Bojo secoua la tête.

"M. Crocker… Tom," dit-elle en posant sa main sur son bras, "ne le retournez pas contre moi. Je suis honnête avec vous. Je tiens à Fred. Je m'en fiche s'il l'a fait." Il n'y a pas un centime au monde ; je ne suis vraiment pas ce genre-là, honnêtement.

"Et ta mère?"

Elle se tut et il saisit l'avantage.

"Pourquoi se lancer dans quelque chose qui ne fera que du mal à vous deux ? Supposons que tout se passe bien. Il dépensera chaque centime qu'il gagnera dans quelques mois. Maintenant écoute, Louise. Tu n'es pas faite pour vivre dans un appartement. " Lui non plus. Ce serait un désastre lamentable. Je suis désolé ", dit-il en voyant ses yeux se remplir. "Mais ce que je dis est vrai. Vous avez une carrière, une brillante carrière avec de l'argent et de la gloire devant vous ; ne gâchez pas vos chances et ne gâchez pas les siennes."

"Que veux-tu dire?" dit-elle en s'enflammant. "Alors il y a quelqu'un d'autre ! Je le savais ! C'est là qu'il va cet après-midi !"

"Il n'y a personne d'autre", a-t-il déclaré en mentant outrageusement. "Je vous ai prévenu. Je vous ai expliqué la vraie situation. C'est tout."

« Rentrons », dit-elle brusquement, et elle s'avança en silence jusqu'à la maison, où elle se tourna vers lui. "Je ne crois pas ce que vous m'avez dit. Je sais qu'il n'est pas pauvre ou mendiant comme vous le dites. Est-ce qu'il se promènerait avec la foule qu'il fréquente ? Non !" Avec un accès de rage dont il ne la croyait pas capable, elle ajouta : "Maintenant, je vous préviens. Ce que nous faisons, c'est notre affaire. Ne vous mêlez pas ou il y aura des ennuis !"

Au retour, sans doute pour plusieurs raisons, elle choisit d'envoyer sa mère devant et de tenir compagnie à Bojo sur la banquette arrière, où, comme pour regretter son emportement révélateur, elle cherchait à être aussi aimable et divertissante que possible. Malgré un dernier appel murmuré accompagné d'une douce pression du bras et d'un regard troublé des yeux, à peine eurent-elles déposé la mère et la fille que Bojo éclata :

"Fred, qu'est-ce qui t'a pris, au nom du ciel, de mettre l'argent de Louise Varney dans une spéculation ? À combien d'autres en as-tu parlé ?"

"Seulement quelques-uns, très peu."

"Mais, Fred, pense à la responsabilité ! Maintenant regarde ici, directement depuis l'épaule : sais-tu ce qui va se passer ? Avant de t'en rendre compte, tu vas te réveiller et te retrouver marié à Louise Varney !"

"Ne me saute pas dessus, Bojo," dit misérablement Fred. "Je suis moi-même mort de peur."

"Mais, Fred, tu ne peux pas faire une chose pareille. Louise est jolie, assez attirante, je l'admets, et hétéro ; mais la mère, Fred, tu ne peux pas le faire, tu vas tout simplement abandonner . Ce sera ta fin. Mec, tu ne le vois pas ? Je pensais que tu étais fier d'être un homme du monde. Regarde tes amis. Il y a Gladys Stone, folle de toi. Tu le sais. je vais jeter tout ça !"

"Si j'étais sûr de cent mille dollars, je crois que j'épouserais Louise demain !" dit Fred avec un long souffle. "Traitez-moi de fou - je suis fou - d'imbécile délirant et déchirant, mais cela n'aide pas. Seigneur, rien n'y fait!"

"Fred, réponds-moi à une question. Nous pensions tous que le soir du bal, toi et Gladys Stone étiez parvenus à un accord. Est-ce vrai ?"

Fred tourna la tête et gémit.

"Je suis un goujat, un horrible petit goujat bestial !"

"Bon Dieu, est-ce si grave que ça !" dit Bojo. "Mais, Fred, mon vieux, comment est-ce arrivé ? Comment as-tu pu entrer si profondément !"

"Comment puis-je savoir?" » dit DeLancy misérablement. "C'était juste pour jouer. Les autres hommes étaient fous d'elle. Je n'ai jamais eu l'intention d'être sérieux au début, et ensuite, j'ai été attrapé."

"Fred, mon vieux, tu dois te ressaisir. Me laisseras-tu intervenir ?"

"Je souhaite à Dieu que tu le fasses."

Cette nuit-là, Bojo envoya une longue lettre à Doris, qui séjournait dans les Berkshires avec Gladys Stone comme invitée. Les deux jeunes hommes sont alors partis pour un week-end de sports d'hiver. Sur le Pullman, ils rangeèrent leurs valises et retournèrent dans le fumoir où la première personne que Bojo aperçut, à destination de la même destination, était le jeune Boskirk.

CHAPITRE XII

MAGIE DE LA NEIGE

Boskirk et Bojo se saluèrent avec cette cordialité excessive que les conventions de la société imposent à deux hommes qui se détestent cordialement mais sont privés de l'instinct primitif de tuer.

"Il ne jouerait pas, il ne prendrait pas de risque ! Oh non, il n'a rien d'humain", dit Bojo à Fred en lançant un regard antagoniste à Boskirk, qui ajustait ses lunettes et étalait le contenu d'un cartable sur lui. la table devant lui.

"La caisse humaine !" dit DeLancy. "Né à l'âge de quarante-deux ans, deuxièmes prénoms Attention, Conservatisme et Constitution. Romance préférée : Statistiques."

"Merci!" » dit Bojo, quelque peu apaisé.

"Il y avait un jeune homme nommé Boskirk
qui ne se soustrait jamais à son devoir,—"

commença DeLancy – et se retira aussitôt dans la réclusion intellectuelle pour terminer le limerick.

Le spectacle de Boskirk plongé dans les détails des affaires irrita énormément Bojo. Le sentiment que cela suscitait en lui n'était pas de la jalousie mais plutôt le sentiment que quelqu'un menaçait son droit et sa propriété.

Un changement complet et insidieux s'était opéré dans sa fibre morale. La spéculation hasardeuse à laquelle il se livrait maintenant, qui n'était rien d'autre que la forme la plus pure et la plus vicieuse du jeu, la destruction de la propriété, lui aurait été impossible six mois auparavant. Mais il avait vécu trop longtemps dans une atmosphère de luxe et trop proche des maîtres aventuriers de cette époque spéculative. Le luxe était devenu pour lui une seconde nature ; le contact avec des hommes capables de le trahir vingt fois lui avait valu une soif d'argent. Tous les autres idéaux avaient cédé devant un nouvel idéal : la force. S'imposer, faire ses propres lois, écarter les faibles scrupules, planifier au-dessus des schémas ridiculement simples et évidents de conduite légale pour commander la multitude, faire taire les critiques par l'ampleur de l'opération - un maître où un homme faible a mis fin à un criminel. :—c'était le nouveau plan de vie qu'il absorbait progressivement.

Il était devenu mondain avec la confiance de réussir. Quels que soient les scrupules qu'il avait éprouvés auparavant à propos d'un mariage avec Doris, il les avait rejetés comme de la pure sentimentalité. Il ne restait qu'une certaine fierté, un désir de se connaître par quelque coup de maître. Dans ce besoin impérieux, il avait perdu la modération et la prudence. Avec le déclin constant de Pittsburgh et de la Nouvelle-Orléans, son appétit avait augmenté. Ce n'était plus un juste profit qu'il voulait, mais quelque chose de miraculeux. Il avait vendu des centaines d'actions, se fixant toujours une limite, jurant d'être satisfait et la dépassant toujours. Il s'était d'abord plongé jusqu'à trente mille et quelques mille, se réservant les cinquante mille qui étaient promis au pool, mais qu'il n'avait pas été appelé à remettre. Mais ces cinquante mille restaient une horrible tentation omniprésente. Il résista au début, empruntant cinq mille dollars à Marsh lorsque la rage de vendre l'enfonça plus profondément ; puis finalement, absolument confiant, il avait cédé, sans grand choc pour sa conscience, et avait tiré chaque jour jusqu'à ce que ce matin, il ait tiré sur les dix mille derniers dollars en garantie.

Et pourtant Pittsburgh et la Nouvelle-Orléans reculaient, accumulant devant son esprit des profits fantastiques.

"Quand on lui a demandé : 'Ne te fatigue pas',
il a répondu : 'Di didddledee dire, je n'arrive jamais à trouver assez de travail.'"

» termina Fred avec une grimace. "C'est plutôt mauvais, mais le sujet l'est aussi."

"Regarde ici, Fred", dit Bojo, ainsi rappelé de la tyrannie des figures qui tournoyaient sous ses yeux. "Je veux te parler. Je m'inquiète du fait que tu laisses Louise Varney entrer dans Pittsburgh et la Nouvelle-Orléans ; en plus, je soupçonne que tu as plongé le spectacle plus profondément que tu n'aurais dû."

Et, en vertu de la supériorité morale d'un homme de force, il lui fit une conférence sur le danger que courait le simple étranger de tout risquer sur un seul risque – un avertissement judicieux et pointu que DeLancy accepta avec contrition, dans l'ignorance totale de la position périlleuse du prédicateur.

Il était sept heures bien passées lorsqu'ils sortirent sur la gare glacée, au milieu de la foule gay des week-ends. Patsie, aux rênes, les saluait depuis un coupeur libertin, et l'instant d'après ils partaient sur la neige crépitante avec de longues ombres violettes lumineuses à leurs côtés, courant devant d'autres traîneaux avec des tintements de clochettes et des cris de reconnaissance.

"Mon Dieu, Patsie, tu es pire que Fred avec sa voiture ! Je dis, fais attention, tu as raté ce cutter d'un pied", dit Bojo, qui s'était assis à côté du jeune Esquimau sur un ordre impérieux.

"Pooh, ce n'est rien !" dit cette personne imprudente. "Regarde ça." Avec un brusque écart, elle dépassa un traîneau concurrent et gagna la tête de la route avec une marge si étroite que les occupants de la banquette arrière éclatèrent en cris répétés.

« Ici, laissez-moi sortir... Meurtre ! – Police ! »

"Ne vous inquiétez pas, la neige est belle et douce !" » Patsie a répondu, ravie. "Je me suis retourné hier, ça ne fait pas du tout mal."

Ces informations encourageantes ont été accueillies par des cris frénétiques et des demandes adressées à Bojo pour qu'il prenne les rênes.

"N'osez pas", dit la dame gay avec indignation, en posant fermement ses pieds et en jetant tout le poids de ses épaules contre une rupture soudaine de l'équipe animée.

"Je tire assez fort", dit Bojo, observant de travers la lutte tumultueuse qui tournoyait devant les cottages et les arbres à feuilles persistantes et remplissait l'air d'un bombardement neigeux provenant des sabots précipités. "Dis quand, si tu as besoin de moi."

"Je *ne le ferai pas* ! Dites à la banquette arrière de sauter si je crie !"

"Saint meurtre !" s'est exclamé Fred DeLancy, qui a jusqu'à présent oublié ses animosités au point de s'accrocher à Boskirk, peut-être dans l'idée de se munir d'un coussin en cas de besoin.

"Est-ce qu'ils ont terriblement peur ?" dit Patsie dans un murmure ravi. "Oui ? Attends juste que nous arrivions à la porte. Cela les fera hurler ! Comment va ton nez... gelé ?

"Glorieux!"

"Trop froid pour Doris et les autres. Surprenez-les en train de se faire gercer. Leur idée des sports d'hiver, c'est de faire éclater du pop-corn près du feu. Dieu merci, tu es arrivé, Bojo ! J'étouffe. Tiens bon !"

"Tiens bon!" » chantait Bojo, non sans une certaine appréhension tandis que le traîneau, sans ralentir sa vitesse, s'approchait de l'écart soudain qui menait à travers d'énormes colonnes de pierre dans le domaine de Drake. Le virage rapide les souleva, dérapant sur la neige battue, de sorte que le traîneau heurta le pilier le plus éloigné, puis grimpa la longue colline couronnée de porches flamboyants et s'arrêta enfin, salué par les acclamations tumultueuses. d'une douzaine de chiens de toutes tailles et races.

"Peur, brillant d'honneur ?" » dit Patsie en sautant quand un palefrenier arrivait pour prendre les chevaux.

"Plus jamais!" » dit DeLancy, sautant sur la terre ferme avec un gémissement de soulagement, tandis que Boskirk regardait la jeune fille imprudente avec un hochement de tête désapprobateur.

Ils entrèrent en trépignant dans la grande salle dans la chaleur d'un grand feu de bois, Patsie dansant devant, enlevant sa casquette de luge et son silencieux en chemin, pour qu'un valet de pied digne se rassemble.

"N'aie pas l'air si déçu !" s'écria-t-elle en riant, tandis que les trois jeunes hommes regardaient autour d'eux avec attente. "Les beautés du salon sont à l'étage, éclaboussant de peinture et de poudre, se préparant pour la grande entrée !"

Boskirk et DeLancy se dirigèrent vers leurs chambres tandis que Bojo, sur un signe de Patsie, resta sur place.

"Bien?" il a dit.

"Bojo, fais-moi une faveur, une grande faveur", dit-elle instantanément en saisissant les revers de son manteau. "Il fait clair de lune ce soir et nous avons la côte la plus magnifique pour faire de la luge et, Bojo, je suis juste fou d'y aller. Après le dîner, n'est-ce pas ? S'il te plaît, dis oui."

"Eh bien, nous organiserons une fête", dit Bojo, hésitant et tenté.

"Fête ? Attrape ces mollycoddles qui s'éloignent des radiateurs à vapeur ! Maintenant, Bojo, sois mon chéri. Tu es le seul être réel que j'ai eu ici depuis des semaines. En plus, si tu as du courage, tu le feras, " ajouta-t-elle astucieusement.

"Que veux-tu dire?"

"Laisse juste Doris se rassasier de ce vieux fossile de Boskirk. Montre ton indépendance. Bojo, s'il te plaît, fais-le pour moi !"

Elle s'accrochait à lui, coquettant des yeux et du sourire avec la dangereuse coquetterie inconsciente d'un enfant, et cet éclat et cette jeunesse rose, si proche de lui, si intimement offerte, lui procuraient une émotion inquiétante. Il se détourna pour ne pas croiser le regard pétillant et suppliant.

"Jeune femme," dit-il avec un ton assumé, "je vois que vous apprenez trop vite. Je crois que vous flirtez en fait avec moi."

"Alors tu le feras!" elle a pleuré joyeusement. "Hourra!" Elle jeta ses bras autour de lui dans une pression ravie et s'enfuit comme un animal sauvage dans des bonds légers et gracieux dans les escaliers, avant qu'il ait pu nuancer son acquiescement.

Lorsqu'il descendit habillé pour le dîner, Doris se promenait dans la bibliothèque, attendant sa venue. Elle jeta un regard correct autour d'elle pour empêcher les oreilles indiscrètes et lui tendit sa joue.

"Est-ce un costume de patinage ?" dit-il en jetant un regard interrogateur à la mystérieuse robe de bal en soie lavande et or qui enveloppait sa silhouette gracieuse comme des pétales parfumés. « Au fait, pourquoi ne m'as-tu pas fait savoir que j'allais avoir un rival ?

"Ne sois pas stupide," dit-elle en époussetant la poudre de sa manche. "J'étais furieux. Tout était à cause de ma mère."

"Oui, tu as l'air furieux !" dit-il pour la taquiner. "Qu'à cela ne tienne, Doris, les directeurs généraux doivent calculer toutes les possibilités."

Elle ferma ses lèvres d'un mouvement indigné de ses doigts parfumés, le regardant avec reproche.

"Bojo, ne sois pas horrible. Épouser Boskirk ? J'épouserais tout aussi bien une maman. Je devrais être pétrifiée d'ennui dans une semaine."

"Il est amoureux de toi."

"Lui ? Il ne pouvait rien aimer. Comme c'est ridicule ! Mon Dieu, rien que de penser que je vais devoir parler, son discours morne me fait monter et descendre des choses effrayantes."

Bojo se montra sceptique, jouant l'amant offensé et jaloux, non peut-être sans arrière-pensée, et ils étaient en pleine dispute quand les autres arrivèrent. Mme Drake n'a pas osé l'isoler complètement, mais elle a placé Boskirk à la droite de Doris, et pour exprimer son irritation supposée, Bojo s'est consacré à Patsie, qui s'est éloignée sans se soucier de l'endroit où son bavardage l'avait frappé.

Le dîner terminé, Bojo, cédant un peu, chercha à organiser une fête générale, mais sans succès il partit, insouciant des regards de reproche, se parer d'un pull et de bottes.

Vingt minutes plus tard, ils étaient sur le toboggan, Patsie assise devant, se moquant de lui par-dessus son épaule avec la joie de l'escapade. Au-dessous d'eux, la piste en pente courait sur les pentes sombres et blanches qui brillaient au clair de lune.

"Tout ce que vous avez à faire est de l'empêcher de vaciller hors de la piste avec votre pied", a déclaré Patsie.

"Comment vas-tu, assez chaud ? Enveloppe-toi bien !" dit-il en poussant le toboggan vers l'avant jusqu'à ce qu'il s'incline sur la crête glacée. "Prêt?"

"Laissez-la partir!"

Il se jeta sur le côté, son dos contre son épaule, et avec un cri ils partirent, sifflant dans la nuit glaciale, dévalant la pente raide, de plus en plus vite, se balançant dangereusement, tandis que le toboggan lisse et plat s'élevait du sol. au creux et incliné contre les côtés inclinés, se remettant en place d'une simple pression du pied, montant et descendant avec les pentes courbes, passant devant des arbres groupés qui se précipitaient autour d'eux comme des nuages d'orage d'encre, flashant enfin doucement sur le niveau.

« Penchez-vous à gauche ! lui cria-t-elle alors qu'ils atteignaient un virage incliné.

"Quand?"

"Maintenant!" Son rire retentit alors qu'ils se levaient presque sur le côté et se précipitaient dans le virage. "Tiens bon, il y a un saut dans une minute... Maintenant !"

Leurs corps se raidirent l'un contre l'autre, ses cheveux tombant dans ses yeux, l'aveuglant tandis que le toboggan s'élevait légèrement du sol et retombait.

"Magnifique!"

"Merveilleux!"

Ils glissaient doucement, avec une vitesse lente, une partie du calme qui s'étendait comme la douce chute de neige sur les étendues lumineuses et les ombres mystérieuses groupées ; sans un mot échangé, retenu par la sorcellerie de la nuit et le doux voyage crépitant et féerique. Puis, peu à peu, imperceptiblement, le voyage se termina enfin. Le toboggan s'arrêta dans une région scintillante de blanc avec une berge de rivière et des buissons elfes quelque part à leurs côtés, et devant eux une sombre montée sur l'horizon avec des lumières comme des piqûres d'épingle au loin, et dans l'air, de nulle part, le tintement de grelots de traîneau, mais faible, secoué peut-être par un feu follet.

"Es-tu content d'être venu ?" dit-elle enfin sans bouger.

"Très heureux."

"Pensez à vous asseoir et à parler de société quand vous pourrez venir ici", s'est-elle indignée. "Oh, Bojo, je ne le supporterai jamais. Je pense que je vais prendre le voile."

Il rit, mais doucement, avec le sentiment de quelqu'un qui comprend, comme si, dans ce plongeon abrupt, l'air glacial avait purifié son cerveau de tous les désirs mondains brûlants et féroces d'argent, de pouvoir et de vanité qui l'avaient possédé comme une fièvre.

"J'aimerais que nous puissions rester assis ici pendant des heures", dit-elle en s'appuyant inconsciemment contre son épaule.

"J'aimerais que nous puissions le faire aussi, Drina," répondit-il en méditant.

Elle lui jeta un coup d'œil.

"J'aime que tu m'appelles Drina", dit-elle.

"Drina quand tu es sérieuse, Patsie quand tu essaies de renverser des traîneaux."

"Oui, il y a deux côtés de moi, mais personne ne connaît l'autre." Elle resta assise un moment, comme si elle hésitait sur une confiance, et se releva brusquement. "Un jeu pour un autre ?"

"Une douzaine d'autres !"

Ils attrapèrent la corde ensemble, mais soudain, sérieuse, elle s'arrêta.

« Bojo ? »

"Quoi?"

"Parfois, je pense que toi et Doris n'êtes pas du tout amoureux."

"Qu'est ce qui te fait penser ça?" dit-il, surpris.

"Je ne sais pas... tu n'agis pas... pas comme j'agirais... pas comme je devrais penser que les gens agiraient en amour. Suis-je terriblement impertinent ?"

Troublé, il ne répondit rien.

« Bien sûr, rien n'est décidé », dit-il enfin, un peu surpris de cet aveu.

Ils gravissaient la colline d'un pas lourd, détournant la tête de temps en temps alors que des rafales de vent faisaient tourbillonner des gerbes de neige dans leurs yeux, discutant confidentiellement de sujets moins intimes.

"Allons doucement jeter un coup d'oeil à l'intérieur", dit-elle, revenant à elle-même espiègle alors que la grande maison à pignons enflammée de lumières se profilait devant eux. Ils se tenaient côte à côte, regardant autour d'un arbre protecteur le groupe dans le salon. M. Drake lisait sous la lampe, Fred et Gladys installés dans la baie vitrée, tandis que Doris au phonographe avait eu recours à Caruso.

"Mon Dieu, quelle orgie !— Chut. Dépêchez-vous maintenant."

Une seconde fois, ils s'enfoncèrent dans la nuit, rapprochés, plus sobres, le silence coupé seulement par le sifflement et un avertissement occasionnel de Drina, à chaque obstacle franchi. Mais sa voix n'était plus hilarante avec la joie d'un enfant ; il était en harmonie avec le silence et le sommeil de la campagne.

"Je déteste la ville !" » dit-elle d'un ton rebelle lorsqu'ils s'arrêtèrent à nouveau. "Je déteste la vie qu'ils veulent que je mène."

Tout à coup, un rapide ressentiment lui vint à l'idée qu'elle devrait changer et se transformer en voies mondaines.

"J'ai bien peur que tu ne sois pas faite pour une carrière sociale, Patsie," dit-il lentement. "Je détesterais penser que tu es différent."

"Vous ne pouvez pas dire ce que vous voulez, ou faire ce que vous voulez, ou faire savoir aux gens ce que vous ressentez", a-t-elle déclaré dans un éclat. "Laissez-les essayer de me marier à n'importe quel vieux duc ou comte et voyez ce qui va se passer !"

"Eh bien, personne ne veut encore te marier, Patsie," dit-il consterné.

"Je ne suis pas si sûr." Elle resta silencieuse un moment. « Penses-tu que c'est horrible de détester ta famille – pas papa, mais tout le reste – de vouloir s'enfuir et d'être soi-même – d'être naturel ? Eh bien, c'est exactement ce que je ressens ! »

"Est-ce que c'est ce que tu ressens ?" dit-il lentement.

Elle hocha la tête en détournant le regard.

"Je veux être réel, Bojo." Elle frémit. « Je sais que Dolly est malheureuse – elle tenait à quelqu'un – je sais. Ça doit être terrible de se marier comme ça – terrible ! Cela me tuerait – oh, je le sais ! »

Ils se taisaient ; arrivé à ce moment où les porteurs secrets sont proches, elle est encore un peu timide, lui a peur de lui-même.

"Nous devons rentrer maintenant", dit-il après une longue pause. "Il le faut, Drina."

"Oh, il le faut!"

"Oui."

« Veux-tu sortir demain soir ?

"Je ne sais pas," dit-il confusément.

Il lui tendit la main et la releva.

"Viens."

"Je ne veux pas y retourner", dit-elle, cédant à contrecœur. Elle écarta les bras, inspira longuement, la tête rejetée en arrière dans le trajet des rayons de lune avec l'instinct inconscient de la jeune fille à enchanter le mâle. "Tu ne veux pas y aller non plus. Et maintenant, n'est-ce pas ?"

Il ne répondit rien, jouant avec la corde.

"Maintenant, sois gentil et dis que non !"

"Non, je ne le fais pas," dit-il brusquement.

« Drina ? »

"Drina."

"'Drina, chère enfant,' dit-il dans un murmure"

Elle lui prit le bras, riant d'un rire bas et satisfait, totalement inconsciente de tous les ravages qu'elle causait, n'analysant jamais les humeurs de la nuit et l'âme qui s'envolaient elle aussi dans un bonheur incompréhensible.

"Je pense que je pourrais tout te dire, Bojo," dit-elle doucement. "Tu as l'air de comprendre, et à tel point que je ne le dis pas aussi !"

Tout à coup, elle glissa et se rejeta contre lui pour éviter de tomber. Il la tenait ainsi – son bras autour d'elle.

"T'as tourné la cheville ? Tu as mal ?"

"Non, non-ouf !"

Une rafale galopante déchira la neige, tourbillonnant en spirales blanches, les inondant d'une myriade de minuscules étincelles de cristal pointues, piquant leurs joues et aveuglant leurs yeux. En riant, elle détourna la tête et se rapprocha de lui, toujours protégée par ses bras. La rafale s'enfuit en courant et ils restèrent immobiles, soudainement silencieux, s'accrochant aux yeux mi-clos. Elle chercha à se libérer, sentit ses bras la retenir, leva les yeux effrayés, puis céda en se balançant contre lui.

« Drina, chère enfant », dit-il dans un murmure arraché à son âme. Une telle sensation de chaleur et de joie, de vie et de joie, entra dans son être que toutes les autres pensées disparurent tumultueusement, alors qu'il la tenait ainsi dans ses bras, là seule dans le silence et la nuit lumineuse, se délectant sauvagement de savoir que le même Une impulsion inévitable l'avait également attirée vers lui.

"Oh, Bojo, nous ne devons pas, nous ne pouvons pas !"

Le cri contenait tellement de chagrin de jeunesse alors qu'il s'éloignait qu'une douleur lui traversa le cœur pour avoir provoqué cette souffrance.

"Drina, pardonne-moi. Je ne te ferais pas de mal, je ne pouvais pas m'en empêcher, je ne savais pas ce qui s'était passé", dit-il d'une voix brisée.

"Ne… tu ne pouvais pas t'en empêcher – ni moi non plus. Je ne te blâme pas – non, non, je ne te blâme pas, " dit-elle impulsivement, les yeux humides, les mains jointes avec ferveur. Il n'osait croiser son regard, le cerveau en émeute.

« Il faut rentrer », dit-il précipitamment, et ils partirent en silence.

À leur retour, Patsie avait disparu. Il entra dans le salon et, bien que pour la première fois il sentit combien sa position était fausse, même avec un sentiment de culpabilité, il fut surpris de la soudaine vague de gentillesse et de sympathie qui l'envahit alors qu'il prenait sa place auprès de Doris. .

CHAPITRE XIII

BOJO PREND UNE DÉCISION

Le lendemain matin, Patsie l'évitait avec persistance. Au lieu de rejoindre les patineurs sur l'étang, elle partit pour une longue excursion à travers le pays sur ses skis, suivie de son fidèle garde du corps Romp et de trois variétés différentes de terrier. Bojo la rencontra soudainement, tout à fait par hasard, à son retour. Elle montait le grand escalier en colimaçon, non pas comme un tourbillon, mais lourdement, la tête baissée et pensive, indifférente aux chiens qui se bousculaient pour avoir le privilège de lui tendre la main. À sa vue, elle s'arrêta instinctivement, rougissant avant de pouvoir maîtriser ses émotions.

Il s'approcha d'elle directement, lui tendant la main, envahi par la pensée de la douleur qu'il lui avait involontairement causée, cherchant les mots appropriés, tout à fait impuissant et embarrassé. Elle lui prit la main et détourna le regard, les lèvres tremblantes.

"Je suis tellement content de te voir," dit-il bêtement. "Nous sommes amis, bons amis, vous savez, et rien ne peut changer ça."

Elle hocha la tête sans le regarder, retirant lentement sa main. Il s'élançait insouciant, animé d'une seule idée : lui faire savoir à tout prix combien son opinion sur lui comptait.

"Ne pense pas du mal de moi, Patsie. Je ne t'apporterais aucun chagrin pour rien au monde. Ce que tu penses signifie énormément pour moi." Il hésita, craignant d'en dire trop, puis il laissa échapper : « Ne te retourne pas contre moi, Drina, quoi que tu fasses.

Elle se tourna rapidement à ce nom, le regarda fixement un instant et secoua la tête, essayant de sourire.

"Jamais, Bojo, jamais ça, je ne pourrais pas", dit-elle, et elle monta précipitamment les escaliers.

Une boule lui vint à la gorge ; quelque chose de sauvagement, de sauvagement délirant, semblait bouillonner en lui. Il ne pouvait pas retourner immédiatement vers les autres. Il se sentait étouffé, dans un tourbillon, par le besoin de se maîtriser, de ramener au calme et à la discipline tous les élans indisciplinés et triomphants qui se déchaînaient dans son cerveau.

Au déjeuner, Patsie proposa une excursion en cotre, affirmant que M. Boskirk était son partenaire, et avec un sentiment presque de culpabilité, il appuya la proposition, comprenant son désir de le jeter avec Doris. DeLancy et Gladys Stone partirent les premiers, après avoir pris des instructions minutieuses pour se rendre à leur rendez-vous à la cidrerie Simpson, instructions que chacun savait qu'ils n'avaient pas la moindre intention de suivre. Boskirk, avec le meilleur visage qu'il pouvait rassembler, partit avec Patsie, qui disparut comme un moteur en fuite, poursuivi par une brigade de chiens hurlants, tandis que Bojo et Doris le suivirent à un rythme raisonnable.

"Nous ne verrons pas Gladys et Fred", dit Doris en riant. "Peu importe. Ils sont fiancés !"

"Comme si c'était une nouvelle pour moi."

« Est-ce qu'il vous l'a dit ?

"J'ai deviné. Hier soir au conservatoire." Il ajouta avec un soudain sentiment de bonne volonté : « Gladys est vraiment bien plus gentille que je ne le pensais.

"Elle est terriblement amoureuse. Je suis tellement contente."

« Quand est-ce que cela sera annoncé ?

"La semaine prochaine."

« Dieu soit loué ! »

Dans le désir d'en venir à un partage de confidences plus intime, il lui fit part de ses craintes.

"Louise Varney, une actrice de vaudeville !" » dit Doris, avec un dessin figuratif de ses jupes.

"Oh, il n'y a rien contre elle," protesta-t-il, "sauf peut-être son chaperon ! Seul Fred est susceptible, vous savez – terriblement – et facile à diriger. "

"Oui, mais les gens n'épousent pas de telles personnes, on peut s'enivrer et tout ça, mais on ne les épouse pas !" dit-elle avec indignation. Elle haussa les épaules. "C'est bien d'être... d'être un homme du monde, mais pas ça !"

Il hésita, craignant d'aller plus loin, de trouver une soudaine désillusion dans l'attitude mondaine qu'impliquaient ses paroles. Un certain remords, un sentiment de loyauté trahie le poussaient à avancer, comme si tout danger pouvait être évité en fixant à jamais son avenir. Leur conversation prit peu à peu une tournure plus intime, jusqu'à ce qu'ils en viennent enfin à parler d'eux-mêmes.

"Doris, j'ai quelque chose à te demander," dit-il en se plongeant misérablement. "Nous n'avons jamais vraiment... formellement été fiancés, n'est-ce pas ?"

"L'idée ! Bien sûr que nous l'avons fait", dit-elle en riant. "Il n'y a que toi qui ne l'aurais pas annoncé parce que... parce que tu étais trop fier ou pour une autre raison ridicule !"

"Eh bien, maintenant je veux que cela soit annoncé." Il croisa son regard et ajouta : "Et je veux que tu m'annonces en même temps la date du mariage."

Il l'avait dit – irrévocablement décidé pour le chemin de la conscience et de la loyauté, et il lui semblait qu'un énorme fardeau s'était retiré de ses épaules.

"Bojo ! Tu veux dire... maintenant, bientôt !"

"Juste ça. Doris, quand cet accord sera conclu - et je le saurai cette semaine - j'en aurai près de deux cent mille - à ma charge, sans compter ce que je retirerai de la piscine. J'ai plongé. J'ai investi tout l'argent que j'avais ou que je pouvais emprunter", dit-il précipitamment, évitant toute explication sur ce qu'il avait fait. "J'ai tout risqué au tournant—"

"Mais et si quelque chose n'allait pas ?"

"Ce ne sera pas le cas ! Cette semaine, nous allons faire descendre Pittsburgh et la Nouvelle-Orléans en dessous de trente : je sais. Le fait est que maintenant, quand tout sera en sécurité, je veux que tu m'épouses."

"J'ai un quart de million à mon nom. Père nous a donné cela à chacun il y a trois ans."

Il hésita.

« En as-tu vraiment besoin ? Je préférerais que tu commences… »

"Oh, Bojo, pourquoi ? Si tu as ça, pourquoi pas moi ?"

Il hésita devant cet argument.

"Je préférerais, Doris, que nous commencions avec moins, avec ce que j'ai moi-même. J'y ai beaucoup réfléchi. Je pense que cela signifierait beaucoup pour nous de commencer de cette façon - pour que je te sente bien. étaient à mes côtés, m'aidant. C'est *de* la fierté, mais la fierté signifie tout pour un homme, Doris.

"Si je ne l'utilisais que pour des robes et des bijoux, juste pour moi ?" dit-elle après un moment. "Tu veux que je sois aussi belle que les autres femmes, et nous n'allons pas abandonner la société, n'est-ce pas ?"

"Non. Gardez-le alors," dit-il brusquement.

"Je ne prendrai pas un centime à mon père", dit-elle vertueusement, et elle était furieuse quand il riait.

"Et vous êtes prête à abandonner tout le reste, maintenant, et à être tout simplement Mme Crocker ?"

Elle hocha la tête, le regardant de travers.

"Quand?"

"En mai, à la fin de la saison sociale, papillon."

Il avait commencé avec une faim dans le cœur pour atteindre les profondeurs du sien, et il avait fini par un rire, avec un sentiment d'escroquerie.

Ils s'arrêtèrent chez Simpson pour prendre un verre de cidre frais et repartirent, traversant des forêts hivernales, avec des arbres de Noël verts contre des étendues crémeuses où les sentiers des lapins se heurtaient à de sombres enchevêtrements. Tout d'un coup, ils se retrouvèrent à découvert, déferlant sur un soudain village industriel, Jenkinstown, stagnant par l'épuisement du repos du dimanche.

"Voilà, n'es-tu pas content de ne pas avoir commencé par là ?" » dit-elle gaiement, avec un coup de fouet en direction de la ligne grise et sinistre des casernes qui se pressaient le long de la rue.

"Tu ne m'aurais jamais épousé alors", dit-il.

"Oh, demande-moi n'importe quoi sauf d'être *pauvre* !" dit-elle en frissonnant.

"Elle aurait pu au moins mentir", pensa-t-il sombrement. Il regardait avec curiosité cet aperçu de la vie d'usine, ces visages éteints de femmes, enveloppées dans de gais châles, qui les regardaient ; aux flâneurs paresseux dans les coins et aux hordes d'enfants malpropres qui criaient avec impertinence après eux, rappelant les paroles de son père : « une grande horde mixte à transformer en citoyens américains intelligents et utiles ! Cela lui semblait sordide et désespérément banal, cruellement dépourvu de plaisir ou de joie de vivre. Mais de tels hommes l'avaient placé là où il était, avec la possibilité de réaliser en un an ce qu'ils ne pourraient jamais atteindre au cours de la vie de générations.

Le spectacle affectait Doris comme une odeur désagréable.

"Je déteste penser que de telles personnes existent", dit-elle en fronçant les sourcils.

"Mais ils existent," dit-il lentement.

"Oui, mais je ne veux pas y penser. Mon Dieu, être pauvre comme ça !"

"Il est tard, nous ferions mieux de rentrer", dit-il.

Ils revinrent enveloppés dans le crépuscule tombant, Doris courant gaiement, toute ravie désormais à la perspective de leur prochain mariage, faisant cent projets pour l'ordre de l'établissement, débattant pour commencer de la question d'une voiture électrique ou d'une voiture ouverte, le quartier approprié pour chercher un appartement et le nombre de domestiques, tandis que Bojo, silencieusement, plutôt sombre, écoutait, pensant au regard qui viendrait dans les yeux de quelqu'un quand sa décision serait annoncée.

À la porte cochère, Gladys et Patsie se précipitèrent avec des visages effrayés. Fred avait pris le dernier train pour rentrer après un appel de New York. Bojo, avec un sentiment de naufrage, saisit le mot qu'il lui avait laissé.

Roscy a téléphoné. Il y a une rumeur selon laquelle un groupe accapare Pittsburgh et la Nouvelle-Orléans pendant tout ce temps. Si c'est le cas, ce sera le diable à payer demain matin. Forshay a été fou de vous avoir. Revenez d'une manière ou d'une autre. Si vous arrivez à temps, obtenez le Harlem 6h42 à Jenkinstown. Rapidement.

FRED .

"Puis-je arriver à 18h42 à Jenkinstown ?" il a crié au marié.

"À peu près, monsieur."

"Sauter."

« J'ai tellement peur ! Téléphonez immédiatement ! Il entendit Doris pleurer et, sans y prêter attention, il regarda autour de lui d'un air vide. Puis quelque chose fut pressé dans sa main et la voix de Patsie résonna dans ses oreilles. "Voici ton sac. Je l'ai fait. Garde ton courage, Bojo !"

"Patsie, tu es une chérie. Merci. Très bien maintenant!" Il lui prit les mains, rencontra ses yeux clairs et courageux et sauta dans le traîneau. Une peur terrible et écoeurante l'envahit, une peur superstitieuse et irraisonnée. Il sentit la ruine et pire encore, l'air froid et humide autour de lui, la ruine inévitable dès le début, l'effondrement de la bulle alors qu'il faisait un adieu précipité et s'enfuyait dans la course à travers la nuit.

CHAPITRE XIV

LE CRASH

"Que s'est-il passé?" se demanda-t-il cent fois au cours de cette fuite en avant. Un corner à Pittsburgh et à la Nouvelle-Orléans, c'était possible mais peu probable. Mais si un virage avait eu lieu, cela signifiait la ruine, la ruine absolue – et pire encore. Cette pensée était trop effrayante pour être saisie d'emblée. Il se rassurait avec des explications spécieuses. Il pourrait y avoir une agitation ; Gunther et ses partisans, qui contrôlaient le système, auraient pu tenter une division pour soutenir leurs biens ; mais l'attaque finale à laquelle Joseph Skelly avait fait allusion à plusieurs reprises comme programmée pour la semaine à venir, la mise sur le marché de 100 000 actions – 200 000 si nécessaire – doit submerger ce soutien, doit le submerger. Ce qui était terrible, cependant, c'était l'inconnu : se trouver à des heures de New York, coupé de toute communication, et ne pas savoir quelle était cette peur informe.

Lorsqu'ils arrivèrent à Jenkinstown, les lumières orange des fenêtres découpaient les rues enneigées en damiers de lumière et d'ombre : un orgue sonnait dans une basse lugubre provenant d'une bidonville d'église ; un phonographe bon marché dans un glacier vacillant faisait une marche irrégulière. Par les fenêtres, de nombreux groupes toujours présents aux journaux du dimanche se rassemblaient sous des lampes oscillantes. Le cotre s'arrêta près du taudis d'une gare et partit, le laissant seul dans la pénombre, en proie à ses pensées. Un groupe qui revenait après une journée de visite passait péniblement devant lui, riant aux éclats, de type slave et brutal, les femmes en parures imitées, le regardant avec une curiosité insolente. Il commença à marcher pour échapper au sentiment lugubre d'une existence peu charmante qu'ils lui apportaient. Au-delà se trouvaient les rangées mathématiques des casernes – d'autres vies brutales, le sombre glacier, la mélancolie du service du soir. Tout cela était tellement unilatéral, obsédé par l'idée unique du travail, manquant dans la direction la plus simple de toute compréhension de la jouissance de la vie.

La crise qu'il avait atteinte, la menace de descente du sublime au ridicule, entraînaient cette contrition qui chez les hommes est une recherche superstitieuse du secret de leurs propres échecs dans quelque loi morale transgressée. Sa propre vie semblait à la fois cruellement égoïste et gourmande devant cette vision sombre du monde tâtonnant et, profondément poussé à l'introspection, il se dit :

"Après tout, pourquoi suis-je ici pour essayer de changer un peu tout cela pour le mieux ou pour le transmettre sans signification?" Et à l'idée que d'année en année ces centaines continueraient, vouées à cette stagnation, s'éveilla en lui une horreur, une horreur de ce que cela doit signifier de retomber et de se glisser sous la surface de la société.

Il arriva à New York à trois heures du matin, après un interminable trajet dans le train cahoteux et sifflant, éveillé avec ferveur dans le wagon fumant, sombre et plein de courants d'air, où d'étranges êtres humains se blottissaient autour d'un jeu de cartes graisseux ou dormaient dans un sommeil ivre. Et tout au long du retour tardif, une pensée ne cessait de lui venir à l'esprit :

"Pourquoi n'ai-je pas fermé hier – hier, j'aurais pu faire..." Il ferma les yeux, étourdi à l'idée de ce qu'il aurait pu attraper hier. Il se disait qu'il finirait tout demain matin. Et il y aurait encore du profit, il était encore temps... sachant dans son cœur que le désastre avait déjà posé sa main agrippante sur son bras. La ville était calme, dans un calme surnaturel et menaçant alors qu'il atteignait la Cour, où une lumière brillait encore à la fenêtre d'un fêtard revenu. Marsh et DeLancy sortirent précipitamment au bruit de son entrée.

"Qu'est-ce qui ne va pas?" cria-t-il à la vue du visage tiré de Fred.

"Tout. La ville en regorge", a déclaré Marsh. "Cela a fuité cet après-midi, ou plutôt les partisans de Gunther l'ont laissé couler. Pittsburgh et la Nouvelle-Orléans déclareront demain un dividende trimestriel supplémentaire."

"C'est notre fin", a déclaré Fred. "Le stock va monter en flèche."

"Nous devons nous couvrir", a déclaré Bojo.

"Dans un marché fou ? Si on peut !"

"Ce n'est peut-être pas vrai."

"Je l'ai eu aussi directement que possible", a déclaré Marsh en secouant la tête.

"Supposons qu'il y ait un coin et que nous devions nous installer autour de 100 ou 150 ?" dit DeLancy en détournant nerveusement le regard.

Bojo n'avait pas besoin de demander à quel point ils étaient profondément impliqués. Il savait.

"Quelqu'un en a acheté de gros blocs. C'est connu", a déclaré Marsh, plus calme que les autres. "Dix contre un, c'est la foule de Gunther. Ils avaient l'information préalable. Dix contre un, ils ont tendu le piège et pris un virage."

"Non, c'est absurde ! Ce n'est pas si grave que ça. S'ils versent un dividende supplémentaire, le titre va bondir, pendant un moment. C'est tout. Et puis quelqu'un d'autre aura peut-être une carte dans sa manche." dit Bojo, luttant contre toute conviction.

"Appelle Drake", dit Fred.

Bojo hésita. La situation appelait n'importe quelle mesure. Il alla au téléphone, après de longues minutes pour obtenir une réponse. M. Drake était hors de la ville pour un voyage de chasse ; n'était pas attendu avant la nuit suivante. Il restait l'agent de Drake, Skelly, mais une recherche rapide dans le livre ne révéla aucun téléphone personnel.

"Pouvez-vous mettre plus de marge ?" demanda Bojo.

DeLancy secoua la tête.

"Je peux, mais il serait peut-être préférable d'accepter la perte", a déclaré Marsh. "Nous devrons attendre et voir. Travail rapide demain ! Au fait, Forshay vous appelle pour être au bureau à huit heures demain. Eh bien, dormons quelques clins d'œil. si nous le pouvons. Chance du jeu!"

"Je suis désolé", dit désespérément Bojo.

"Tais-toi. Nous avons dépassé l'âge", dit Marsh en lui donnant un coup dans le dos, mais DeLancy se dirigea vers sa chambre en le regardant fixement. Dès son départ, Marsh se tourna vers Bojo. "Ecoute, quoi que nous fassions, nous devons sauver Fred. Toi et moi pouvons supporter une mutilation. Fred est attrapé."

"Si nous le pouvons", a déclaré Bojo, sans lui faire savoir à quel point la situation était grave pour lui. « À quelle profondeur est-il ?

"Près de 2 000 actions."

« Bon Dieu, où a-t-il trouvé l'argent ?

Marsh eut l'air sérieux, secoua la tête et ne répondit rien d'autre.

À sept heures, alors que Bojo se réveillait difficilement après une nuit blanche, Granning entra dans sa chambre, étrangement sympathique.

"Ecoute, Bojo, est-ce que c'est aussi grave que les gars le craignaient ?"

"Je ne peux pas le dire, grand-mère. Ça a l'air méchant."

« Toi aussi tu as des ennuis ?

Bojo hocha la tête.

"Je dis, j'ai cette caution de mille dollars cachée", dit lentement Granning. "Utilise-le si ça peut aider quelqu'un."

"Bénis ton cœur", dit Bojo, vraiment touché. "Ce n'est pas mille, grand-mère, ça va aider maintenant. Tu avais raison, la chance du joueur !"

" Arrêtez ça, " dit Granning en se balançant d'un pied sur l'autre. "Je suis vraiment désolé – pas de chance, pas de chance. J'aimerais pouvoir aider!"

"Vous ne pouvez pas… inutile de gaspiller de l'argent après de l'argent. Un grand blanc de votre part quand même !"

Lorsqu'il arriva dans les bureaux, il apprit pour la première fois à quel point l'entreprise avait spéculé sur les informations concernant les intentions de Drake. Forshay était calme, avec le calme du jeu sportif face à la ruine, mais Flaspoller et Hauk étaient frénétiques dans leurs dénonciations. C'était une astuce, un moyen de faire des actions auprès d'un cercle restreint. Rien ne pourrait justifier un dividende supplémentaire. Les actions ordinaires n'étaient pas à deux pour cent. base pendant plus de trois ans. Rien ne le justifiait. Quelqu'un irait derrière les barreaux pour ça ! Forshay continuait de fumer en haussant les épaules, plutôt méprisant.

"Tu t'as frappé fort ?" dit-il à Bojo.

"On dirait. Et toi ?"

"Plutôt."

"Vous appelez Drake. Peut-être qu'il reviendra", a déclaré Flaspoller, agrammatical dans sa colère.

"Il ne viendra pas", dit Bojo, et pour la vingtième fois il reçut la réponse invariable.

"Le message était la fin de l'espoir"

À neuf heures, le bureau de Skelly a appelé. Un commis a donné le message, M. Skelly étant trop occupé. Bojo écoutait, espérant désespérément contre tout espoir, croyant à la possibilité d'un salut dans un énorme bloc à jeter sur le marché. Le message était la fin de l'espoir !

"Annulez les ordres de vente. Achetez Pittsburgh et la Nouvelle-Orléans sur le marché jusqu'à 20 000 actions."

Il essaya en vain de joindre Skelly personnellement et communiqua ensuite l'ordre aux autres, qui attendaient en silence.

"Si Drake est absent, au revoir", dit Forshay, qui se dirigea vers la fenêtre en sifflant. "Eh bien, sauvons ce que nous pouvons !"

La prise de conscience de la situation a apporté un calme soudain. Hauk partit pour le parquet de la Bourse. Les autres se préparaient à attendre.

"Associez vos quartiers", a déclaré Forshay en riant. Il revint, jetant un coup d'œil par-dessus l'épaule de Bojo à quelques chiffres notés sur un bloc-notes, lisant le total : « 12 350 actions. Je pensais que tu n'en étais que dix mille.

"Samedi vingt-trois heures cinquante", dit Bojo en regardant le bloc-notes. "Avec une marge de 5 pour cent aussi."

"Joli. Qu'est-ce qui te nettoie?"

Bojo réfléchit un instant, fronça les sourcils, consulta sa liste et finit par annoncer : "Trente-sept et demi m'efface proprement."

"Je suis bon pour un point de plus. Dis-je, il y a plutôt une ruée vers ce bureau ; as-tu des commandes d'achat ailleurs ?" Bojo hocha la tête. "Bien. Saisissez toutes les chances. Qu'avons-nous fermé samedi, à trente et un ans et demi ?"

"Trente deux."

"Eh bien, il y a une chance." Il eut l'air sérieux un moment, tournant et retournant une pièce de monnaie dans sa main, pensant aux autres. " Pas un imbécile comme un vieil imbécile, Tom. Si j'ai été piqué une fois, j'ai été piqué une douzaine de fois ! C'est gagner la première fois qui n'est pas bon. Vous ne pouvez pas l'oublier : la sensation de gagner. C'est en quelque sorte votre cas. aussi, hein ? Eh bien, allez. Je te corresponds !"

Une heure plus tard, avec l'annonce du dividende supplémentaire, ils se sont tenus ensemble devant la bande et ont regardé Pittsburgh et la Nouvelle-Orléans monter par saccades – 5 000 à 33 – 2 000 à 35½ – 1 000 à 34½ – 4 000 à 35¾ – 500 à 34.

"Passer un bon moment, n'est-ce pas ? Sauter partout. Les commandes doivent être épaisses comme des myrtilles. Vendre partout si vite qu'ils ne peuvent pas en garder une trace."

Flaspoller est arrivé avec le premier achat de Hauk, qui avait beaucoup de mal à exécuter ses commandes.

"J'en ai acheté 2 000 à 34 ans, Dieu merci", a déclaré Bojo en revenant du téléphone. "Qu'est-ce qu'il y a maintenant ?"

"Touché 36 : 10 000 à 35½ – de grosses commandes arrivent. Trente-six encore. De plus en plus belle."

Ils allaient et venaient du téléphone au téléscripteur, sans avoir le temps de déjeuner, exaltés à la pensée des actions achetées à tout prix, regardant d'un air sinistre les chiffres inquiétants monter et monter, indications muettes et paralysantes de la lutte et de la frénésie sur le parquet, où les courtiers se jetaient enroués et hurlaient en groupes noués et se balançaient et les téléphonistes allaient et venaient des cabines comme des myriades de fourmis en colère piétinées hors de leurs fourmilières.

À deux heures, Pittsburgh et la Nouvelle-Orléans avaient atteint 42. Une heure plus tôt, Bojo avait quitté le téléscripteur, attendant, haletant, au téléphone l'annonce d'achats qui représentaient de précieux milliers. À quatorze heures trente, le dernier quai de 500 actions arrivait à 42½. Machinalement, il ajouta les nouveaux chiffres à la liste d'attente. Sur les 83 000 $ en banque et les 95 000 $ qui résumaient hier ses gains sur papier, il avait à son actif, lorsque tous les comptes étaient au carré, à peine 15 000 $. Le reste s'était effondré en une matinée, comme une bulle de savon.

"Enregistrer quelque chose ?" » dit Forshay, frappé par la sauvagerie du regard du jeune homme.

"Je peux régler mon compte ici, je suis heureux de le dire", dit Bojo avec difficulté. "C'est quelque chose. Je pense que je vais me retirer avec environ quinze mille. J'espère que tu as fait mieux."

"Merci énormément."

"Nettoyé?" » dit Bojo, surpris.

"Magnifique. Propre. Eh bien, au revoir, Tom, et... meilleure chance la prochaine fois."

Bojo leva précipitamment les yeux, consterné. Mais Forshay souriait. Il hocha la tête et sortit.

Bojo arriva au tribunal encore hébété, incapable de comprendre où tout cela était passé, cette fortune qu'il avait entre les doigts hier. Hier! S'il avait fermé hier ! Puis, à travers la brume de son sentiment engourdi de perte, survint un rappel poignant et terrifiant à la réalité. Il était promis à Drake pour un montant de 50 000 $, et il n'a pas pu en rembourser ne serait-ce qu'un tiers ! Si le pool avait été anéanti – et il avait un léger espoir d'y sauver quoi que ce soit – il devrait se procurer 35 000 $ quelque part, d'une manière ou d'une autre, ou se rendre compte que Drake et son propre respect ne pourraient pas racheter sa propre parole. Que pouvait-il dire, quelle excuse offrir ! Si la piscine s'était effondrée, il était déshonoré.

La prise de conscience est venue lentement. Longtemps, assis dans l'embrasure de la baie vitrée, le front contre les vitres froides, il lui parut incroyable le chemin qu'il avait parcouru ces six derniers mois ; comme si tout cela n'avait été qu'une fièvre qui avait peuplé son horizon de figures irréelles, de fantasmes de rêves brûlants.

Mais la réalité inébranlable et éveillée était là. Sa parole avait été promise pour 50 000 $ à Drake, le père de la fille qu'il allait épouser. Marier! A cette pensée, il rit amèrement. Cela aussi était une chose qui avait disparu dans la bulle des rêves. Il pensait à son père, chez qui il devrait aller ; mais son orgueil recula. Il ne lui demanderait jamais de l'aide – un échec et une faillite. Plutôt que de demander à Drake de se mettre à genoux pour avoir le temps de régler sa dette !

"Comment ai-je fait ? Qu'est-ce qui m'a possédé ! Quelle folie m'a possédé !" répétait-il avec lassitude, encore et encore.

A huit heures, alors que toutes les grandes lumières électriques s'étaient éteintes autour des fenêtres flamboyantes de la cour, rappelé par les sons de la musique du restaurant vitré, il sortit dîner en se demandant pourquoi ses amis n'étaient pas revenus. À dix heures, lorsqu'il revint après une longue arpentage dans les rues, un mot était sur la table, de la large écriture de Granning.

J'espérais t'attraper. Fred est parti en larmes ; Dieu sait où il est. Roscy et moi avons essayé de le localiser toute la journée. J'espère que tu t'en es sorti, mon vieux.

GRAND-MÈRE .

A midi, toujours misérablement seul, torturé par le remords et par la pensée du naufrage qu'il avait involontairement apporté à ses copains, il ne supportait plus le suspense de l'évasion. Il est allé chez Drake pour apprendre le pire, déterminé à faire des aveux complets.

Dans le hall, alors qu'il attendait, irrité et misérable, Fontaine, le bras droit de Gunther, s'est évanoui précipitamment, les mâchoires serrées, inconscient. Drake était dans la bibliothèque en robe de chambre ample et en pantoufles, un cigare à la bouche, plongé dans la contemplation habituelle du puzzle d'images.

"Par George, il le supporte bien", pensa Bojo, ému par l'admiration du calme de cette silhouette impassible.

"Bonjour, Tom," dit-il en levant les yeux, "qu'est-ce qui t'a amené ici à cette heure de la nuit ? Quelque chose ne va pas ?"

"Faux?" » dit Bojo faiblement. "N'avez-vous pas entendu parler de Pittsburgh et de la Nouvelle-Orléans ?"

"Eh bien, qu'en est-il ?"

Bojo avala quelque chose qui lui restait dans la gorge, se raffermissant contre l'horrible vérité qui signifiait pour lui la ruine et le déshonneur.

"M. Drake, dites-moi ce que je vous dois ? Je veux savoir ce que je vous dois", dit-il désespérément.

"Devoir ? Rien."

"Mais la piscine ?"

"Eh bien, et la piscine ?" » dit Drake en le regardant attentivement.

"Le pool pour vendre Pittsburgh et la Nouvelle-Orléans."

"Qui a parlé de vendre !" » dit sèchement Drake. "La piscine va bien." Il le regarda un long moment, et le triomphe enfantin, trop longtemps réprimé, éclata avec le souvenir de la visite de Fontaine. "J'ai acheté le contrôle de Pittsburgh et de la Nouvelle-Orléans à onze heures ce matin et je l'ai revendu il y a dix minutes, pour le prix que j'ai payé, plus—plus un petit bénéfice de dix millions de dollars." Il s'arrêta assez longtemps pour laisser cela s'imprégner de la conscience du jeune homme ébranlé et ajouta en souriant : « Au prorata, Tom, vos cinquante mille vous représentent seulement un quart de million. Je vous félicite.

CHAPITRE XV

RICHESSE SOUDAINE

"Vos cinquante mille, cela ne vous représente qu'un quart de million."

Les mots lui parvenaient faiblement, comme s'ils étaient criés à une distance incroyable. Le choc fut trop violent pour ses nerfs. Il chercha à marmonner cette fantastique nouvelle et se laissa tomber sur une chaise, malade de vertige. La prochaine chose qu'il savait clairement était le bras puissant de Drake autour de lui et un verre porté à ses lèvres.

"Tiens, écris ça. Puis calme-toi. La chance ne tue pas."

"Je pensais qu'ils nous avaient attrapés, je pensais que j'étais vidé", dit-il de manière incohérente.

"Tu l'as fait, hein ?" dit Drake en riant. "Tu n'as pas beaucoup confiance dans le vieil homme."

Bojo se redressa, seul. La pièce semblait s'agiter autour de lui et dans ses oreilles résonnaient d'étranges sons non fixés. Une pensée lui vint à l'esprit : il n'était ni déshonoré, ni déshonoré ; personne ne le saurait jamais – Drake n'aurait jamais besoin de le savoir ; c'est s'il était prudent, s'il pouvait d'une manière ou d'une autre se dissimuler devant ce regard pénétrant.

"Je pensais que nous devions vendre Pittsburgh et la Nouvelle-Orléans", dit-il d'un ton absent, appuyé contre la cheminée.

"Beaucoup d'autres l'ont fait aussi", dit astucieusement Drake. "Asseyez-vous, jusqu'à ce que je vous en parle. Les idées s'éclaircissent ?"

"C'est plutôt un choc", dit Bojo en essayant de sourire. "Je suis désolé d'être un tel bébé."

"Je vous ai prévenu de ne pas tirer de conclusions hâtives ni d'essayer des dépliants", dit Drake en l'observant. "Bien sûr que vous avez fait?"

Bojo hocha la tête, le regard posé au sol.

"Eh bien, déduisez-le de vos bénéfices et imputez-le à l'expérience", a déclaré Drake en souriant. " Rangez-le pour l'avenir et utilisez-le si jamais vous en avez besoin, si jamais vous exploitez votre propre piscine, ce que j'espère que vous ne ferez pas. C'est ma règle d'or et j'ai payé cher pour l'apprendre. C'est ceci : si vous voulez qu'un secret soit gardé, gardez-le vous-même. » Il éclata d'un rire rond et chaleureux, regardant le feu avec contentement. "J'aurais aimé voir le visage de Borneman. Cela m'a beaucoup aidé, Borneman l'a fait.

Vous voyez, Tom", dit-il, avec ce besoin humain de se vanter un peu, qui rapproche ces hommes plutôt de l'enfant en aventure que du criminel. entre lesquels ils occupent une position médiane indéfinissable, "vous êtes arrivé dès le lever du rideau. Vous avez vu la finale de quelque chose qui fera mijoter Wall Street pour les années à venir. Oui, par George, c'est le plus grand un peu de manipulation par un seul opérateur pour l'instant ! Et regardez la foule que j'ai trompée – la bande intérieure, la crème de la crème, Tom – exactement ça !

"Je ne comprends pas", a déclaré Bojo, tandis que Drake commençait à sourire, réfléchissant aux détails retenus. Lui-même ne comprenait que confusément les événements qui se déroulaient autour de lui.

"Tom, la foule m'avait repéré pour une coupe", dit Drake joyeusement en caressant son menton. "Ils pensaient que le moment était venu de liquider le vieux Drake. Vous voyez, ils ont calculé que j'étais bourré d'actions, bondé à craquer et prêt à crier à la moindre pression. Maintenant, devenir riche sur le papier est une chose et s'enrichir avec la banque. Un autre. N'importe qui peut coincer n'importe quoi, mais c'est tout à fait différent de demander à M. Fly de venir dans votre salon et de faire le point une fois que vous l'avez obtenu là où vous le souhaitez. C'est ce qu'ils pensaient. Dan Drake était chargé de le ciel avec des actions qui semblaient tout-puissantes dans la colonne des cotations, mais sacrément difficiles à échanger contre de l'argent liquide et sonnant et trébuchant. C'est ce qu'ils pensaient, et ce qui est étrange, c'est qu'ils avaient raison.

"Mais... il y a toujours un mais... ils n'avaient pas pensé au fait que M. Me s'attendait exactement à ce qu'ils avaient compris. C'est ce que je vous ai dit, c'était le secret du jeu, de n'importe quel jeu, pensez comme l'autre. " L'homme réfléchit, puis réfléchit à deux longueurs d'avance. Maintenant, si j'étais raisonnablement sûr qu'un certain gang puissant allait baisser les actions, et les baisser durement, je pourrais regarder autour de moi pour voir comment cela pourrait me bénéficier d'un côté, tandis que ça m'ennuyait, ça m'ennuyait tout-puissant, de l'autre côté. Maintenant, quand ces coyotes se mettent à jongler avec les actions, ils aiment toujours jongler avec les actions qu'ils connaissent - quelque chose avec un joli petit ruban rose, avec un président et un conseil d'administration sur le côté. l'autre extrémité, qui se tortillera dans la bonne direction lorsque les coyotes tireront sur la ficelle.

"Maintenant, j'avais particulièrement envie de Pittsburgh et de la Nouvelle-Orléans depuis un bon moment. C'était bien dans leur ancien système du Sud, mais cela paraissait bien mieux à l'extérieur. Entre des mains indépendantes, cela pouvait susciter beaucoup de problèmes ; en quelque sorte comme une fille ordinaire dans la maison d'un homme riche - personne ne la remarque jusqu'à ce qu'elle s'enfuie avec le chauffeur. C'était mon idée.

Seul Pittsburgh était défoncé. Mais - encore une fois, mais - si une race particulière de coyote était assez obligeante pour courir comme beaucoup d'autres propriétés sur le marché, je pourrais intervenir et les aider à le faire descendre là où je pourrais récupérer ce que je voulais au comptoir des bonnes affaires. Vous voyez ?

"Mais vous avez vendu ouvertement", dit Bojo, étonné.

"Exactement. Je l'ai vendu là où ils pouvaient le voir et je l'ai racheté deux fois, dix fois, là où ils ne le pouvaient pas. Un processus très simple. Tous les grands processus sont simples, et ces intelligences monumentales qu'ils allaient chercher n'ont jamais germé. et je l'ai porté pour vous jusqu'à ce qu'ils se réveillent à six heures aujourd'hui pour découvrir, alors qu'ils se précipitaient dans le noir, que le chauffeur s'était enfui avec Miss Pittsburgh !"

Il se tourna et se dirigea vers le bureau, faisant signe à Bojo.

"Viens ici, regarde-le." Il lui tendit un chèque de dix millions de dollars. "Vous ne voyez pas très souvent un de ces types. Un homme formidable, Gunther. Quand il doit agir, il ne perd pas de temps. Droit au but. 'Nous sommes convaincus que vous avez le contrôle. Quelles sont vos conditions ?' « Dix millions et ce que m'a coûté le stock. » "Nous acceptons vos conditions", Grand homme, Gunther. Supposons que j'aurais pu ajouter un autre million, mais cela n'aurait pas sonné aussi bien, n'est-ce pas ? Quelque chose d'assez sympa à propos des coûts et de dix millions !

Tout en parlant, il avait sorti son chéquier et rempli un chèque à l'ordre de Bojo.

"Eh bien, Tom, ce n'est pas dix millions, mais c'est de l'argent de poche, et je suppose que pour toi, il semble plus gros que l'autre. Et voilà, prends-le."

Bojo l'a pris assez bêtement en disant :

"Merci, merci, monsieur!"

Drake observait l'émotion du jeune homme avec un amusement tolérant.

"Ne t'étonne pas que tu sois un peu secoué, Tom. Supposons que tu appelles une certaine jeune femme sur une longue distance. Plutôt fais-lui plaisir, je pense."

"Eh bien, oui. Je voulais le faire. Je—je le ferai, bien sûr."

"Alors vous pensiez que j'allais vendre à découvert Pittsburgh et la Nouvelle-Orléans", a déclaré Drake avec un humour espiègle.

Bojo hocha la tête, à court de mots, attendant le moment de s'échapper dans les airs.

"Mais, bien sûr, Tom," dit Drake lentement, avec des yeux souriants, " *tu* ne l'as dit à personne, n'est-ce pas ?"

Bojo marmonna quelque chose d'incohérent et sortit en serrant le chèque qui gisait dans sa main avec la lourdeur du plomb.

En plein air, il essayait de réajuster les événements de la nuit. Il eut l'idée confuse de se précipiter à travers la grande salle, de dépasser le valet de pied mécanique, d'entendre Thompson crier : « Prenez-vous un taxi, monsieur ! et d'être au loin sur des trottoirs retentissants dans la belle nuit avec quelque chose encore à la main.

« Deux cent cinquante mille », se dit-il. Il le répétait encore et encore comme une sorte d'accompagnement sourd de battement de tambour, résonnant dans ses oreilles, alors même que sa canne tapait sa ponctuation métallique aiguë.

« Deux cent *cinquante* ! dit-il pour la centième fois, totalement incapable de comprendre ce qui avait changé en une heure la face de son monde. Il s'arrêta, sortit la main de sa poche, prit le chèque froissé et le plaça dans son portefeuille, boutonna soigneusement son manteau, puis le déboutonna pour s'assurer qu'il n'avait pas glissé de sa poche.

Drake ne lui avait pas posé la question vitale. Il n'avait pas eu besoin de lui répondre, de lui dire ce qu'il avait perdu, d'avouer qu'il avait joué au-delà de son droit. L'affaire qu'il était allé résoudre, résolue sur un aveu net, avait été éludée, et dans sa poche se trouvait le chèque : une fortune ! Certains faits ne lui revenaient pas immédiatement à l'esprit, peut-être parce qu'il ne voulait pas les contempler, peut-être parce qu'il était trop ahuri par ses propres sensations pour percevoir clairement quel rôle il était censé jouer.

Mais alors qu'il descendait l'avenue devant la Plaza avec ses fenêtres aux yeux d'Argus encore éveillées, devant quelques grandes demeures avec des voitures et des valets groupés attendant les fêtards, à la pensée de la cour tranquille, de Roscoe et Granning, au soudain souvenir surpris de DeLancy, le fait froid s'est imposé à lui ; ils avaient perdu et il avait gagné. Il avait gagné parce qu'ils avaient perdu, et combien d'autres !

"Comment pourrais-je l'aider ?" se dit-il avec inquiétude, et il y répondit aussitôt par une autre question : « Mais me croiront-ils ?

Soudain, la dernière question de Drake lui apparut avec une nouvelle signification. "Bien sûr que tu n'en as parlé à personne, n'est-ce pas ?"

Pourquoi ne lui avait-il pas demandé sur-le-champ ce qu'il voulait dire ? Parce qu'il avait eu peur, parce qu'il ne voulait pas connaître la réponse, tout comme il avait éludé le fait que Doris, dans sa première spéculation, avait utilisé Boskirk. Même maintenant, il ne souhaitait pas forcer ce fait horrible, cherchant à le lui cacher avec des raisonnements plausibles. Après tout, qu'avait fait Drake ? Lui avoir menti ? Non. Il l'avait spécialement mis en garde de ne pas tirer de conclusions hâtives, et l'avait mis en garde contre toute action de sa propre initiative.

"Oui, c'est vrai", dit-il avec un soupir de soulagement, comme si une grande question éthique avait été réglée. "Il a joué carrément, absolument carré. Il n'y a rien de mal à cela."

Pourtant, d'une manière ou d'une autre, cette conviction n'apportait aucune joie ; il y avait quelque chose de volé dans la sensation de richesse soudaine qui le possédait. Il semblait se précipiter à travers la ville obscure, presque comme un voleur effrayé par la confrontation.

Pourtant il y avait le retour à la maison, les amis à affronter. Quelle réponse pouvait-il leur faire, comment annoncer le coup de fortune qui lui était arrivé ! Sur un point au moins, il était résolu, et cette résolution semblait alléger le poids de nombreux problèmes qui ne lui échapperaient pas. Il était responsable de Roscy et de Fred – au moins ils ne devraient subir aucune perte pour avoir suivi ses conseils. Les autres – Forshay, l'entreprise, une ou deux connaissances qu'il avait prévenues ces derniers jours, les étrangers ; ils étaient différents, et d'ailleurs il ne voulait pas y penser. Ses amis ne devraient pas subir de perte, pas même un dollar. Ils faisaient en quelque sorte partie de la piscine. Bien sûr, ils avaient eu leurs amis, même s'il leur avait juré de garder le secret. À ce stade, il s'arrêta dans ses détours mentaux, confronté à une soudaine barrière.

Drake l'avait-il sciemment utilisé pour donner une fausse impression de ses intentions, en avait-il fait l'instrument de ruine des autres afin de mener à bien son prodigieux coup de force ?

"Si je pensais cela", dit-il avec chaleur, "je n'y toucherais pas un centime !" Mais après un moment, inquiet et dans le doute, il ajouta : « Je me demande ?

Il arriva à la Cour et entra précipitamment. Les lumières brillaient dans les baies vitrées, des silhouettes noires traversaient les carreaux.

"Bon Dieu, en supposant que quelque chose soit arrivé à Fred !" pensa-t-il, se souvenant soudain du message de Granning. Il a fait irruption à l'étage et est entré dans la pièce. Roscoe Marsh était près de la cheminée, examinant gravement un revolver de poche qu'il tenait à la main. Granning était assise au bord du canapé et regardait Fred DeLancy, qui était enfoncé dans un grand fauteuil, échevelé et taché de saleté, une masse détrempée et ivre froide.

CHAPITRE XVI

BOJO COMMENCE À DÉPENSER SON QUART DE MILLION

A la vue de Fred DeLancy, Bojo se retint. Un regard de Granning l'avertit de la gravité de la situation. Il s'approcha de la silhouette recroquevillée et posa sa main sur son épaule.

"Bonjour, Fred. C'est Bojo."

DeLancy leva la tête, regarda à travers des yeux vitreux et retira lentement son regard vers la cheminée vide, où une lueur couvante attira son esprit.

"Je l'ai trouvé il y a une heure dans un enfer sur la Huitième Avenue", a déclaré Marsh. "Mauvais."

Grand-mère lui fit signe et ils entrèrent ensemble dans la chambre en fermant la porte.

"Très bien maintenant. Je suppose qu'il va rester silencieux. Assez violent à notre retour", a déclaré Granning. "Il voulait se jeter par la fenêtre."

"Et le pistolet", dit Bojo, malade à l'idée de ce qui aurait pu se passer.

"Oui, nous avons trouvé ça sur lui", dit gravement Granning. "Heureusement qu'il s'est saoulé si vite, sinon ça aurait pu être grave." Il hésita et ajouta : « Il jure qu'il se suicidera à la première occasion. Je suppose que je ferais mieux de le surveiller ce soir.

À ce moment, il y eut un bruit de bagarre venant de la tanière et un cri venant de Marsh. Ils se précipitèrent et le trouvèrent aux prises avec Fred, qui s'efforçait frénétiquement d'atteindre la fenêtre. Pendant un moment, l'air fut rempli de cris et de brusques mouvements de foule.

"Attention, il a ce coupe-papier !"

"Dans sa main droite."

"Très bien, je l'ai."

"Jetez-le sur le canapé. Asseyez-vous sur lui. C'est tout."

Sous leurs poids combinés, DeLancy fut jeté, rauque et hurlant des malédictions, sur le canapé, où, malgré les objurgations et les délires, Granning attacha ses bras derrière son dos avec une sangle et entrava ses jambes. Pendant une demi-heure, Fred se tordit et se débattit, délirant et jurant ou soudain, faiblement pris de remords, fondant en larmes, se maudissant lui-même et sa folie. Les trois hommes étaient assis en silence, les visages sévèrement masqués, regardant à contrecœur le spectacle laid de la frénésie humaine à l'état brut. À la fin de cette période, DeLancy devint soudainement silencieux et s'endormit profondément.

"Enfin", dit Granning en se levant. "La meilleure chose pour lui. Oh, il ne nous entendra pas, parle autant que tu veux."

« À quel point est-il frappé ? » dit Bojo anxieux.

Marsh haussa les épaules et jura.

"C'est dur, Granning ?"

" Vingt mille ou plus, " dit gravement Granning, " et il y a quelques mauvais côtés à cela. " Il secoua la tête, jeta un coup d'œil à DeLancy et ajouta : "Alors il y a la fille."

"Louise Varney ?"

"La même... maman a campé au téléphone toute la journée. Pas une personne très calme, maman... pouah... sale affaire !"

"Une affaire pourrie", dit Bojo avec remords. Il se dirigea vers la baie vitrée et resta là à regarder la nuit maladive, pâlissant devant les premiers gris du matin. Il était subjugué par ce spectacle de l'autre côté de la spéculation, se demandant combien de scènes similaires se déroulaient dans des pièces sans sommeil quelque part dans l'envolée sombre des toits. Marsh, ne comprenant pas son humeur, dit :

"En quoi ça t'a fait mal ? Tu t'en es bien sorti, n'est-ce pas ?"

Bojo revint pensivement, éludant la question avec une autre.

"Et toi?"

"Oh, mieux que ce à quoi je m'attendais", dit Marsh avec un visage ironique. "Je dis, tu n'es pas... pas nettoyé ?"

Granning se leva et, de sa main lourde, le retourna avec sollicitude. "Et ça, mon fils ?"

Bojo avait débattu pendant des heures de sa réponse à cette question inévitable, sans trouver de solution. Il sortit son portefeuille et en sortit lentement le chèque. "Regarde ça," dit-il solennellement.

Granning le prit, le regarda et le passa à Marsh, qui leva les yeux avec une exclamation : « Pour l'amour de Dieu, qu'est-ce que ça veut dire ?

" Cela signifie, " dit lentement Bojo, " que je peux vous dire la vérité maintenant. Nous n'avons pas perdu un centime ; au contraire... " il fit une pause et insista sur le mot suivant - " nous avons fait une tuerie. Nous voulons dire *vous* . , Fred et moi-même."

"Je ne comprends pas", dit Marsh en fronçant les sourcils.

"Le véritable objectif du pool n'était pas de supporter Pittsburgh et la Nouvelle-Orléans, mais de les acheter. Si je vous ai laissé vendre à découvert, ce n'était que pour inciter les autres à vendre à découvert. Demain, je m'installerai avec vous et Fred. , chaque centime que tu as perdu, plus—"

"Bojo, tu mens", dit brusquement Marsh.

"Je ne le suis pas, je—"

"Et tu mens mal !"

"Et ce chèque ?"

"C'est bon ; Drake a peut-être fait ce que tu as dit, mais tu n'as jamais su—"

"Roscy, je le jure."

"Attendez et répondez à ceci. Voulez-vous que je croie, Tom Crocker, que vous avez délibérément menti à moi et à Fred DeLancy, vos amis les plus proches, afin de nous amener à diffuser de fausses informations à nos amis, à ruiner nos *amis* . afin de vous tuer ? Eh bien, une réponse directe."

Bojo resta silencieux.

"Non, non, Bojo ; ne viens pas me raconter des histoires de conneries comme celle-là..."

"Roscy, c'est *un* mensonge. J'étais moi-même complètement dans le noir ; mais je n'y toucherai pas un centime tant que tes pertes ne seront pas au carré, chaque dollar !"

"Alors c'est ça le jeu, hein ?" dit Marsh en riant. "Eh bien, tu vas dodu au diable !

"Roscy !" dit Bojo en se levant d'un bond et en lui saisissant le bras. "Laisse-moi au moins réparer ce que tu as perdu. Attends. Attends une seconde, ne pars pas à moitié! Fred doit être tiré d'affaire; ce n'est pas seulement la faillite, c'est bien pire à voir - c'est sa parole, son honneur, l'argent d'une femme aussi. Vous le connaissez, il est faible, il ne résistera pas. Bon Dieu, vous ne voulez pas que j'aie sa vie sur la conscience ?

"Qu'est-ce que vous voulez faire?"

"Je veux faire croire à Fred ce que je t'ai dit - c'est le seul moyen. Si tu joues au jeu, il le croira. Bon Dieu, Roscy, cette chose est déjà assez mauvaise comme ça. Tu ne penses pas que je pourrais en profiter. un centime alors que vous, les gars, avez été nettoyés par ma faute ? »

"Écoutez," dit Marsh en s'asseyant, "ce n'est pas de votre faute. J'ai joué, c'est tout, et j'ai perdu. J'ai déjà joué sur vos conseils et j'ai gagné. Cinquante-cinquante, c'est tout. Maintenant, Fred est différent. Je' Je l'admettrai. Vous pouvez faire ce que vous voulez avec lui, c'est entre vous deux. S'il faut lui faire croire que je fais la même chose, lui faire prendre l'argent, d'accord, mais si vous revenez avec une proposition aussi insultante, Tom Crocker, il y aura des ennuis.

Bojo joignit et détacha ses mains dans une totale impuissance. Puis il jeta un coup d'œil à Granning.

"Vous avez fait ce que vous pouviez", dit Granning en secouant la tête.

"Un gâchis pourri. Je me sens pourri", dit lentement Bojo.

Marsh, cédant, lui tapota affectueusement l'épaule. « Tout grand blanc de votre part, Bojo – et ne pensez pas un seul instant que quelqu'un vous en veut ! »

"Je ne suis pas sûr de ce que je ressens", dit lentement Bojo.

"Drake t'a utilisé, Tom," dit doucement Granning. "Il avait compris que tu serais surveillé – le vieux jeu des leurres."

"Non, non," dit chaleureusement Bojo. "Il ne l'a pas fait, j'en suis sûr. Il m'a particulièrement prévenu de ne rien faire de moi-même sans le consulter. C'était de ma faute, j'ai tiré des conclusions hâtives !"

Granning et Marsh éclatèrent de rire.

"Par George, si je pensais ça !" dit Bojo en se levant.

"Ne pense à rien", dit doucement Marsh. "De toute façon, tout est dans le jeu !" Soudain, il s'arrêta et, l'instinct journalistique s'éveillant, dit : « Vous dites que Drake a acheté Pittsburgh et la Nouvelle-Orléans, que voulez-vous dire ?

"J'ai acheté le contrôle, bien sûr, et je l'ai revendu à minuit à Gunther & Co. pour un bénéfice de dix millions."

"Répétez ça", dit Marsh, consterné. " Bon Dieu ! Quoi ? Quand ? Où a eu lieu la vente ? Pour l'amour de Dieu, Bojo, tu ne sais pas que tu as la plus grande histoire de l'année ? Trois heures vingt maintenant. C'est 'bonne nuit' pour notre composition- salle à heure et demie. Parlez vite et j'y arriverai.

À la hâte, sous son impulsion, Bojo rappela des détails et des bribes d'informations. Trois minutes plus tard, Marsh était au téléphone et ils entendirent les ordres frénétiques criés.

" *Morning Post* ? Qui attend longtemps ? Hill ? Donnez-le-moi... sur le saut. Bon sang, c'est Marsh ! Bonjour, Ed ? Attendez vos hommes de presse pour un supplément. Nous avons un rythme époustouflant. Première page et la plus grosse tête que vous puissiez mettre ! Jouez-y autant que vous le valez. Prêt : Dan Drake a pris le contrôle...." Les contours en staccato, les phrases dramatiques, ont suivi, puis les instructions pour obtenir Gunther, Drake, Fontaine, et d'autres sur le fil. Puis le silence, et Marsh fit irruption dans la pièce et dévala les escaliers dans un vacarme qui menaça de réveiller la maison.

Granning et Bojo restaient assis, regardant la silhouette agitée et lourde sur le canapé, trop fiévreusement éveillée pour dormir, parlant en phrases brisées, tandis que les brumes blanches entraient dans la pièce et que la ville commençait à s'éveiller. À quatre heures, Doris a appelé de longue distance. Bojo l'avait complètement oubliée dans la tension de la nuit et s'empressait de la rassurer, un peu coupable. Gladys était à ses côtés, impatiente d'avoir des nouvelles de Fred, de savoir si elle pouvait lui venir en aide, se demandant pourquoi il ne lui avait pas envoyé un mot – alarmée.

Il a inventé un mensonge pour arranger la situation – un ami désespéré – avec qui Fred veillait toute la nuit.

A six heures, DeLancy se leva brusquement, échevelé et hagard, les regardant, ahuri par la pression des sangles. "Que diable s'est-il passé ?"

Granning se leva et le relâcha. "Vous avez été plutôt tapageur hier soir, jeune homme," dit-il doucement. "Nous avions peur que vous endommageiez l'escalier de secours ou que vous emportiez le manteau de la cheminée. Comment allez-vous ?"

"Oh, bon Dieu !" dit DeLancy en enfonçant sa tête dans ses mains avec un gémissement, se rappelant soudain la piscine.

"Si tu n'étais pas parti comme un mauvais Indien", dit sévèrement Bojo, "tu ferais la fête d'une manière différente." Puis, alors que Fred, sans intérêt, restait inconscient, il s'approcha et lui frappa un coup retentissant entre les épaules. "Réveillez-vous là. J'ai essayé de vous le faire passer toute la nuit. Nous n'avons pas perdu un centime. La piscine s'est déroulée comme un charme. Drake a trompé tout le groupe !"

"Quoi? Que voulez vous dire?" dit DeLancy en levant les yeux.

"La réduction n'était que la première étape ; le vrai jeu consistait à racheter le contrôle. Toutes nos ventes à découvert n'étaient que du bluff, imputées au compte de dépenses et rien d'autre."

"C'est du bluff," répéta Fred, hébété. "Je n'ai pas l'air de comprendre. Je n'arrive pas à comprendre."

"Eh bien, prends ceci alors, régale-toi de ça", dit Bojo, assis à côté de lui, son bras autour de son épaule et le chèque tenu devant ses yeux. "C'est du profit : ma part des dix millions que Drake a récupérés en les vendant à la foule de Gunther. Écoutez." Il répéta en détail l'histoire de la nuit, ajoutant : "Maintenant, vous le voyez ? Chaque centime que nous avons perdu avec le stock va aux dépenses, c'est entendu."

"Vous voulez dire..." DeLancy se leva, se redressa et s'appuya contre une chaise. "Tu veux dire ce que j'ai perdu—ce que je—"

"Ce que vous avez perdu et les pertes de Louise aussi", dit rapidement Bojo, "chaque centime est payé au pool. Il n'y a pas eu la moindre question là-dessus !"

"Est-ce la vérité ?"

"Oui."

Les yeux enfoncés de Fred se posèrent sur ceux de Bojo pendant un moment interminable, et l'agonie inscrite sur ce visage fiévreux renforça Crocker dans sa détermination. Bientôt DeLancy, comme convaincu, se détourna.

"Bon Dieu, je pensais que j'étais fini !" dit-il dans un murmure. Sa lèvre trembla, il se serra la gorge, et l'instant d'après son corps déchiré fut secoué de sanglots convulsifs.

"Laisse-toi aller, Fred, tout va bien, tout va bien", dit précipitamment Bojo. Il quitta la pièce en faisant un signe de tête à Granning et se dirigea vers sa chambre. Son sac était toujours sur le lit, où il l'avait jeté sans l'avoir ouvert. Il retira machinalement ses vêtements, sentant la lassitude de la nuit perdue, et soudain, sur le haut d'une veste pliée, il trouva une carte, écrite par Patsie ; quelques mots seulement, timidement offerts.

"J'espère, oh, j'espère que tout ira bien", et sous ces deux lignes qui déclenchaient des rêveries dans ses yeux, la signature n'était pas Patsie, mais Drina.

Lorsqu'il revint dans la tanière après une toilette précipitée, DeLancy s'était repris.

"Mieux, mon vieux ?" dit Bojo en lui tirant l'oreille.

"Si tu savais… si tu savais ce que j'ai vécu," dit Fred avec un souffle rapide.

"Je sais", dit Bojo en frissonnant instinctivement. "Maintenant, passons aux choses sérieuses. Vous vous sentirez beaucoup mieux lorsque vous aurez rangé votre compte bancaire. Qu'avez-vous perdu ?"

"Je dis, Bojo," dit DeLancy, évitant son regard, "sur votre honneur, tout va bien, n'est-ce pas ?"

"Bien sûr !"

« Je devrais l'accepter – il n'y a aucune raison – tu ne me racontes pas une fausse histoire ?

"Ce n'est certainement pas le cas", dit joyeusement Bojo en prenant son chéquier au bureau. "Allez donc."

Mais DeLancy, peu convaincu, hésitait encore.

"Et Roscy ?" dit-il lentement, les yeux fixes, la bouche entrouverte comme s'il attendait la réponse.

"La même chose se produit avec Roscy, naturellement", dit Bojo avec insouciance.

DeLancy inspira longuement et s'approcha.

"Combien ? Avouez !"

"Vingt-sept mille huit cents."

Bojo retint un début d'étonnement.

"Dites vingt-huit heures précises", dit-il prudemment. "Est-ce que cela inclut le récit de Louise Varney ?"

"Oui, tout," dit lentement DeLancy. Il resta debout devant le bureau, regardant Bojo écrire un chèque, regardant le stylo de voyage comme s'il était toujours incrédule.

"Voilà, vieux coq, et bonne chance", dit Bojo.

"Tiens, dis-je, vous avez gagné trente-huit mille dollars," dit DeLancy en prenant le chèque.

"Dix mille, c'est du profit, bien sûr."

"Tiens, dis-je, ce n'est pas bien. Je ne pourrais pas supporter ça, non, jamais, Bojo !"

"Tais-toi et pars avec toi !" dit Bojo. "Vous ne pensez pas un seul instant que j'utiliserais mes amis sans voir qu'ils ont une part des gains, n'est-ce pas ?"

"Cela ne semble pas correct", a encore déclaré DeLancy. Il contemplait le chèque, en proie à des désirs contradictoires.

"Les rats!"

"Je n'ai pas l'impression que je devrais le faire."

Bojo, observant un instant son combat avec sa conscience, percevait la faiblesse inhérente au fond de sa nature, ressentant soudain un sentiment de distance s'immiscer dans la vieille amitié, tristement désillusionné. Lorsqu'il parla, ce fut brusquement, en tant que supérieur :

« Tais-toi, Fred, tu vas le prendre, et c'est tout !

"Comment puis-je te remercier?

"Ne le faites pas."

Il tourna les talons et retourna dans sa chambre pour cacher l'éclair de mépris qui lui vint aux yeux. « Grand Dieu, pensa-t-il, est-ce ainsi que les hommes se comportent face à de grandes épreuves ?

Mais tout à coup il ajouta : « Et moi ?

Car au fond, il y avait un sentiment de malaise, réveillé par le rire soudain et incrédule de ses amis qui avaient accueilli son affirmation de l'innocence de Drake, qui l'amenait à réaliser qu'il devait faire face à une décision plus profondément significative pour lui-même . -une estime que toutes celles auxquelles il avait encore été confronté.

"Dieu merci pour une chose : rien n'est arrivé à Fred ! C'est réglé. Je n'ai rien sur la conscience", dit-il avec un soupir. Les dix mille qu'il avait ajoutés représentaient confusément un hommage à cette conscience, à ces autres, inconnues et non visualisées, qu'il aurait pu faire souffrir sans le savoir.

« Bojo ! »

"Bonjour ! Qu'est-ce qu'il y a ?"

Il sortit précipitamment au son de la voix de Granning.

"Roscy au téléphone... Quoi ?... Bon Dieu !"

"Qu'est-ce que c'est ? Que s'est-il passé ?" cria-t-il alors que Fred sortait en courant.

« Forshay... s'est suicidé... ce matin... dans son club... s'est tranché la gorge !

CHAPITRE XVII

PAYER LE PIPER—PLUS

Se rendre au bureau sous le voile du désastre et de la tragédie, affronter les regards accusateurs de Hauk et Flaspoller avec la conscience effroyable de sa propre responsabilité personnelle, était la chose la plus difficile que Bojo ait jamais eu à faire. À plusieurs reprises, dans le métro, rempli de la foule de Wall Street discutant avec enthousiasme de la tournure soudaine de la veille, alarmée par l'avenir, il eut une folle envie de fuir. Devant lui se trouvaient les effrayants effrayants du *Morning Post*, le seul journal à détenir l'histoire.

DRAKE ACHETE ET VEND PITTSBURGH ET LA NOUVELLE-ORLÉANS

CONTRÔLE SÉCURISÉ À 6 LUNDI. VENDU À MINUIT. BÉNÉFICE EN MILLIONS. LES COURTIERS DUrement TOUCHÉS. TROIS ENTREPRISES SUSPENDENT. CLIMAX DE LA JOURNÉE DRAMATIQUE.

Il ne voyait que vaguement ce sur quoi tout le monde se penchait frénétiquement. Il relisait pour la vingtième fois l'horrible histoire du suicide de Forshay.

UN COURTIER BIEN CONNU TERMINE SA VIE AU CLUB

W. O. FORSHAY PENSAIT AVOIR ÉTÉ PRIS DANS LE NETTOYAGE DE DRAKE

Les faits bruts ont suivi, avec un historique de la carrière de Forshay, ses relations sociales, un récit de son mariage, de sa maison de ville et de sa maison de campagne.

"Mais après tout, suis-je responsable ?" se dit-il misérablement, et bien qu'il revienne toujours à l'hypothèse qu'il avait été un participant innocent, il commença à être obsédé par le sentiment de ruine grandissant que de telles victoires pouvaient provoquer.

Forshay ne lui en aurait peut-être pas reproché, car Forshay avait joué le jeu jusqu'à la limite de la loi et n'avait demandé aucune faveur. Ce n'est pas cela qui l'a profondément troublé et qui a réveillé le sens éthique longtemps endormi. Drake avait-il compris quelles seraient ses conclusions et l'effet sur le public s'il lui permettait de procéder aveuglément sur un mauvais départ ? En un mot, Drake l'avait-il délibérément utilisé pour tromper les autres, sachant qu'après le succès d'Indiana Smelter, son futur gendre serait crédité d'informations privilégiées ?

Il n'a pas encore répondu affirmativement à ces questions ; le faire signifiait une décision subversive par rapport à tout son sentiment de réussite nouvellement acquis. Mais bien qu'il ait toujours nié les accusations, elles n'ont pas reçu de réponse ainsi, revenant constamment.

Dans les bureaux, c'était comme si le mort guettait. Un sentiment de frayeur l'envahit lorsque la porte s'ouvrit. La jeune fille au téléphone l'accueillit avec des yeux gonflés, gonflés de pleurs hystériques ; les sténographes avançaient sans bruit, étouffés par un sentiment indéfinissable de surnaturel. La plaque de laiton sur la porte—W. O. Forshay – lui paraissait quelque chose d'indiciblement sinistre et d'horrible. Il avait le sentiment que les autres manifestaient dans leurs regards vagabonds, comme si cette assiette cachait quelque chose, comme s'il y avait quelque chose qui attendait derrière sa porte.

Il entra dans les bureaux intérieurs, à la demande soudaine. Hauk était à table, regardant par la fenêtre ; Flaspoller s'inquiète et s'agite au centre du tapis, alternant sans but d'avant en arrière.

Bojo hocha silencieusement la tête en entrant.

"Vous avez vu?" » dit Hauk avec un mouvement de tête.

"Oui. Horrible!"

Flaspoller s'écria : « Pas un centime au monde. Dieu sait combien l'entreprise devra gagner. Trente-cinq, quarante, quarante-cinq mille, peut-être plus. Oh, nous sommes coincés, d'accord.

"Voulez-vous dire," dit lentement Bojo, "qu'il n'a rien laissé, aucun bien ?"

« Oh, une maison peut-être – hypothéquée, bien sûr ; et puis savons-nous ce qu'il doit d'autre ? Non. Nous sommes dans un sacré trou avec votre Pittsburgh et votre Nouvelle-Orléans.

"Ce n'est pas tout à fait juste", dit doucement Bojo. "Je vous ai donné un tuyau sur Indiana Smelter et vous avez gagné de l'argent grâce à cela. Je n'ai jamais rien dit sur Pittsburgh et la Nouvelle-Orléans. J'ai clairement refusé de le faire. Vous avez tiré vos propres conclusions."

"C'est une bonne blague", dit Flaspoller avec un rire méprisant.

"Que veux-tu dire?" dit Bojo en rougissant de colère.

"Eh bien, je vais vous dire ce que je veux dire", dit Flaspoller, discrétion aux vents. "Quand vous entrez dans une maison qui vous a traité généreusement comme nous, que vous augmentez votre salaire sans attendre qu'on vous le demande, et que vous apportez des ordres, des ordres confidentiels, pour vendre cinq cents actions aujourd'hui, mille demain, comme si vous vous vendiez, et que vos amis vendent aussi – si vous laissez votre entreprise continuer à vendre et que vous ne savez pas ce qui se passe, vous êtes soit un gros crétin, soit un… »

"Ou quoi ?" dit Bojo en avançant.

Quelque chose dans l'œil menaçant fit s'arrêter brusquement le petit courtier avec un haussement d'épaules évasif.

"Je n'irais pas trop loin, Flaspoller", dit froidement Bojo. "Si c'était une erreur, je l'ai payé aussi, comme vous le savez. Vous savez ce que j'ai laissé tomber."

"Je ne sais rien", dit Flaspoller, reprenant courage avec sa colère et se plaçant d'un air de défi sur le chemin du jeune homme. "Je sais seulement ce que tu as perdu ici, et je sais aussi ce que *nous* perdons."

"Mon Dieu, voulez-vous insinuer que j'ai fait quelque chose *de malhonnête* ?" » dit Bojo à voix haute, mais au fond mal à l'aise.

"Tais-toi maintenant", dit Hauk, alors que Flaspoller commençait une autre tirade en colère. "Écoutez, M. Crocker, cela ne sert à rien de gaspiller des mots. Le lait est renversé. Et alors ?"

"Je suis désolé, bien sûr", dit Bojo en fronçant les sourcils.

"Bien sûr, vous comprenez qu'après ce qui s'est passé," dit calmement Hauk, "il nous serait impossible de faire appel à vos services."

Même s'il avait lui-même envisagé de rompre ses relations, il fut tout à fait choqué d'apprendre qu'il était licencié. Il reprit son souffle, se regarda tour à tour et dit :

"Très bien. Là, je suis d'accord avec vous. Je serai très heureux de quitter votre bureau aujourd'hui."

Il se dirigea vers son bureau dans une rage immense, parcourut aveuglément ses papiers et se leva peu après pour sortir où il pourrait se ressaisir et décider de la marche à suivre. Le fait est que, pour la première fois, il éprouva un sentiment de culpabilité. Il s'assura encore une fois qu'il était parfaitement innocent et qu'il n'y avait rien à redire dans toute sa démarche. Mais combien l'auraient cru s'ils avaient su que ce matin même il avait déposé un chèque d'un quart de million ? Qu'auraient dit Hauk et Flaspoller à la simple annonce ?

Il errait dans des groupes familiers, s'arrêtant un moment puis s'éloignant, parant les questions qui lui étaient adressées par ceux qui connaissaient l'intimité de ses relations avec le manipulateur à succès. Dans toutes leurs conversations, Drake apparaissait comme un demi-dieu. Les hommes sont retournés dans les coins célèbres du commodore Vanderbilt pour une comparaison avec l'habileté et l'audace du défunt manipulateur. On disait librement qu'il n'y avait aucun autre homme à Wall Street qui aurait osé aussi ouvertement défier les grandes puissances de l'époque et les forcer à accepter des conditions.

Dans ce concert d'admiration, il n'y avait aucune note de censure. Il avait joué le jeu comme eux. Personne ne l'a tenu pour responsable de la tragédie de Forshay et des pertes non écrites de ceux qui avaient été capturés.

Pourtant, Bojo n'était pas convaincu. Il savait qu'il n'avait pas pu rencontrer ouvertement les partenaires ; que malgré toute l'injustice de leur attitude, il avait caché la connaissance de ses gains ultimes, et qu'il l'avait caché parce qu'il aurait été incapable de l'expliquer. Plus puissant que l'indifférence stoïque de Wall Street était le souvenir de cette rencontre fortuite, détruite par le hasard de cette rencontre ; de Forshay, lui accordant tranquillement ses quartiers avant l'ouverture du marché, calculant le point fatal au-delà duquel une hausse signifiait pour lui la fin. Et à mesure qu'il l'examinait de ce point de vue intime, il se demandait de plus en plus comment une fortune de dix millions pouvait être libérée de toute responsabilité et de toute cruauté, des échos de l'agonie, en une nuit, grâce à d'autres qui avaient été amenés imprudemment à jouer au-delà. leurs moyens.

Forshay se souvint de DeLancy, et il frémit à l'idée de voir à quel point la ligne du désastre lui était passée. Il se souvenait sans cesse avec dégoût de l'expression du visage de DeLancy quand, à la fin, il l'avait persuadé d'accepter le chèque. Ce qui pesait le plus lourdement sur sa conscience, c'était que maintenant, avec l'évolution des événements dans une perspective plus claire, il commençait à comparer sa propre attitude avec celle de Drake, avec la faible soumission de DeLancy à son explication. Si DeLancy avait accepté de l'argent que Marsh avait rejeté avec indignation, qu'avait-il lui-même fait ?

A midi, prenant une résolution soudaine, il monta dans les bureaux. Les partenaires étaient toujours là, ruminant la déroute, le gratifiant de regards sombres face à son interruption.

"M. Hauk, voulez-vous me donner le total de la dette de M. Forshay envers votre entreprise ?"

Flaspoller se retourna avec un rejet insolent aux lèvres, mais Hauk le devança. "Quelle est votre affaire ?"

"Vous avez déclaré que ses pertes pourraient s'élever à quarante ou quarante-cinq mille dollars. Est-ce exact ?"

"C'est notre affaire !"

"Vous ne comprenez pas", dit doucement Bojo, "mais je pense qu'il sera dans votre intérêt de m'écouter. Dois-je comprendre que vous avez l'intention d'exercer votre droit sur les biens qui pourraient encore être laissés à la veuve de M. Forshay ? "

"Quelles bêtises raconte-t-il ?" dit Flaspoller en se tournant vers son partenaire avec étonnement.

"Je le pensais", dit Bojo, tirant sa réponse de leur attitude. "Je le répète, veuillez me donner les chiffres exacts, en détail, de la dette totale de M. Forshay envers votre entreprise."

"Je suppose que tu veux le payer, hein ?" dit Flaspoller avec mépris.

"Exactement."

"Quoi!"

La réponse fut presque un cri. Hauk, plus enthousiaste que son partenaire, percevant au calme exalté du jeune homme que l'affaire était sérieuse, attrapa Flaspoller par le bras et le jeta sur une chaise.

"Asseyez-vous et taisez-vous." Il s'approcha de Bojo, l'étudiant attentivement. « Vous voulez payer Forshay, n'est-ce pas ? »

"Tu es.

"Quand?"

"Maintenant."

Hauk lui-même n'était pas à l'abri du choc provoqué par cette annonce. Il s'assit, se passant bêtement la main sur le front, jetant un regard suspicieux à Bojo. Finalement il se reprit suffisamment pour dire :

"Pour quelle raison veux-tu faire ça ?"

"C'est mon affaire", dit Bojo, "et d'ailleurs tu ne comprendrais pas du tout."

"Eh bien, eh bien", dit Flaspoller, retrouvant son empressement avec sa cupidité.

"Tu ne vas pas refuser, n'est-ce pas ?"

"C'est très noble, très généreux", dit lentement Hauk. "Nous avons été un peu pressés, M. Crocker. Nous avons perdu beaucoup d'argent. Nous disons parfois les choses un peu plus que nous ne le pensons dans de tels moments.

Il ne faut pas trop y penser. Nous sommes très contrariés. —nous pensions que le monde de M. Forshay—"

"Tout cela est tout à fait inutile", dit Bojo avec un léger mépris. "Nous avons affaire à des chiffres. Avez-vous le compte prêt, maintenant ?"

"Oui, oui... nous pouvons le préparer dans un instant... regardez-le... prenez juste quelques instants", dit Flaspoller avec empressement. "Asseyez-vous, M. Crocker, pendant que nous cherchons."

"Merci, je préfère attendre dehors. N'oubliez pas que je veux une déclaration complète et minutieuse."

Il se retourna et sortit avec dégoût, s'asseyant près de son ancienne place près de la fenêtre, sans ôter son chapeau et son manteau. Il attendit ainsi de longues minutes, regardant les murs tachés de terre du gratte-ciel d'en face qui, à cinq cents pieds de haut, les empêchaient d'apercevoir le ciel, indifférent aux conversations chuchotées, aux regards curieux ou à l'agitation nerveuse. aller et retour des partenaires. Bientôt, le téléphone sonna à ses côtés.

"M. Hauk aimerait que vous entriez dans son bureau, monsieur."

"Dites-lui de venir vers moi."

C'était de la bravade, mais une revanche qui lui était précieuse. Presque immédiatement, Hauk se glissa vers son bureau, posant un papier devant lui.

"Ça y est, M. Crocker."

« Toutes vos réclamations contre la succession... chacune ? » dit Bojo en examinant attentivement les objets.

"À la perfection."

Mais à ce moment Flaspoller arriva précipitamment et alarmé.

"Nous avons oublié la part des dépenses du bureau", dit-il précipitamment.

"Posez-le", dit Bojo d'un geste de la main. Au point de mépris amer où il en était arrivé, il lui semblait une chose sublime d'accepter tous les chiffres sans daigner entrer en discussion. « Quelque chose de plus, messieurs ?

Flaspoller tortura en vain sa mémoire lors de cette dernière convocation. Hauk, ne comprenant pas le froncement de sourcils et le regard avec lequel Bojo continuait de regarder le journal, commença à expliquer : « Cet article ici est calculé sur une troisième part de... »

"Je ne veux aucune explication", a déclaré Bojo, le coupant court. "Vous fournirez bien sûr tous les détails à l'exécuteur testamentaire. Maintenant, si cela est complet, veuillez me donner un accusé de réception écrit du paiement intégral de chaque réclamation que vous détenez contre la succession de W.

O. Forshay, ainsi qu'une attestation. que ceci est à tous égards une facture juste et vraie des dettes de M. Forshay. Il sortit son chéquier. "Cinquante-deux mille sept cents—"

"Et quarante-six dollars", dit Flaspoller, qui suivait les traits de plume avec des yeux incrédules, comme s'il ne pouvait croire à la Providence.

Bojo se leva, prit les acquittements et l'état des lieux, et leur remit le chèque en disant : « Ceci clôt l'affaire, je crois.

Une immense lutte se déroulait dans l'esprit des deux partenaires : curiosité, cupidité et un nouveau sentiment de la solidité financière de l'homme qui pouvait ainsi lancer des chèques, clairement écrits dans leurs expressions surprises.

"M. Crocker, Tom, nous serions très heureux si vous oubliez ce que nous avons dit ce matin", dit Flaspoller précipitamment. "Vous avez été très beau, vraiment très beau. Vous pouvez toujours avoir un bureau dans nos bureaux. M. Crocker, je m'excuse de m'être trompé. Serrez-vous la main !"

"Au revoir, messieurs !" dit Bojo en soulevant son chapeau avec la plus grande minutie.

Il prit un déjeuner précipité et se rendit à la Cour, où Della, la jolie petite Irlandaise au bureau du téléphone, ouvrit les yeux de surprise devant cette apparition inhabituelle.

"Pourquoi, M. Crocker, qu'est-ce qui ne va pas ?"

"Je change mes habitudes, Della", dit-il avec un rire tenté.

Il se rendit dans sa chambre et resta assis un long moment devant la cheminée, tirant sur un tuyau. Enfin il se leva, se dirigea vers le bureau et écrivit :

Chère Doris :

Bien des choses se sont passées depuis que je t'ai quitté. Je pense qu'il vaut mieux qu'aucune annonce ne soit faite avant que nous ayons eu l'occasion d'en discuter très sérieusement. J'espère que cela pourra être bientôt.

BOJO .

PS S'il vous plaît, remerciez Patsie d'avoir fait mon sac. Je suis parti si précipitamment que je crois avoir oublié.

PPS Dites à Gladys que Fred s'en est bien sorti – il ne devrait pas être surpris s'il en avait fait un peu aussi.

CHAPITRE XVIII

BOJO FAIT FACE À LA VÉRITÉ

Il passa les jours suivants sans but. Il avait une grande décision à prendre et il agissait comme s'il n'avait d'autre pensée que de dériver indolemment à travers la vie. Il parla pendant tout le petit-déjeuner, lisant laborieusement les journaux du matin, et fut étonné de constater qu'avec tout son retard, il n'était que onze heures, avec un interminable intervalle à combler avant le déjeuner. Il commence une douzaine de romans, cherchant à se perdre dans le charme d'autres pays et d'autres époques ; mais dès qu'il sortait dans son club, il avait le sentiment que le monde était sens dessus dessous.

Après le déjeuner, il essaya en vain d'inviter quelqu'un à flâner dans l'après-midi, pour ensuite ressentir à nouveau cette impression d'étrange solitude dans un pays étranger, alors que l'un après l'autre disparaissait devant l'appel du travail. Il n'avait rien d'autre à faire que la seule chose qu'il savait en fin de compte devoir être faite, et plus il cherchait à s'en débarrasser, en flânant dans les salles de cinéma ou en consumant de longues étendues de trottoir à explorer les vagabonds, plus il il sentait toujours quelque chose derrière son épaule, cela ne pouvait être nié.

Il évitait la compagnie de ses amis, cherchant d'autres connaissances avec qui dîner et assister à un spectacle. Quelque chose était tombé au milieu de la vieille intimité de Westover Court. Il y avait un sentiment de malaise et de perturbation imminente. La passion du gain était enfin passée parmi eux et la trace de désillusion qu'elle avait laissée ne pouvait être effacée. Le plaisir enfantin, les gambades dans la vie étaient révolus. Ils semblaient avoir vieilli et dégrisé en une nuit. Les petits déjeuners du matin étaient des affaires limitées et précipitées. Il n'y avait plus le vieil esprit de concessions mutuelles du jeu équestre. DeLancy était maussade et évasif, Marsh silencieux et Granning sombre. Bojo ne pouvait pas croiser le regard de DeLancy et, comme les autres, il sentait que même s'ils ne l'exprimeraient jamais, il les avait déçus, que d'une certaine manière ils le tenaient pour responsable des changements survenus et de la perte de cet esprit libre et complet de vie. une camaraderie qui ne reviendrait jamais.

Il en était arrivé au point où il avait décidé de faire des aveux complets à Drake et d'obtenir une certaine restitution. Mais c'est là qu'il rencontra le rocher de son indécision. Que doit-il restaurer ? Après déduction des sommes versées à DeLancy et à la succession de Forshay, il lui restait encore près de cent soixante mille dollars. Pourquoi ne devrait-il pas déduire ses propres pertes, s'élevant à plus de soixante-dix mille dollars encourus au service d'une campagne qui avait rapporté des millions ?

Sa conscience, torturée par le souvenir tragique de Forshay et par le sentiment des cercles grandissants de panique et de pertes qui avaient commencé à son insu, avait finalement reculé devant l'idée de tirer profit de la désolation des autres. Mais s'il renonçait au gain, y avait-il une raison pour qu'il subisse une perte ? pourquoi Drake ne devrait pas le rembourser comme il avait remboursé les autres ? Accepter ce point de vue signifiait qu'il resterait toujours en possession de plus de quatre-vingt-cinq mille dollars, produisant un revenu convenable, capable de se maintenir dans la société à laquelle il s'était habitué. Renoncer au paiement de ses pertes ne signifiait pas simplement porter un coup à son orgueil en reconnaissant qu'au cours des six premiers mois il avait déjà perdu les deux tiers de ce que son père lui avait donné, mais que tout son projet de vie devrait être a changé, tandis que le mariage avec Doris est devenu impossible.

Au-delà de la première lettre qu'il lui avait écrite, dans la première réaction tragique à son retour du bureau, il n'avait envoyé aucun autre mot à Doris. Ce qu'il avait à dire était encore trop indéfini pour être exprimé sur papier. Trop de choses dépendaient de son attitude lorsqu'ils se rencontraient enfin face à face. Ses lettres, pleines d'anxiété et de demande d'informations, sont restées sans réponse. Un après-midi, en revenant après une journée de vagabondage dans l'East Side, il trouva un télégramme qui attendait depuis des heures.

Retour cet après-midi à quatre heures trente du poste de rencontre le plus anxieux.

DORIS.

Il était alors presque six heures. Sans attendre d'explications téléphoniques, il a sauté dans un taxi et s'est enfui en ville. Chez les Drakes, il envoya son nom par l'intermédiaire de Thompson, apprenant avec un soudain serrement de cœur que Drake lui-même était chez lui. Il entra dans la salle de réception calme, nerveusement excité par la crise qui approchait, résolu maintenant qu'elle était levée, à la pousser jusqu'à son ultime conclusion. Alors qu'il fouettait d'avant en arrière, palpant avec impatience les feuilles vertes brillantes de l'hévéa ciré, d'un seul coup, à son grand étonnement, Patsie se tenait devant lui.

"Vous ici?" dit-il en s'arrêtant net.

Elle hocha la tête, les joues rouges, le regardant rapidement et ailleurs.

"Doris est en train de changer de robe, elle va descendre tout de suite. Tu n'as pas reçu le télégramme ?"

"Je suis désolé, j'étais dehors toute la journée."

Il s'arrêta et elle resta silencieuse, tous deux maladroitement conscients de l'autre. Finalement, il balbutia : « J'ai demandé à Doris de vous remercier... d'avoir préparé mon sac et... et votre message.

"Oh, Bojo," dit-elle impulsivement et les taches rouges sur sa joue se répandirent comme des noms, "J'ai tellement envie de te parler. J'ai réfléchi à tellement de choses que je devrais dire."

"Tu peux tout dire," dit-il doucement.

"Bojo, tu dois épouser Doris !" » dit-elle d'une voix brisée, en joignant les mains.

"Pourquoi?" » dit-il, trop surpris pour remarquer l'absurdité de la question.

"Elle a besoin de toi. Elle t'aime. Si tu avais pu la voir tout le dimanche soir quand nous... quand elle avait peur que tu sois ruiné. Tu ne sais pas à quel point elle s'en soucie. Je ne l'ai pas fait. Je me suis terriblement trompé, injuste. ... Vous ne devez pas la laisser partir et épouser quelqu'un qui ne lui tient pas à cœur, comme Boskirk, comme Dolly l'a fait.

"Mais je dois aussi faire ce qui est bon pour moi", dit-il désespérément, ému par l'éclat de ses yeux qui semblaient couler et l'envelopper irrésistiblement. "J'ai aussi le droit d'aimer, de trouver une femme qui sait ce que signifie l'amour—"

"Ne... ne fais pas", dit-elle en se détournant misérablement, trop jeune pour faire semblant de ne pas le comprendre.

« Écoute, Drina, » dit-il en lui attrapant la main. "Je suis confronté à une décision, la plus grande décision de ma vie, qui signifie si j'ai droit à mon propre respect, au vôtre et à celui des autres. Un chemin signifie de l'argent, un chemin facile vers tout ce que les gens veulent dans ce monde. , et aucun blâme n'y est attaché, sauf ce que je pourrais ressentir moi-même. L'autre signifie voler de mes propres ailes, sans faveurs, subir une perte de milliers de dollars et un combat de peut-être cinq, dix ans pour arriver là où je suis maintenant. Ce qui signifierait tu le fais ? Non, tu n'as même pas besoin de répondre," dit-il joyeusement, emporté par le regard dans ses yeux alors qu'elle se retournait sans crainte. "Je te connais."

Dans sa ferveur, il lui saisit la main et la pressa contre son cœur. "Drina chérie, tu sonnes vrai, vrai comme une cloche. Toi, je sais, tu comprendras tout ce que je fais." Il se précipitait quand soudain une pensée l'arrêta. S'il faisait ce qu'il avait prévu, de quel droit aurait-il l'espoir de l'épouser même après des années de labeur ? Il laissa tomber ses mains, son visage devint si vide que, oubliant la joie et la terreur mêlées que ses paroles lui avaient procurées, elle s'écria :

"Bojo, qu'est-ce qui ne va pas, à quoi penses-tu ?"

Il se détourna, secouant la tête et inspira profondément.

Mais à ce moment-là, avant que Patsie ne puisse s'échapper, Doris descendit les escaliers et se dirigea directement vers lui.

"Bojo, j'ai été si inquiet, pourquoi n'as-tu pas répondu à mes lettres ? Et *pourquoi* ne m'as-tu pas rencontré ?"

Elle jeta ses bras autour de son cou, le regardant anxieusement dans les yeux. Il avait une vision floue de Patsie, rétrécie et blanche, se détournant de la vue de l'étreinte, alors qu'il balbutiait des explications. Heureusement, Drake lui-même a brisé la tension avec une apparition inattendue et un bluff :

"Bonjour, Tom. Où es-tu resté ? Maintenant que tu es millionnaire, je m'attendais à ce que tu viennes naviguer sur un yacht à vapeur ! Eh bien, Doris, que penses-tu de ton financier ?"

"M. Drake, j'ai quelque chose d'important dont je dois parler avec vous. Pouvez-vous me voir quelques minutes maintenant ? C'est très important. Si vous pouviez—"

Le ton avec lequel il prononçait ces paroles, en regardant au-delà d'eux vers la vue des salons, impressionnait chacun avec le sentiment d'une crise. Drake s'arrêta, jeta un rapide coup d'œil du jeune homme à Doris et dit en sortant :

"Eh bien, oui, bien sûr. Entrez maintenant. Dès que vous serez prêt. La bibliothèque, heureuse de vous voir."

Au même instant, avec un dernier regard engageant, Patsie disparut derrière les rideaux. Doris s'approcha de lui, surprise et alarmée.

"Tu n'as pas de problèmes ?" dit-elle, émerveillée dans son regard. "Papa m'a dit que tu avais gagné un quart de million et que tout allait bien. C'est vrai, n'est-ce pas ?"

"Doris, tout ne va pas bien", dit-il solennellement. "Que je garde ou non ma part dépend de la réponse que votre père donnera à une question que je vais lui poser."

"Que veux-tu dire ? Tu veux dire que tu n'accepterais pas—"

"Dans certaines circonstances, je *ne peux pas* accepter cet argent, exactement cela."

"Mais, Bojo, ne fais rien d'imprudent, à la hâte", dit-elle précipitamment. "Parlez-en avec moi d'abord. Faites-le-moi savoir."

"Non," dit-il fermement. "C'est ma décision."

« Laisse-moi au moins venir avec toi – laisse-moi entendre ! »

Il secoua la tête. "Non, Doris, même pas ça. C'est entre ton père et moi."

"Mais notre mariage", dit-elle désespérée en le suivant jusqu'à la porte.

"Après... quand j'aurai vu ton père, alors il faudra en parler."

La nouvelle décision dans sa voix et ses mouvements la surprit et la contrôla. Elle leva la main comme pour parler, et ne trouva aucun mot à prononcer dans son étonnement. Il parcourut rapidement les salons, frappa et entra dans la bibliothèque. Drake, avec peut-être une prémonition de ce qui allait arriver, attendait avec impatience, faisant tourner la chaîne de sa montre.

"Eh bien, Tom, allez droit au but. Qu'est-ce qu'il y a ?" dit-il impérieusement.

"M. Drake," commença prudemment Bojo, "je ne suis pas venu vous voir parce que... parce que je ne savais pas exactement quoi dire. M. Drake, j'ai été terriblement bouleversé par cet accord entre Pittsburgh et la Nouvelle-Orléans !"

"Quoi, bouleversé d'avoir gagné un joli quart de million ?"

"Oui, c'est ça," dit-il fermement, sans jamais perdre une expression du visage de l'homme plus âgé. "Vous savez bien sûr que Forshay, qui s'est suicidé, était dans mon bureau."

« Quoi, dans ton bureau ? dit Drake en sursaut. "Non, je ne le savais pas !"

"Ça m'a plutôt secoué. Il s'est ruiné à Pittsburgh et à la Nouvelle-Orléans. Et puis ce soir-là, quand je suis rentré à la maison, un de mes copains était assez proche de la même chose."

"Je t'ai dit de ne faire confiance à personne, Tom," dit doucement Drake.

"C'est vrai, vous me l' *avez dit* . M. Drake, répondez-moi, ne vous attendiez-vous pas à ce que je le dise à quelqu'un ?"

Drake le regarda rapidement, puis baissa, tambourinant avec ses doigts.

"À quoi ça sert?"

Bojo n'avait plus aucun doute. La transaction s'était déroulée comme il l'avait finalement deviné. Pourtant, les mots n'avaient pas été prononcés qui signifiaient pour lui le renoncement à tout le luxe et à toutes les opportunités qui l'entouraient dans la richesse tapissée de la grande salle. Il hésita si longtemps que Drake leva les yeux vers lui et fronça les sourcils, répétant la question :

"A quoi ça sert, Tom ?"

"M. Drake, vous saviez que je dirais aux autres de vendre Pittsburgh et la Nouvelle-Orléans - vous aviez *l'intention que* je le fasse, n'est-ce pas ? Cela faisait partie de votre plan - une partie nécessaire, n'est-ce pas ?"

"Tom, je t'ai expressément dit de ne pas tirer de conclusions hâtives", dit Drake en se levant et en élevant la voix. "Je t'ai expressément dit de ne pas laisser le chat sortir du sac."

"Veux-tu répondre à ma question ? Oui ou non ?" » dit le jeune homme très calme et tout à fait incolore.

"J'ai répondu à cela."

"Oui, vous avez répondu," dit lentement Bojo. "Maintenant, M. Drake, je ne vais pas vous insister davantage. Je sais. Je ne peux pas accepter cet argent. Ce n'est pas le mien."

"Je ne peux pas accepter ? C'est quoi cette absurdité ?" dit Drake en s'arrêtant net.

"Je ne peux pas gagner d'argent avec les pertes de mes amis, que j'ai ruinés pour faire réussir votre accord."

"C'est un mot dur !"

"Et il y a une autre raison", dit Bojo, ignorant son éclair de colère. "Je n'ai pas été honnête avec toi. La nuit où je suis arrivé ici, j'étais moi-même ruiné."

"Je le savais."

"Mais vous ne saviez pas que j'avais utilisé les cinquante mille dollars promis à votre pool et que si vous aviez fonctionné comme je le pensais et anéanti, j'aurais dû vous devoir trente-cinq mille dollars - promis à vous - une dette. ce qui me déshonorerait. »

"Je ne le savais pas. Non. Comment est-ce arrivé ?" dit Drake en s'asseyant et en le regardant avec anxiété.

"J'ai perdu la tête - absolument - complètement. J'ai fait exactement ce que Forshay et DeLancy ont fait : jouer avec de l'argent qui ne m'appartenait pas. J'ai vécu dans un cauchemar. M. Drake, j'ai perdu mes repères. Maintenant, je vais pour les récupérer. » Il fit une pause, inspira et poursuivit avec sérieux : « Maintenant, vous comprenez pourquoi je ne mérite pas un centime de cet argent, même si vous pouviez me jurer que vous ne m'avez pas utilisé intentionnellement, ce que vous ne pouvez pas ! J'ai failli y aller. " J'ai franchi la ligne, M. Drake, et ce n'était pas de ma faute si je ne l'avais pas fait non plus. Je suppose que je ne suis pas fait pour ce genre de vie, c'est tout. "

"Tu es jeune, très jeune, Tom," dit lentement Drake. "Les jeunes regardent les choses à travers leurs émotions. C'est ce que vous faites !"

"Dieu merci", dit Bojo, et il lui sembla pour la première fois qu'un sentiment de paix revenait.

"Qu'est-ce que vous voulez faire?" dit Drake en fronçant les sourcils et en se levant.

"Je ne peux pas vous rendre les deux cent mille dollars", dit lentement Bojo. « J'ai payé trente-huit mille dollars à un ami pour couvrir ses pertes, pour le sauver de la disgrâce et du déshonneur aux yeux d'une femme ; un autre ami a refusé d'accepter un centime. J'ai payé à la succession de Forshay chaque centime de dette qu'il devait à la succession. ferme : cinquante-deux mille dollars. Forshay a joué parce qu'il pensait que je savais. Cela fait plus de quatre-vingt-dix mille dollars. Le reste, cent cinquante-neuf mille, je vous le rendrai.

« Bon Dieu, Tom, tu as fait ça ? dit Drake en sortant son mouchoir. Il s'assit sur sa chaise, bouleversé. Pendant un long intervalle, personne ne parla, puis de la chaise sortit une voix qui ne ressemblait pas à celle de Drake mais à quelque chose d'incorporel. "C'est horrible, horrible. De mon point de vue, j'ai joué au jeu comme les autres, aussi carrément que le plus carré. J'ai perdu des milliers de milliers en restant fidèle à un ami, des milliers en respectant ma parole. Ce n'est pas du business, c'est ça. guerre. Ceux qui entrent en guerre, qui ont l'intention de jouer avec la vie, de se battre avec des milliers et des millions, doivent y aller pour en subir les conséquences. S'ils m'attrapent un jour, ce sera parce que quelqu'un est devenu un traître, pas parce que j'ai été traître. vendu ou fait quelque chose de peu recommandable. Si d'autres ont été ruinés à Pittsburgh et à la Nouvelle-Orléans, c'est parce qu'ils étaient prêts à gagner de l'argent en détruisant la propriété d'autrui. C'était leur faute, pas la mienne. Si un homme ne peut pas se contrôler... Si un homme fait faillite et ne veut pas affronter le monde et travailler au lieu de se faire sauter la cervelle, c'est sa faute.

" Vous pensez à l'individu – aux hommes, aux amis, à la mort. Ils vous touchent, ils sont plus proches de vous que la grande perspective. Ils ne comptent pas, personne ne compte. Si un homme se suicide, il meurt plus vite qu'il ne le ferait. et ça ne vaut pas la peine d'être vécu, c'est tout. Cela vous semble de sang-froid. Oui. Mais nous avons affaire à des mouvements, à des armées ! La pauvreté, le chagrin, le désastre, la mort, c'est la vie, on ne peut pas y échapper. un grand pont est plus important que la vie des hommes qui le construisent, un grand chemin de fer est nécessaire, il ne s'agit pas de savoir si quelques milliers de personnes perdent leur fortune, dans l'opération qui rend possible une grande fusion. C'est mon point de vue. pas le vôtre. Vous êtes déterminé à faire ce que vous avez décidé de faire. Vos émotions vous tiennent. Dans dix ans, vous le regretterez.

"J'espère que non", dit simplement Bojo.

" Qu'est-ce que tu vas faire ? Eh bien, entre ici comme mon secrétaire particulier, " dit Drake en posant sa main sur l'épaule du jeune homme et en ajoutant, avec cet élan de compréhension humaine qui lui donnait un pouvoir magnétique sur les hommes : " Tom, tu es un... imbécile de faire ce que tu fais, mais, par le ciel, je t'aime pour ça !"

"Merci", dit Bojo, contrôlant difficilement sa voix.

"Viendras-tu ici?"

"Non."

"Pourquoi pas?"

"Franchement, je veux faire quelque chose par moi-même", a déclaré Bojo avec obstination. "Je ne veux pas que quelqu'un me prenne par le col et me pousse vers le succès."

"Réfléchir!"

"Non, je m'en tiendrai à cela. Je veux entrer dans une vie rationnelle. Vivre comme je vis est une torture."

Drake hésita, comme s'il répugnait à le laisser partir, cherchant une issue.

« Ne me laisserez-vous pas réparer vos pertes, au moins ça ?

"Pas après le trou dans lequel je suis entré, non."

« Bon sang, Tom, tu ne me laisseras pas faire quelque chose pour t'aider ?

"Non, rien du tout." Il s'approcha et lui serra la main. "Vous ne savez pas que cela signifie de pouvoir à nouveau vous regarder dans les yeux, monsieur. C'est tout !"

« Et Doris ? » dit lentement Drake, battu à chaque instant.

"Doris, je vais voir maintenant", dit-il.

Il se dirigea précipitamment vers la porte pour éviter les sentimentalités, et de l'autre côté du rideau, là où elle écoutait, il trouva Doris, les yeux écarquillés et ravis, le doigt sur les lèvres.

CHAPITRE XIX

UNE ÉCLAT DE L'ANCIEN BLOC

"Quoi, tu étais là ! Tu as entendu !" dit-il, étonné.

Elle hocha la tête, incapable de parler, le doigt toujours sur les lèvres, l'entraînant par la main dans le petit salon où ils étaient en quelque sorte libres des autres regards.

"Maintenant, un torrent de reproches", pensa-t-il sombrement.

Mais l'instant d'après, les larmes coulaient sur ses joues, ses bras autour de lui et sa tête sur son épaule. En la voyant ainsi secouée, il pensa amèrement que toute cette douleur n'était que la perte matérielle, le coup porté à ses ambitions. Tout à coup, elle releva la tête, le prit fermement par l'épaule et dit :

"Bojo, je ne t'ai jamais aimé auparavant, mais je t'aime maintenant, oh, oui, maintenant je sais !"

Il secoua la tête, incapable de la croire capable de grandes émotions.

« Doris, tu es emportée, ce n'est pas ce que tu diras demain !

"Oui oui ça l'est!" elle a pleuré avec ferveur. "Je sacrifierai n'importe quoi maintenant – rien ne me fera jamais abandonner!"

« Heureusement pour vous, » dit-il, son regard s'assombrissant, « vous aurez suffisamment de temps pour reprendre vos esprits. Si vous avez tout entendu, vous savez ce que cela signifie : en commençant par le début.

"J'ai entendu... je comprends", dit-elle, près de lui, ses yeux brillant d'une lumière qui effaçait le monde dans une ombre confuse. Il la regardait, enthousiasmé par son sentiment, par l'idée que cela lui appartenait, qu'il en était le maître, et pourtant peu convaincu.

"C'est juste ton imagination," dit-il doucement, "c'est tout. Doris, je te connais trop bien, ce avec quoi tu as vécu et ce que tu dois avoir." Il ajouta avec un sourire dubitatif : « Vous vous souvenez de ce que vous m'avez dit ce jour-là, lors de notre promenade, lorsque nous traversions ce village d'usines : « demandez-moi n'importe quoi, sauf d'être pauvre. » »

"Bojo," dit-elle désespérément, "tu ne comprends pas ce qu'est une femme. C'était vrai, à l'époque. Il y a tout ce que tu dis en moi, mais il y a autre chose que tu n'as jamais évoqué auparavant, et qui peut venir." quand j'aime, quand j'aime vraiment." Elle s'accrochait à lui, se battant pour lui, sentant à quel point elle avait été sur le point de le perdre. "Bojo, crois en moi, donne-moi une chance de plus !"

"Demain, tu viendras me proposer un nouveau plan pour gagner de l'argent !"

"Non non."

"Tu vas essayer de me persuader que je devrais t'épouser avec ton argent, saisir les opportunités que ton père peut me proposer. Oh, Doris, je te connais trop bien !"

"Non, non, je ne le ferai pas. Je ne veux pas... tu ne vois pas que je ne veux pas te faire faire quoi que ce soit ? Je veux te suivre !"

"C'est là le problème", dit-il brusquement.

Il se retourna, s'éloigna et s'assit, regardant par la fenêtre, sentant quelque chose de sombre et d'enveloppant se refermer sur lui sans qu'il puisse s'éclipser. Elle vint impulsivement à ses côtés, se jetant à terre à ses genoux, emportée par l'intensité de son émotion.

« « À quoi revient tout le reste ? dit-elle à bout de souffle. 'Je te veux'"

« A quoi sert tout le reste ! » dit-elle à bout de souffle. "Je te veux ! Je veux un homme, pas un mannequin, dans ma vie. Je veux quelqu'un à qui admirer, plus grand, plus fort que moi, qui puisse me faire faire des choses."

Il posa sa main sur la sienne, ravi alors qu'il se penchait rapidement et l'embrassait.

"Le problème," dit-il lentement, "pendant tout ce temps, j'ai essayé de comprendre votre façon de vivre, de vous atteindre. Doris, je ne peux pas promettre ; je ne suis pas sûr de moi, de ce que je fais." Je pense-"

"Oh, ce serait une chose tellement terrible si tu me laissais partir maintenant," dit-elle soudainement en se couvrant le visage. "Maintenant, quand je sais ce que je pourrais faire !"

"Oui", acquiesça-t-il, ressentant aussi le pouvoir qu'il avait soudainement acquis de faire ou de gâcher une vie, et avec ce pouvoir la responsabilité.

"Tu peux tout faire avec moi", dit-elle dans un murmure.

Il avait la gorge nouée, le sentiment d'être bloqué à chaque instant, l'horreur de faire du mal et une fierté sauvage à l'idée qu'enfin cette fille, contre laquelle il s'était si souvent rebellé parce qu'elle était sans émotion ni passion. , était à ses pieds, sans réserve, une femme chaleureuse et adorante.

"Doris, tu dois venir vers moi sur mes pieds," dit-il enfin fermement.

Elle l'accepta comme la réponse qu'elle avait tant attendue, levant son visage empli de joie, pressant sa main contre son cœur, ses yeux baignant de larmes, inarticulés.

"Essaye-moi... n'importe quoi ! Je suis heureux... tellement heureux... tellement peur... j'avais tellement peur... Oh, Bojo, penser que je ne t'aurais peut-être jamais connu... t'ai perdu !"

Lorsqu'un peu de calme fut revenu, elle voulut l'épouser sur-le-champ, vivre dans une chambre dans une pension, s'il le fallait, pour prouver sa sincérité. Il lui répondit évasivement, feignant de se moquer d'elle, tout en sentant le fardeau de plomb de ce qu'il avait assumé par un hasard du sort au moment où il espérait la liberté la plus complète. Pourtant, il y avait quelque chose de si authentique, de si imprévu dans sa contrition, quelque chose de si impuissant et si appelant à sa force dans son abandon à sa volonté et à sa décision, qu'il se sentit ému par une pitié poignante et recula devant la brutalité de lui infliger de la douleur.

Lorsqu'il partit, silencieux et maussade, tournant au coin de l'avenue, son regard se porta par hasard sur une fenêtre du deuxième étage, et il vit Patsie regarder en bas. Il s'arrêta, trébuchant dans sa progression, puis, se reprenant, leva solennellement son chapeau. Elle ne bougea pas et ne fit pas un geste pour répondre. Il la voyait immobile, le regardant.

Lorsqu'il revint à la Cour et s'arrêta machinalement au bureau pour récupérer son courrier, Della, avec son sourire accueillant, le gronda.

"Mon Dieu, mais vous avez l'air terriblement sérieux, M. Crocker !"

"Le suis-je ?... Oui, je suppose", dit-il distraitement.

Il pénétra dans la cour intérieure qui, la veille, lui avait semblé un petit coin si étroit de la grande ville qui avait répondu à son heureux contact. Maintenant, dans le crépuscule tombant, avec les lumières s'éteignant, la cour semblait très grande, remplie d'êtres humains engagés dans la bataille de la vie, et lui-même petit et sans importance.

"Eh bien, je l'ai fait", se dit-il avec un demi-rire. "Je me demande-"

Il se demandait, maintenant que tout était fini, maintenant que le rideau était tombé sur ce drame, si après tout Drake avait eu raison, s'il voyait la vie à travers ses émotions, et quel était le point de vue de trente-cinq ans et plus. quarante serait rétrospectivement.

"Eh bien, j'ai tout laissé tomber", dit-il, s'attardant dans le calme et la pénombre tamisée. "J'ai pris le mors aux dents. Il n'y a plus de retour en arrière maintenant." Il se souvenait de son père et du vieux regard de défi dans ses yeux alors qu'il avait exhorté son fils.

"J'imagine, après tout," dit-il sombrement, se sentant tout à coup rapproché du sien, "je dois être un morceau du vieux bloc."

Granning était seul dans le bureau quand il entra, faisant tourner son chapeau sur le canapé.

"Eh bien, Granning, je me suis levé et je l'ai fait", dit-il brièvement.

"Eh, quoi ?" » dit Granning en levant les yeux plutôt alarmé.

Il lui a dit.

"Et donc, Granning, je suis désormais un fils de travail aux mains excitées", dit-il en conclusion. "Il va falloir me trouver un travail !" Le rire échoua. Cela semblait déplacé à ce moment-là avec Granning qui le regardait. Il ajouta doucement : « Je suppose que le respect de soi vaut plus que je ne le pensais !

"Mon Dieu, je suis content!" » dit Granning en abaissant son gros poing.

Il n'avait jamais vu Granning aussi émue depuis toute sa longue amitié !

CHAPITRE XX

BOJO CHASSE UN EMPLOI

« Eh bien, maintenant, cherchons un emploi ! »

Il se réveilla le lendemain matin avec cette seule idée dominante, habillé au son d'un sifflement, et vint gaiement prendre son petit-déjeuner. Un fardeau semblait avoir été soudainement enlevé de son esprit, le jour était beau et l'avenir animé de la saveur d'un bon combat sans faveurs. Le petit déjeuner était délicieux et l'air était plein d'énergie.

"Il me semble que vous avez l'air plutôt arrogant", dit Marsh, l'étudiant avec surprise.

"Je ne me suis jamais senti aussi en forme de ma vie", a déclaré Bojo en volant un rouleau à DeLancy, qui avait complètement perdu sa bonne humeur.

« Quoi de neuf ? Vous allez encore réduire le marché ?

Bojo rit, d'un rire libre et triomphant.

"Plus jamais ça pour moi !" Il ajouta rapidement, se souvenant de l'attitude qu'ils avaient adoptée en faveur de DeLancy : "La chance est avec moi depuis assez longtemps, je ne vais plus miser sur la chance !"

Fred poussa son assiette et entra dans la pièce extérieure sans croiser leurs regards.

"Je dis, Bojo, une chose que nous devrions faire", dit Marsh dans un souffle : "s'occuper de l'enfant et lui donner une tenue solennelle."

« Vous ne pensez pas qu'il soit assez idiot pour essayer à nouveau le marché ?

"Qui sait ce qu'il va faire ?" » dit Marsh sombrement. "Parfois, je pense que cela lui aurait évité encore plus d'ennuis si vous l'aviez laissé nettoyer !

"Tu veux dire Louise Varney... Bon Dieu !"

"Exactement!"

"Pensez-vous qu'il soupçonne?" » dit Bojo après un instant d'hésitation. « Je veux dire à propos de sa prise de profit ?

"Bien sûr," dit doucement Marsh.

"Pauvre diable ! Eh bien, mon Dieu, je ne peux pas le critiquer", dit Bojo d'un air maussade. "J'ai failli faire la même chose."

"Qu'allez-vous faire maintenant?" » dit Marsh, pour garder la conversation claire de souvenirs dérangeants.

"Je vais commencer un nouveau travail."

"Quoi?" » dit Marsh surpris.

"Oh, je vais regarder autour de moi", dit Bojo d'un ton désinvolte. « Je veux quelque chose de solide et de réel – constructif est le mot. Eh bien, Roscy, souhaite-moi bonne chance – je commence à regarder le terrain ce matin. Il se leva confiant et heureux, tapant sur l'épaule de son ami, avec la vieille exaltation enfantine. "Par Jupiter, je suis content d'en avoir fini et de commencer une vraie vie !"

"Essayez de faire un reportage", a déclaré Marsh.

"Pas sur ta vie. Je sors pour quelque chose moi-même ! Bonjour, vieux Freddie-boy ! Tu as les cheveux lisses ? Eh bien, alors, viens et dis à Wall Street quoi faire."

Une heure plus tard, toujours plein de confiance, il prenait le taureau par les cornes et pénétrait dans les bureaux de Stoughton et Bird. Le jeune Stoughton faisait partie de son groupe social, et son père lui avait été particulièrement agréable à plusieurs reprises où il avait dîné chez eux. La maison était connue pour son conservatisme et ses investissements solides.

"Bonjour, Skeeter", a déclaré Bojo, donnant au jeune Stoughton son surnom d'université. « Est-ce que le gouverneur est occupé ? Pourrait-il me voir dans dix minutes ? »

Ils se trouvaient dans une vaste salle extérieure avec des membres juniors installés à des bureaux éloignés, le téléphone sonnant à tout moment.

"Je pense que vous l'avez bien compris", a déclaré Stoughton en lui serrant cordialement la main. "Attendez un instant, je vais vous appeler." Il acquiesça immédiatement. "Bien sûr, entrez directement."

Stoughton, senior, un homme petit et bien soigné, homme de club et fouet, leva la main avec affabilité avec la décontraction souriante de celui qui se débarrasse momentanément de ses manières professionnelles.

"Ravi de te voir, Tom. Hier, je demandais à Jo ce que tu étais devenu. Eh bien, qu'as-tu dans ta manche ? Tu as l'air très important. Tu veux me vendre un chemin de fer au Mexique ou la moitié d'un État de l'Ouest ?"

"Rien de tout cela", dit Tom, riant et à la fois à l'aise. "Ce que je recherche, c'est un travail."

"Vous ne le pensez pas", a déclaré Stoughton surpris.

"Je veux acquérir une expérience solide", a déclaré Bojo en toute confidentialité. "Dans le domaine du financement et des investissements conservateurs. Je ne sais pas si vous avez quelque chose d'ouvert, mais si c'est le cas, j'aimerais postuler."

"Je vois." Stoughton hocha la tête, visiblement perplexe. "Est-ce que ça veut dire que tu es parti—"

"Hauk et Flaspoller… oui."

Stoughton fronça les sourcils.

"C'est l'entreprise du pauvre Charlie Forshay, n'est-ce pas ?"

"Oui."

"Ils ont été pris assez durement à Pittsburgh et à la Nouvelle-Orléans", a déclaré Stoughton d'un ton méditatif. "Oui, je m'en souviens. As-tu été attrapé aussi ?"

"J'étais."

"Qu'est-ce que tu obtenais là ?"

"Bien sûr, je ne m'attends pas à obtenir ce que je gagnais là-bas, pas seulement à l'heure actuelle", a déclaré Bojo avec magnanimité. "À la fin, j'en gagnais jusqu'à cent vingt-cinq par semaine."

"Non", a déclaré Stoughton sans l'ombre d'un sourire, "vous ne pouvez pas vous attendre à cela." L'affabilité sociale s'était estompée. Peu à peu, il s'était replié sur une attitude tranquille et défensive, teintée de curiosité. "Au fait, ça ne te dérange pas que je pose une question discrète ? Pourquoi n'essaies-tu pas Drake ?"

Bojo ne pouvait pas donner une réponse qui en révélerait trop, mais il se contenta de dire franchement :

"Eh bien, M. Stoughton, je préfère ne pas demander de faveurs. J'aimerais régler ça par moi-même."

"Bien", dit Stoughton, s'éclairant. Toujours rayonnant, il a ajouté : "J'aimerais que nous ayons une place pour vous ici. Malheureusement, notre système est plutôt complexe et nous commençons par un homme en bas. Bien sûr, nous ne vous proposerions rien de tel. Vous êtes hors du " Un cours à dix dollars par semaine. En plus, vous avez des amis, de bonnes relations. De nombreuses entreprises seraient ravies de vous avoir. "

"Je veux me lancer dans quelque chose de solide. Je veux éviter les seuls courtiers", a déclaré Bojo, très applaudi.

"Et vous avez raison", dit Stoughton en hochant la tête. Il sortit une carte et la dessina au crayon. " Vous connaissez Harding et Stonebach ? Harding est un de mes bons amis. Donnez-lui cette carte. C'est ce que vous voulez : faites-vous une spécialité du développement, des centrales électriques, des chemins de fer urbains et ce genre de choses. Un grand avenir pour un jeune homme. qui a un talent pour une organisation constructive.

"C'est exactement ce que je veux", a déclaré Bojo, ravi. Il lui serra la main, le remerciant chaleureusement.

M. Harding était là mais lui a demandé de rappeler après le déjeuner. Il a erré dans le quartier de Wall Street, s'arrêtant pour discuter avec plusieurs connaissances sur le trottoir, et a déjeuné, ayant du mal à perdre le temps. De retour au rendez-vous, il fut obligé de s'asseoir, bougeant sans cesse, regardant les aiguilles de l'horloge faire un lent tour complet avant que son nom ne soit appelé. Cette attente forcée, ces regards furtifs sur le cortège fugitif de visiteurs déterminés et sur les deux ou trois hommes d'un certain âge, ni impatients ni très optimistes, qui le suivaient en attendant leur tour, lui enlevèrent en quelque sorte toute sa confiance. Sa tête était lasse du bruit des machines à écrire et du feu de son assurance. Il a essayé d'exposer son cas de manière concise et rapide, et s'est senti pressé et embarrassé.

Deux minutes plus tard, il était de nouveau dans le hall, l'entretien qu'il attendait depuis un jour était terminé. M. Harding, avec une diligence incisive et professionnelle, avait pris sa carte et noté son adresse, promettant de le prévenir si l'occasion s'en présentait. Il a compris qu'il s'agissait d'un licenciement. En sortant, un des hommes les plus âgés se leva sans émotion devant la nouvelle convocation, pliant son journal et empochant ses lunettes. Bojo revint à la Cour, essayant de rire de sa déception, cédant déjà à la subtile dépression d'être un retardataire et de regarder l'armée passer.

Le lendemain, il continua sa quête, le lendemain et toute la semaine. Parfois, il se heurtait à des refus secs qui laissaient une cicatrice dans son orgueil ; Parfois, il semblait progresser et avoir une opportunité presque entre les doigts jusqu'à ce que, tôt ou tard, dans l'interrogation catégorique, il s'avère que sa dernière aventure avait été avec une société de courtiers spéculatifs qui avait été attrapée et pressée. Peu à peu, il se rendit compte qu'il y avait quelque chose d'étrange dans le soudain changement d'attitude qui en résultait, une superstition de la rue elle-même, une peur de l'échec d'un joueur, une horreur instinctive pour quiconque avait été touché par le malheur, comme la vie pressée du mort. Un sentiment de solitude commença à l'envahir. Alarmé, il refuse catégoriquement toutes les invitations du week-end.

Un dimanche, son père arriva brusquement à la cour, serra la main de Granning, qui seule lui tenait compagnie, et fit quelques remarques superficielles avec son fils.

"Comment se fait-il que tu ne sois pas venu me voir pour de l'argent ?" dit-il d'un ton bourru.

Bojo répondit avec une légèreté qu'il était loin de ressentir :

"Eh bien, ils ne me l'ont pas encore enlevé, papa."

"Je suis vraiment désolé de l'entendre." Il l'examina d'un œil critique. "En bonne condition?"

"Bien."

"Dors suffisamment et ne fais pas grand-chose assis à compter les étoiles ?"

« A peine. Comment vas-tu ?

"Le son est comme un tambour."

"Comment vont les affaires, père ?"

La question les rapprochait dangereusement de ce que chacun avait en tête. Peut-être qu'un mot d'audace eût brisé l'orgueil de leur obstination mutuelle. M. Crocker grogna :

"Les affaires sont extrêmement fragiles. Votre précieux Wall Street et la politique ont fait peur à tout le monde. Nous aurons beaucoup de chance si un krach ne nous frappe pas."

Si Bojo s'était défendu, le père aurait pu rouvrir la question de son entrée dans les moulins ; mais il ne le fit pas, et après quelques minutes de recherche indéfinie d'une ouverture, M. Crocker s'en alla aussi brusquement qu'il était venu.

Le lendemain matin, Bojo, pour mettre fin à cette déprimante période d'inactivité, prit la résolution d'accepter n'importe quelle opportunité, si modeste que soit le salaire, et descendit voir M. Stoughton pour lui demander la possibilité de commencer au bas de l'échelle. Skeeter le reçut avec la même cordialité qu'auparavant, mais il ne lui fut pas possible de rencontrer le père ce jour-là. En désespoir de cause, il s'est assis et a rédigé sa demande. Deux jours plus tard, il reçut sa réponse par courrier du soir.

M. Thomas Crocker.

Cher Tom:

Veuillez pardonner tout retard dû à la pression des affaires. À l'heure actuelle, il n'y a aucun poste vacant et, franchement, je ne vous conseillerais pas de franchir le pas, même s'il y en avait. Je sais que vous êtes jeune et impatient de reprendre le travail, mais je ne peux m'empêcher de penser que vous ne seriez pas heureux de prendre une décision aussi radicale, surtout quand à tout moment l'opportunité que vous recherchez peut se présenter.

Cordialement vôtre,
J. N. STOUGHTON.

Granning entra alors qu'il était assis près de la poubelle et déchirait lentement cette lettre en minuscules lambeaux.

"Bonjour, jeune homme, quelle chance ?"

"Je pense que c'est parti", dit lentement Bojo, se sentant à la fois mis de côté et abandonné. "La dernière chose dont les gens du centre-ville ont besoin, Granning, c'est un courtier en faillite!"

"Vous l'avez découvert, n'est-ce pas ?" » dit rapidement Granning.

Bojo hocha la tête.

"Eh bien, tu as raison." Il s'est assis. "Regarde, vieux sport, pourquoi ne fais-tu pas ce que tu devrais faire ?"

"Qu'est ce que c'est?"

« Descendez voir le vieux et dites-lui que vous êtes prêt à partir demain pour les moulins !

"Non, non, je ne peux pas faire ça."

"Tu veux le faire, au fond. C'est seulement la fierté qui te retient."

"Peut-être, mais cette fierté compte beaucoup pour moi", a déclaré Bojo avec obstination. "Jamais ! Je ne vais pas lui faire un échec. Alors tais-toi à ce sujet."

"Eh bien, qu'est-ce que tu vas faire ?"

Bojo se mit à siffler en regardant par la fenêtre.

« Et si je te proposais un travail à l'usine ?

"Voudriez-vous?" dit Bojo en levant les yeux avec un cœur bondissant.

"Cela signifie commencer au plus bas, comme moi. Du haut à six heures, là à sept heures, comme ouvrier journalier sur une machine à découper magnifiquement huileuse et tachée, parmi une bande de Polacks."

"Voulez-vous me donner une chance?" dit Bojo à bout de souffle.

"Voulez-vous tenir le coup ?"

"Vous pariez que je le ferai!"

"Fait!"

Et ils se serrèrent la main avec un claquement retentissant qui sembla faire exploser tous les sentiments refoulés de Bojo.

"Très bien, jeune homme", dit Granning avec un sourire. "Demain, nous découvrirons de quelle sorte d'étoffe tu es fait!"

CHAPITRE XXI

BOJO EN SALOPETTE

Le jour où il est entré au service de la Dyer-Garnett Caster and Foundry Company a été comme une porte ouverte sur le pays des merveilles de l'industrie. Le soleil, rouge et enveloppé de brumes sourdes, sortait fixement de l'est alors qu'ils traversaient la rivière dans des gris surnaturels, avec des lumières électriques allumées dans les ferrys pâles. Lorsqu'ils entrèrent dans l'usine quelques heures moins sept, les ouvriers passaient devant les pointeuses et frappaient leurs billets, Polacks et Saxons, Huns et Américains, Irlandais et Italiens, les hommes étant un mélange d'ouvriers amples et non qualifiés et de mécaniciens passionnés et solides. , propriétaires et penseuses, des femmes d'une classe plutôt supérieure, aux yeux brillants, adroites, avec un instinct dominant de coquetterie.

Dans les bureaux, Dyer, un ingénieur et inventeur dégingandé de la Nouvelle-Angleterre, et Garnett, le président, autodidacte, simple et astucieux, tous deux en manches de chemise, lui réservèrent un accueil chaleureux. À l'insu de Bojo, Granning avait donné une image flatteuse de sa future destination en tant qu'héritier présumé des célèbres usines Crocker et de son désir progressif d'acquérir une expérience préliminaire dans des usines qui traitaient les problèmes d'économie de main-d'œuvre selon des méthodes modernes.

"Ravi de vous rencontrer", dit Garnett en lui serrant la main. "M. Granning me dit que vous voulez voir tout le projet de bas en haut. Ce n'est pas jouer au football, M. Crocker."

"Je n'espère pas", a déclaré Bojo avec un sourire. "C'est très gentil de votre part de me donner une opportunité."

"Je ne sais pas ce que vous en penserez après quelques semaines. Je demanderai à Davy - c'est mon fils - de vous faire visiter les lieux. Nous faisons des choses ici qui vous intéresseront. Je viens d'installer de très jolies machines. Davy va vous mettre dans les cordes - il vient de passer par là. C'est une superbe usine de votre père - il l'a traversé l'année dernière. Rien de plus beau dans le pays."

Il trouva le jeune Garnett, un garçon de vingt ans, tout juste sorti du lycée, alerte, enthousiaste et doté de connaissances pratiques. La matinée qu'il a passée en exploration a été une révélation. Dans ses vieux préjugés contre ce qu'il avait confusément appelé affaires, il avait toujours reculé comme devant un processus de nivellement, abrutissant pour l'imagination, chose de mouvements mécaniques et de corvées disciplinées. Il trouva au contraire son imagination bondissant devant le spectacle de chaque régiment de machines qui se succédait, devant le foisonnement du progrès, de l'avancée constante vers l'exploitation des objets en fer et en acier au gré de l'esprit humain.

Des wagons changeaient de direction sur les voies d'évitement, déchargeant leurs cargaisons d'acier en bobines ; d'autres voitures recevaient l'article terminé, produit d'une vingtaine de processus complexes, estampé, tourné, assemblé et martelé, plaqué, laqué, bruni et emballé pour la distribution. Il n'eut d'abord qu'une impression confuse de ces salles de roues infatigables, d'alimentateurs automatiques et de poids monstrueux qui coupaient l'acier solide comme du papier. Les bruits l'assourdissaient : le tourbillon sablonneux et grinçant de la salle de culbutage, le choc des machines à découper, le sifflement d'acier des brunisseurs - des voix assourdissantes qui, dans les mois suivants, allaient devenir des paroles articulées à ses oreilles averties, des chants de triomphe. , prophétique d'un âge à venir.

Dans la salle de brunissage, des bras humains et inhumains grotesques descendaient d'un tuyau central jusqu'aux gaz toxiques des fours miniatures.

"L'idée de Granning", dit le jeune Garnett. "Evacue les fumées. Cette pièce était un enfer avant. Maintenant, elle est propre et sûre comme un jardin. Voici une machine que le gouverneur vient d'installer : elle fait le travail de six femmes. N'est-ce pas une beauté ?"

Bojo regardait au-delà, vers les groupes de femmes regroupées près de longs comptoirs remplis de pièces en acier, travaillant rapidement à des processus d'assemblage lents et complexes.

"Je suppose que vous aurez un jour une machine pour faire tout cela aussi", a-t-il déclaré.

"Bien sûr. Partout où vous voyez plus de deux personnes au même travail, il y a quelque chose à faire. Regardez ici." Ils se tenaient à côté de deux femmes polonaises basanées, qui plaçaient de minuscules bouchons dans des rainures sur des surfaces rondes pour les recouvrir et les fixer avec des roulettes à roulement à billes. "Cela semble une proposition assez difficile à retirer de ces doigts. Nous y avons travaillé deux ans, mais nous y parviendrons encore. C'est la forme de la limace qui rend la tâche difficile ; les simples roulements à billes étaient un jeu d'enfant. Voici comment nous j'ai réglé ça."

Il y avait sous les yeux de Bojo une machine qui attrapa le rouleau ouvert et le plongea dans une arène circulaire, d'où de six portes convergentes des billes d'acier furent libérées et tombèrent instantanément en place, une fraction de seconde avant que le couvercle supérieur, descendant, ne soit fixé et martelé. vers le bas.

"Cent cinquante par minute contre trente à quarante, et deux opérations en une seule."

"Mais on ne peut pas faire la même chose avec une limace irrégulière", s'étonne Bojo.

"Il y a un moyen d'une manière ou d'une autre", a déclaré Garnett, souriant à l'hommage de son étonnement. "Si vous voulez voir ce qu'une machine peut faire, regardez ça, la fierté du magasin."

"Qui le regarde ?" dit Bojo, surpris de ne voir personne présent.

"Pas âme. C'est une vieille machine sage. On ne fait que remplir le panier une fois par heure, et elle avance, se nourrit, jongle un peu, se tape une tête et remplit sa boîte, deux cents dollars." minute."

Dans une grande mangeoire, une masse enchevêtrée de petites épingles en acier, attachées à une extrémité, montaient et descendaient, se stabilisaient et se réajustaient. Une fine plaque cannelée montait et descendait dans la masse, aspirant dans sa rainure, ou rattrapant dans sa progression ascendante, une à six des broches, qui, disposées perpendiculairement, glissaient vers une nouvelle crise. Des doigts d'acier attrapaient chaque épingle au fur et à mesure qu'elle était libérée, la jetaient d'un demi-tour dans une autre rainure, où elle était de nouveau passée en avant et fixée en forme pour le coup de marteau écrasant qui devait aplatir la tête. Un dispositif de sécurité basé sur une tension exacte arrête instantanément la machine en cas d'accident.

"Souffrir Moïse, est-ce possible !" dit Bojo en regardant comme un écolier. "Je n'ai jamais rien vu de pareil."

« Cela vous donne une idée de ce qui peut être fait, n'est-ce pas ?

"Cela fait !"

Puis il commença à voir ces machines étrangement humaines et ces êtres humains mécaniques dans une perspective plus large, dans une guerre constante, chacun luttant sans cesse contre l'autre, chacun étant inconsciemment façonné à l'image de son ennemi.

"Lorsque nous aurons réduit l'élément humain au minimum, nous combattrons les machines par les machines, je suppose", a déclaré Garnett.

"On se demande en quelque sorte ce qui sera fait dans cinquante ans", a déclaré Bojo.

"N'est-ce pas ?" » dit Garnett. "Je n'oserais pas vous dire de quoi parle le gouverneur. Vous penseriez qu'il est fou de prunes."

"Par George, j'ai envie de commencer maintenant."

"De la même manière que moi", dit Garnett en hochant la tête. "Je suppose que ce que vous voudrez, c'est suivre tout le processus depuis le début. Cela vous donne une idée générale. Je dis, c'est une super machine que votre père vient d'installer."

Il commença à s'étendre avec enthousiasme sur un article qu'il avait lu dans un journal technique, supposant que Bojo en avait toute connaissance, qui écoutait avec émerveillement, commençant déjà à ressentir, au-delà de l'horizon de ces formes de fer animées, les royaumes mystérieux de l'invention humaine qu'il avait si longtemps incompris.

Le lendemain matin, en salopette et en flanelle, il prit place dans la foule en mouvement et trouva sa propre feuille de pointage, pièce numérotée d'un grand bataillon industriel. Il fut l'apprenti de Mike Monahan, un vétéran grisonnant et de bonne humeur, dont l'attitude soupçonneuse initiale disparut avec la plongée de Bojo dans la crasse et la graisse. Il était lui-même conscient d'une étrange timidité qu'il n'avait jamais éprouvée au contact des hommes de Wall Street. Il lui semblait que ces hordes de travailleurs sérieux et vivifiants devaient le considérer comme un spécimen inutile et sans importance. Lorsqu'il venait prendre place au petit matin pour trier sa feuille de pointage, il était conscient de leurs regards et se sentait toujours gêné lorsqu'il passait de pièce en pièce. Peu à peu, étant essentiellement simple et viril dans ses instincts, il s'est frayé un chemin vers la compréhension amicale de ses associés, vivant selon leurs conditions, recherchant leur compagnie, discutant, avec une curiosité avide naissante pour leurs points de vue, leurs besoins, et leurs opinions sur sa propre classe.

Garnett n'avait pas exagéré lorsqu'il avait déclaré que le travail ne consistait pas à jouer au football. Il y avait des jours au début où l'application mentale constante et l'itération mécanique au milieu des chocs dans l'air le laissaient complètement épuisé d'esprit et de corps. Lorsqu'il rentrait chez lui, ce n'était pas en pensant au théâtre ou au restaurant, mais avec la joie du repos. De plus, à sa grande surprise, il s'aperçut qu'il attendait avec impatience l'arrivée du dimanche pour avoir l'occasion de lire dans le sens où son imagination avait été éveillée. Tandis qu'il étudiait l'usine de plus près, son plaisir résidait dans de longues discussions avec Granning sur des sujets tels que l'utilisation des déchets, la possibilité de gagner du temps lors des nettoyages hebdomadaires grâce à un procédé de construction qui permettrait une concentration plus rapide, ou la possibilité de travailler davantage. dispositifs de sécurité.

Il voyait Doris tous les dimanches, dans l'après-midi, restant souvent pour le dîner et repartant peu de temps après. Patsie n'était jamais présente à ces repas. Un mois plus tard, il apprit qu'elle était partie en visite. M. Drake faisait souvent des allusions humoristiques à sa servitude forcée, mais n'essayait jamais de changer de cap, étant trop bon juge de la nature humaine pour sous-estimer l'intensité des convictions du jeune homme. Doris avait complètement changé d'attitude à son égard. Elle ne cherchait plus à diriger, mais semblait se contenter d'accepter ses opinions dans une tranquille soumission. Il la trouvait simple et directe, patiemment résignée à attendre ses décisions. Il ne pouvait honnêtement se dire qu'il était fou amoureux, mais il reconnaissait un sentiment de respect croissant et une véritable affection.

Les choses se poursuivaient selon la routine quotidienne sans grand changement tandis que le printemps passait dans les chaudes périodes de l'été. Les exigences de la vie de discipline qu'il s'était imposée l'avaient soustrait de plus en plus à la connaissance intime de la vie quotidienne de Marsh, dont les heures ne coïncidaient pas avec les siennes, et de DeLancy, qui, depuis l'épisode de la spéculation à Pittsburgh et à la Nouvelle-Orléans, avait, par sentiment de malaise, semblé éviter ses vieux amis. Parfois, dans ses lettres de campagne, Doris mentionnait le fait que Gladys était venue lui rendre visite et qu'elle pensait que Fred était plutôt négligent ; mais au-delà de cela, il ignorait complètement la position sentimentale de son ami envers Gladys ou envers Louise Varney, de sorte que ce qui arrivait lui vint comme un coup de tonnerre inattendu.

Vers la fin juillet, Fred DeLancy épousa Louise Varney.

C'est un vendredi soir, alors que Marsh, après un séjour inhabituel dans le salon, s'apprêtait à retourner au bureau, que DeLancy, à leur grande surprise, entra dans la pièce. En réponse à leur accueil en chœur, il répondit brièvement, regarda gravement autour de lui dans un instant d'hésitation, et finit par s'installer sur le bord d'une chaise, penché en avant, son chapeau entre les genoux, se tournant dans ses mains. Les autres échangèrent des regards interrogateurs, car un tel sérieux de la part de Fred présageait généralement une égratignure ou un désastre.

"Eh bien, bébé, pourquoi si solennel ?" » dit Marsh. « Vous avez eu des ennuis ces derniers temps ?

DeLancy regarda de haut en bas.

"Non."

"Il n'y a pas beaucoup d'informations là-dedans", dit joyeusement Marsh. "Eh bien, quel est le chagrin secret ? Fini !"

"Il n'y a rien de mal", a déclaré doucement DeLancy. Il se mit à siffler en regardant le sol.

"Oh, très bien", dit Marsh d'un ton offensé.

Ils restèrent assis à l'observer pendant un bon moment, en silence. Finalement, DeLancy parla, lentement et monotone :

"J'ai pris une décision sérieuse !"

Ils attendirent à nouveau sans l'interroger, tandis qu'il fronçait les sourcils et semblait choisir ses mots.

"Vous penserez que j'ai perdu la tête, je suppose. Eh bien, je vais me marier ce soir à onze heures."

"Louise Varney ?" » dit Marsh en se levant d'un bond, tandis que Granning et Bojo se regardaient d'un air vide.

"Oui."

"Espèce de foutu imbécile !"

À cela, Fred se lança sauvagement en jurant, mais Granning intervint avec un cri d'avertissement.

"Espèce d'imbécile, espèce d'idiot !" s'écria Marsh furieusement. « Tirez-vous une balle, coupez-vous la gorge, mais ne faites pas ça !

"Tais-toi, Roscy, ça ne sert à rien !" » dit rapidement Bojo. Il saisit Fred par le poignet : « Fred, honnêtement, tu vas l'épouser ce soir ?

DeLancy hocha la tête, la bouche sombre.

"Oh, Fred, tu ne sais pas ce que tu fais !"

"Oui, je le fais," dit-il en s'asseyant. "Il n'y a rien de précipité. Cela fait des mois que ça arrive. Je sais ce que je fais."

"Mais… mais l'autre… Fred, tu ne peux pas… par décence, tu ne peux pas… pas comme ça."

"Fermez-la!" dit DeLancy en grimaçant.

"Non, non, tu ne peux pas aimer ça", s'est indigné Bojo.

"Par le ciel, il ne le fera pas", dit Marsh avec colère. "Si nous devons l'attacher et le garder ici, il ne va pas gâcher deux vies comme celle-ci, le fou !"

"Allez-y doucement", dit Granning avec un regard d'avertissement.

Mais contrairement à toute attente, Fred n'a pas ressenti cette attaque. Lorsqu'il parlait, c'était en haussant les épaules, d'une voix fatiguée et sans résistance :

"Ça ne sert à rien, Roscy. C'est réglé et fini."

"Pourquoi, Fred, mon vieux, tu ne vois pas clair ?" dit Roscy en s'approchant de lui avec un ton changé. "Tu ne sais pas ce que cela signifie ? Tu n'es pas idiot. Réfléchis ! Je ne dis pas un mot contre Louise."

"Vous feriez mieux de ne pas!" dit Fred en rougissant.

"Son caractère est aussi bon que celui de n'importe qui d'autre, c'est vrai. Mais, Fred, ce n'est pas tout. Elle n'est pas de ton monde, ni sa mère, ni ses amis. Si tu l'épouses, Fred, aussi sûr qu'il y a un soleil dans le ciel. ciel, tu es fini, fini ; tu es exclu du monde et tu ne reviendras jamais !"

"Eh bien, je vais le faire", a déclaré DeLancy avec obstination.

"Tu vas le faire et délibérément abandonner tous les amis et tous les attachements que tu as dans la vie ?"

"Je ne l'admets pas."

"De quoi vas-tu vivre ?" » dit Granning.

"J'ai l'argent que j'ai gagné et ce que je gagne."

"Ce que vous gagnez maintenant", dit Marsh en saisissant l'ouverture, "ce que vous faites parce que vous connaissez les gens et faites tomber les clients ! Vous l'avez dit vous-même. Mais lorsque vous quitterez la société, vous quitterez les affaires. Vous le savez. ".

"Je peux encore vous tromper," dit Fred avec colère.

"Vous pensez pouvoir jouer le jeu de Wall Street et le battre", a déclaré Bojo, devinant sa pensée. "Fred, si tu te maries, quoi que tu fasses d'autre, arrête de jouer." En sachant plus que les autres, il avait dès le début compris le caractère désespéré de l'argumentation. Pourtant, il persistait aveuglément. "Fred, tu ne peux pas attendre et réfléchir, laisse-nous en parler avec toi ?"

"Je ne peux pas, Bojo, je ne peux pas. J'ai donné ma parole !"

"Bon dieu!" dit Marsh en levant les mains au ciel avec fureur.

"Fred, tu ne vois pas que ce que Roscy dit est vrai ?" dit Granning, plus calme que les autres.

"Quand même, je vais le faire", dit Fred à voix basse.

"Mais pourquoi?"

"Parce que je suis fou, fou d'amour", dit Fred en se levant d'un bond et en faisant les cent pas. "Entiché ? — Oui ! — Fou ? — Oui ! Mais voilà. Je ne peux plus me passer d'elle. J'ai été comme un homme sauvage tous ces mois. Que cela me ruine ou non, je n'y peux rien. — Il me faut l'avoir, et c'est tout !"

"Alors je suppose que c'est tout ce qu'il y a à dire", répéta solennellement Granning.

Marsh jura un terrible serment et sortit.

"Je veux lui parler un instant", dit Bojo en se tournant vers Granning avec un signe de tête. Granning entra dans la chambre, tandis que Bojo se rapprochait de DeLancy. "Fred, parlons-en tranquillement."

"Oh, je sais ce que tu vas me lancer," dit misérablement Fred. "Gladys et tout ça. Je sais que je suis une bête, je n'ai aucune excuse. Mais, Bojo, je suis à moitié sauvage ! Je ne sais pas ce que je fais, honnêtement, je ne le sais pas !"

"Est-ce que c'est si grave que ça, mon vieux ?" dit Bojo en secouant la tête.

"C'est horrible, horrible." Il s'assit, enfouissant sa tête dans ses mains.

"Fred, réponds-moi, est-ce que tu *veux* faire ça toi-même ?"

"Comment puis-je savoir ce que je veux !" dit-il à bout de souffle. Il leva la tête, regardant devant lui. "Je suppose que ça va me finir avec la foule. Je suppose que c'est vrai. Bojo, je sais tout ce que ça va me faire, tout. Je sais que c'est un suicide. Mais, Bojo, ça ne sert à rien. Le raisonnement ne sert à rien. Cela ne sert à rien, ce qui doit être doit être ! Maintenant, je vous l'ai dit. Vous verrez que cela ne sert à rien.

"J'espère que cela fonctionnera mieux que nous ne le pensons", a déclaré solennellement Bojo. « Et Gladys ?

"Je lui ai écrit."

"Quand?"

"Hier." Il hésita. "Ses lettres et une ou deux choses, elles sont empilées."

"Je vais les lui apporter."

"Merci." Il a tourné. "Je dis, Bojo, reste à mes côtés, n'est-ce pas ? Il me faut quelqu'un. Veux-tu ?"

"Très bien. Je viendrai."

À onze heures, dans une petite église de Harlem, il se tenait aux côtés de DeLancy tandis que furent prononcés les mots dont il savait qu'ils signifiaient la fin de toutes choses pour lui dans le monde qu'il avait choisi pour le sien. Cela ressemblait plutôt à une exécution, et Bojo éprouvait un sentiment de culpabilité, horriblement coupable, comme s'il participait à un crime.

"Louise est magnifique", trouva-t-il le cœur à murmurer.

"Oui, n'est-ce pas ?" dit Fred avec reconnaissance, avec un regard si soudain que Bojo sentit quelque chose s'étouffer dans sa gorge.

Il leur fit signe de dire au revoir après les avoir mis dans l'automobile et ramena Mme Varney et Miss Dingler, la demoiselle d'honneur, chez elles dans un taxi. Tout cela était très sombre, de mauvaise qualité et déprimant.

CHAPITRE XXII

DORIS RENCONTRE UNE CRISE

C'était vers la fin du mois d'août, alors que la fatigue sèche de l'été commençait à être touchée par la fraîcheur apaisante des nuits délicieuses, que Bojo et Granning étaient affalés sur le rebord de la fenêtre, occupés à jouer de leur pipe. En bas, dans la cour, des formes brumeuses étaient enfoncées dans des chaises confortables sous le grand parapluie de coton, et les échos langoureux d'une conversation errante et heureuse leur parvenaient comme les sons agréables de la fin de la journée à travers les champs crépusculaires - le tintement du bétail, le craquement de retour des chariots chargés cherchant les granges, ou le petit accueil lointain d'une gorge qui aboie.

"Ouf ! C'est bon de retrouver de l'air frais à pleins poumons", dit Bojo en se tournant avec gratitude vers une position plus facile.

"Eh bien, ça te plaît d'être un fils de labour aux mains excitées ?" » dit Granning.

"J'aime ça."

"Tu as traversé le pire maintenant."

"C'est un peu comme si nous étions à nouveau à l'entraînement", se souvient Bojo. "Jove, comme ils nous conduisaient à l'automne, les vieux conducteurs d'esclaves ! Mais c'est bien de sentir qu'on a mérité le droit au repos. Je dis, Grand-mère, c'est drôle, mais tu sais que la première levée , dix dollars par semaine, m'excitait plus que gagner trente mille dollars dans un clip. À bien y penser, je ne crois pas avoir jamais vraiment gagné cet argent.

"Tu ne l'as pas fait."

Bojo rit. "Eh bien, c'est la vie d'un homme", dit-il évasivement. Puis soudain : « Quels précieux idiots nous avons été, cette première nuit, à prophétiser nos vies. Pauvre vieux Freddie, qui allait épouser un million de personnes et tout ça – et pourtant, n'étions-nous pas indignés contre lui ! Une belle tombe pour laquelle il a creusé. lui-même maintenant. Queer.

"Je l'aime mieux que s'il avait épousé l'autre fille de sang-froid."

"Oui, je suppose que moi aussi. Pourtant…" Il s'interrompit. "Croyez-vous qu'il a eu le bon sens de se retirer du marché ?"

"Non," dit brièvement Granning.

"Bon Dieu, si je pensais ça, je—"

"Vous ne feriez rien. Vous ne pouvez pas l'aider, moi non plus, ni personne d'autre. Après tout, ne pensez pas que je suis dur, mais qu'importe ce qui arrive à des gars comme Fred DeLancy ? Ce qui est important, c'est ce qui arrive à des gars comme Fred DeLancy . Cela arrive aux hommes qui ont du pouvoir et de l'énergie et qui essaient de se frayer un chemin. Les hommes, vous et moi connaissons... "

"C'est plutôt cruel."

"Eh bien, la vie est cruelle. Ma sympathie va à celui qui cherche une opportunité, pas à celui qui la gâche. Bojo, le salut de ce pays ne consiste pas à faire des sinécures pour les types aimables et aimables de la deuxième génération. , mais en les triant et en laissant les plus faibles prendre du retard. Gardez les portes ouvertes à ceux qui arrivent.

"Je ne pense pas que tu aies jamais pardonné à Fred d'avoir pris cet argent", dit Bojo à contrecœur. "Tu ne l'aimes pas."

"Je l'aimais bien – mais j'ai grandi au-delà de lui – et vous aussi", a déclaré sans détour Granning. Au cours des derniers mois, il en était venu à s'exprimer directement à Bojo, avec des résultats qui choquaient parfois le jeune homme.

A ce moment le téléphone sonna.

"Allez-y," dit Granning en retirant ses jambes. "Personne ne me téléphone jamais."

"Cela vient peut-être de Fred, peut-être qu'ils sont de retour", dit Bojo en partant.

Il revint au bout de quelques instants plutôt excité.

"C'est bizarre, ça vient de Doris."

"Tu as été plutôt négligent, n'est-ce pas ?"

"Ce n'était pas une longue distance. Elle est là !"

"Ici... en ville ?"

"Oui. C'est drôle qu'elle ne m'ait pas prévenu", a déclaré Bojo, mystifié. Il sortit son chapeau du bureau bondé et s'arrêta devant la silhouette allongée. "Eh bien, je suis convoqué. Désolé de vous quitter. J'avais juste envie de me promener."

"Eh bien, sois ferme."

"Quoi?"

"Soit ferme."

"Maintenant, qu'est-ce qu'il voulait dire par là ?" se dit-il en descendant les escaliers et en sortant. Il était encore plus perplexe face à ce conseil alors qu'il se hâtait vers le centre-ville. Pourquoi Doris était-elle venue, brusquement et sans prévenir ? Plus il y pensait, plus il croyait comprendre la raison de l'avertissement de Granning. Doris lui était venue avec une nouvelle proposition, un investissement à rendement rapide ou une ouverture dans le sens d'une augmentation de salaire. Le wagon découvert avec son chargement d'hommes sans manteau et de femmes en chemise taille haute remonta l'avenue, le poussant vers Doris.

Il aurait été incapable de définir lui-même ses véritables sentiments. Malgré le réveil soudain en elle, le côté délirant de la romance ne lui était pas revenu. Les souvenirs d'un autre visage et d'autres heures avaient mis fin à cela. Pourtant, il y avait un solide sentiment de faire ce qu'il fallait, de jouer honnêtement avec Doris et d'assumer sa responsabilité. Au cours des longues semaines chargées et chauffées, il y avait de longs intervalles pendant lesquels il l'oubliait complètement. Pourtant, lorsqu'il la voyait ou ouvrait ses lettres, poignantes de sollicitude et de foi, il sentait son imagination s'enflammer, ne serait-ce que pour un instant.

Il avait atteint le stade de la conscience de soi dans sa jeunesse, où il se considérait comme étant surnaturellement vieux et éprouvé dans la fournaise de l'expérience. Il a apaisé les désirs endormis dans son cœur en assurant qu'il avait désormais une vision différente du mariage, une vision plus significative en tant que démarche sociale grave. Moins il ressentait le romantisme de leurs relations, plus il reconnaissait les solides qualités supplémentaires que Doris lui apporterait comme compagne, comme associée et organisatrice du foyer.

Le fait qu'il ne pouvait pas lui donner tout ce qu'elle lui déversait maintenant sans réserve, lui donnait parfois un pincement au cœur de pitié et de compassion. Elle avait tellement envie de progresser, d'élargir ses vues, de lui rendre un réel service. Il y avait des moments dans ses lettres de révélations intérieures qui l'excitaient presque avec le sentiment de culpabilité de s'étonner de ce qui ne lui appartenait pas. L'idée d'un mariage précoce aurait été insupportable, mais en tant que possibilité d'avenir, cela lui semblait une procédure éminemment sage et juste.

Au manoir Drake, son appel a été répondu par un gardien, qui est venu dubitatif le laisser entrer, s'arrêtant pour chercher les boutons électriques. Dans l'antichambre et dans les perspectives des salons, tout était nu et drapé de vêtements anti-poussière ; il y avait un sentiment d'abandon et de solitude dans les arches dénudées, comme lors de sa première visite un an auparavant.

"Bojo, c'est toi ?"

Il entendit sa voix descendre quelque part depuis les étages supérieurs du grand escalier de pierre et répondit gaiement. Le gardien disparut, satisfait, et il attendait au pied pendant qu'elle descendait en courant et se penchait dans ses bras.

"Eh bien, Doris !" s'exclama-t-il, surpris de son émotion et de la tension de la silhouette qui s'accrochait à lui. "Doris, pourquoi, qu'est-ce qui ne va pas ?"

"Attends, attends," dit-elle à bout de souffle, enfouissant sa tête sur son épaule et resserrant la prise de ses bras.

Elle le conduisit, toujours accroché à ses côtés, à travers la salle de bal et le petit salon jusqu'à la grande bibliothèque, où il s'était rendu pour son entretien décisif avec Drake. Ils restèrent un moment dans une obscurité filtrée, cherchant les boutons, jusqu'à ce que soudain la pièce surgisse de la nuit. Puis il vit qu'elle pleurait. Avant qu'il ait pu s'exclamer, les larmes lui montèrent aux yeux et elle se jeta à nouveau dans ses bras, abritant sa tête contre son épaule, s'accrochant à sa protection comme si elle chancelait devant le soudain effondrement d'une tempête. Sa première pensée fut la mort, une catastrophe dans la famille – père, mère – Patsie ! A cette pensée, son cœur sembla s'arrêter et il dit d'une voix brisée :

"Doris, qu'est-ce qu'il y a… rien ne s'est passé… personne n'est… n'est en danger ?"

"Non, non," dit-elle dans un murmure. "Oh, ne me fais pas parler, pas tout de suite. Garde tes bras autour de moi. Plus serrés pour que je ne puisse jamais, jamais m'échapper."

Il obéit, interrogateur, l'esprit alerte, cherchant la raison de cette étrange émotion. Tout à coup, elle releva la tête et, saisissant les siennes dans ses mains avec une telle ténacité qu'il sentit la coupure de ses petits doigts pointus, l'embrassa avec la poignante agonie d'une grande séparation.

"Bojo, souviens-toi de ça", cria-t-elle à travers ses larmes, "quoi qu'il arrive, quoi qu'il arrive, c'est toi, toi ! Je n'aimerai que toi toute ma vie, personne d'autre !"

"Quoiqu'il arrive?" dit-il en fronçant les sourcils, mais commençant à avoir une lueur de vérité. "Que veux-tu dire?"

Elle s'éloigna de lui, debout, la tête légèrement baissée, le regardant silencieusement pendant un long moment. Puis elle dit en secouant lentement la tête :

"Oh, comme tu vas me détester !"

Il s'approcha d'elle rapidement et, la prenant par le poignet, la conduisit jusqu'au grand canapé.

"Maintenant, asseyez-vous. Dites-moi ce que tout cela signifie !"

Son ton était dur et elle le regarda, effrayée.

"Cela signifie", dit-elle enfin, "que je ne suis pas ce que vous pensiez, ce que je pensais pouvoir être. Je ne suis pas forte. J'ai essayé et j'ai échoué ! Je suis très, très faible, très égoïste. " Je ne peux pas abandonner ce à quoi je suis habitué : le luxe ! Je ne peux pas, Bojo, je ne peux pas, ça me dépasse ! " Elle se détourna, son mouchoir sur les yeux, tandis qu'il restait assis sans un mot, la forçant à continuer. Finalement, elle se tourna, jetant un coup d'œil à son visage figé. "Bien sûr, vous direz que vous me l'avez dit, mais j'ai essayé, j'ai essayé !"

"Je ne dis rien du tout", dit-il doucement. "Alors tu souhaites mettre fin aux fiançailles, c'est tout, n'est-ce pas ?"

"Tous!" dit-elle avec indignation avec un flot de larmes. "Oh, comment peux-tu me regarder si brutalement ? Je suis malheureux, absolument malheureux. Je gâche ma vie, toute ma chance d'aimer, d'être heureux, et tu me regardes comme si tu m'envoyais à la potence. !"

Si sa détresse visait à l'affaiblir dans son attitude de contemplation tranquille et critique, elle échoua. Il modifia néanmoins quelque peu son ton.

"Je suis complètement dans le flou. Je comprends que vous soyez venu rompre les fiançailles - ce n'est peut-être pas le choc que vous y croyez - mais je suis curieux de savoir quelles sont vos raisons."

Ses larmes s'arrêtèrent brusquement. Elle fit face à son regard.

"J'ai dit que tu me détesterais," dit-elle lentement.

"Non je ne crois pas."

"Oui, oui, tu vas me détester," dit-elle à bout de souffle, "et tu devrais le faire. Oh, je ne m'excuse pas. Je me déteste. Je me méprise. Si tu me détestais, tu n'aurais que raison. Oui, tu j'ai tous les droits."

"Es-tu fiancée à quelqu'un d'autre, Doris ?" dit-il avec un sourire.

Elle se releva avec indignation.

"Oh, comment as-tu pu dire une chose pareille ! Bojo !"

"Si je vous ai offensé, je vous demande pardon."

"Vous me demandez pardon", dit-elle, les lèvres tremblantes. Elle vint s'agenouiller à ses côtés. "Bojo, regarde-moi. Tu crois que je t'aime, n'est-ce pas ? Que tu es la seule chose, la seule personne dans ma vie que j'ai jamais aimée, et que si je t'abandonne, c'est parce que je Je le dois, parce que je n'y peux rien, parce que... parce que je me connais si bien que je sais que je n'ai pas la force de faire ce que font les autres femmes... d'être... pauvre ! Et voilà !

"Mais vous saviez tout cela il y a six mois", dit-il, flairant un mystère. « Quelque chose d'autre a dû se produire... quoi ?

Elle acquiesça.

"Oui."

Il attendit un moment.

"Bien?"

Elle se leva, écouta un instant et regarda attentivement la pièce. Ensuite, il se souvint de ce regard.

« Vous devez me donner votre parole d'honneur de ne pas mentionner... de ne pas prononcer un seul mot de ce que je vous dis, » dit-elle d'une voix plus basse.

"Ce n'est guère nécessaire", dit-il rapidement, sur sa dignité.

"Non, non. Ce n'est pas mon secret. Votre parole d'honneur. Je dois avoir votre parole d'honneur."

"Très bien", dit-il, emporté par sa curiosité.

"Avant la fin de l'année, dans quelques mois même, papa risque de perdre tous ses sous !"

"Il t'a dit?" dit-il incrédule. "Ou est-ce une ruse de ta mère ?"

"Non, non, ce n'est pas un piège. Papa nous l'a dit lui-même."

"Nous ? Qui ?"

"Mère et moi !"

"Et Patsie ?"

"Non, Patsie est absente."

"Quand te l'a-t-il dit ?"

"Il y a juste une semaine."

"Mais pourquoi ?... Cela ne lui ressemble pas," dit Bojo en fronçant les sourcils. "Peut-être avez-vous exagéré."

"Non, non. Il va mal. Il est attrapé", dit-elle précipitamment. "Les temps ont été durs, le marché a baissé régulièrement - tout l'été - en baisse considérable - et papa transporte d'énormes blocs de stocks - il doit les transporter ou admettre sa défaite - et tu sais papa ! Je ne sais pas exactement ce qui ne va pas. ... Il n'a pas abordé le sujet, mais il a des ennemis, des ennemis formidables qui essaient de le mettre dehors, et c'est une question de crédit. Oh, si vous aviez vu son visage quand il nous l'a dit, vous le sauriez. à quel point c'était grave !"

"Qu'a-t-il dit au juste ?"

"Il nous a dit - je ne me souviens plus des mots - que si les temps continuaient comme avant, il risquait de perdre chaque centime qu'il possédait, qu'il se battait pour l'existence et qu'il ne pouvait pas dire comment cela se faisait. sortirait." Elle hésita un moment et ajouta : « Il pensait que la situation était si critique que nous devions en être informés.

Ce dernier et l'hésitation avant de le dire, lui donnèrent soudain la lumière qu'il cherchait pendant tout cet entretien.

"En d'autres termes, Doris," dit-il rapidement, "franchement et honnêtement, puisque nous allons être honnêtes maintenant que nous sommes arrivés à la croisée des chemins, votre père vous a fait comprendre pour que vous sachiez à quel point la situation était critique. C'était le cas et prenez vos mesures en conséquence. C'est tout, n'est-ce pas ?

"Oui, je suppose."

"J'espère au moins que vous n'avez rien caché à Boskirk," dit-il doucement.

"Pourquoi devrais-je lui dire ?", commença-t-elle à éclater et reprit son souffle, piégée.

"Alors tu mérites déjà d'être félicité ?" dit-il en la regardant avec un sourire.

"Ce n'est pas vrai", dit-elle précipitamment. "Vous savez et je sais que M. Boskirk veut m'épouser, que je peux l'avoir n'importe quel jour—"

"Ne le fais pas," dit-il gravement. "Vous savez qu'il y a un accord—"

"Oh, une compréhension..." commença-t-elle.

"C'est vrai," l'interrompit-il. "En ce moment, Doris, tu sais que Boskirk l'a proposé et que tu l'as accepté. Pourquoi le nier ? C'est tout à fait clair. Tu as décidé que tu l'épouserais au moment où tu as appris que tu étais peut-être pauvre. Viens, soyez honnête, soyez carré.

Elle s'éloigna de lui et se tint près de la cheminée, lui tournant le dos.

"C'est vrai, tout cela", dit-elle. Un frisson la parcourut. "Je le déteste !"

"Quoi!" s'écria-t-il en s'avançant vers elle avec étonnement. "Tu le détestes et pourtant tu veux l'épouser ?"

"Oui. Parce que je ne peux pas supporter d'abandonner quoi que ce soit, parce que je suis une femme faible et égoïste."

En un éclair, il la vit telle qu'elle serait, cette femme qui se tenait maintenant devant lui, se tordant et se retournant dans des accès à moitié sincères, cherchant à s'excuser ou à s'accuser devant ses yeux par besoin de sensations dramatiques.

"Tu le seras," dit-il doucement. "Alors tu vas épouser Boskirk ?"

Elle acquiesça.

"Bientôt, *très* bientôt ?"

Elle grimaça sous la note sarcastique de sa voix et se tourna, essoufflée :

"Oh, Bojo, tu me méprises !"

"Non—" dit-il avec indifférence. Il tendit la main. "Eh bien, nous avons dit tout ce que nous avions à dire, n'est-ce pas ?"

Avant qu'il ait pu l'en empêcher ou deviner ses intentions, elle s'était jetée sur son épaule, s'accrochant à lui malgré ses efforts pour l'arracher à lui.

"S'il vous plaît, pas de scènes", dit-il précipitamment. "Tout à fait inutile."

Elle voulait qu'il l'embrasse une fois, un dernier baiser ; mais il a refusé. Puis elle se mit à pleurer de façon hystérique, jurant encore et encore, entre ses torrents d'auto-accusations, que peu importe ce que l'avenir lui réserverait, elle n'aimerait jamais personne d'autre que lui. Ce n'est que lorsqu'elle fut épuisée par la tempête même de ses émotions qu'il fut capable de desserrer ses bras et de la forcer à s'éloigner de lui.

"Oh, tu ne m'aimes pas, tu t'en fous !" s'écria-t-elle lorsqu'elle se sentit enfin seule et les bras vides.

« Si cela peut être une consolation – si votre chagrin est réel – si vous tenez vraiment à moi, dit-il, c'est vrai. Je ne vous aime pas, Doris, et je ne vous ai jamais aimé. C'est pourquoi je ne t'aime pas. vous détester ou vous mépriser. Je suis désolé, terriblement désolé. Vous auriez pu être un type terriblement bon.

Alors elle se prit la gorge et, craignant un nouvel accès, il sortit précipitamment.

Devant le trottoir, la voiture de tourisme attendait. Une idée lui vint, se souvenant du regard que Doris avait lancé dans la pièce.

« Vous revenez ce soir, Carver ? dit-il au chauffeur. "Beaucoup de course ?"

"Deux heures et demie, monsieur."

"Mme Drake est venue avec vous ?"

"Oui Monsieur."

"C'est la réponse", pensa-t-il, se demandant ce qu'elle avait pu entendre. "Pauvre Doris."

Il la considérait déjà comme quelqu'un de lointain, étonné de réaliser avec quelle rapidité, avec la rupture du lien artificiel, leur véritable relation s'était réajustée. Il ne pensait à elle qu'avec un grand émerveillement, reconnaissant maintenant toutes les possibilités qui s'offraient à elle pour de bon, attristé et frissonnant dans sa jeune imagination devant le prix qu'elle avait choisi de payer.

Il tourna au coin de la rue et jeta un dernier coup d'œil au toit à tourelles et à pignons du grand manoir des Drake, de faibles ombres irréelles sur le ciel étoilé, comme si, dans sa nouvelle connaissance de l'énorme catastrophe imminente, elles se détachaient sur la silhouette bondée du palais. ville comme une chose de rêve pour disparaître avec la réalité qui s'éveille.

Avant la fin du mois suivant, Doris avait épousé le jeune Boskirk – un mariage tranquille à la campagne dont la simplicité suscitait de nombreux commentaires. Au bout d'une quinzaine de jours, le marché, qui reculait lentement devant la colère montante d'une grande panique financière, s'effondra violemment.

CHAPITRE XXIII

LA LETTRE À PATSIE

Deux jours après la rupture de ses fiançailles avec Doris, Bojo a écrit à Patsie. Sa lettre – la première qu'il lui avait écrite – il avait mis deux jours à la rédiger, déchirant plusieurs brouillons. Il avait peur d'en dire trop et discuter de sujets insignifiants ne lui semblait pas sincère. Finalement, il envoya cette lettre :

Chère Drina :

Je suppose que Doris vous a déjà raconté ce qui s'est passé. Il y a beaucoup de choses que je veux que vous sachiez sur ces mois difficiles, que je voulais que vous sachiez et que j'ai été blessé et que vous ne saviez pas. Maintenant que c'est fini, je me rends compte à quel point cela aurait été une tragédie, et pourtant j'aurais continué à croire que c'était la bonne chose à faire, en essayant de me faire croire en ce que je faisais. Pendant tout ce temps, je n'ai jamais oublié certaines choses que tu m'as dites, ton message le jour de la panique, ton regard dans l'après-midi avant que j'aille voir ton père et... d'autres souvenirs. Je veux te voir. Où es-tu? Quand reviendras-tu à New York ?

Fidèlement   vôtre,
BOJO .

Après avoir écrit ceci, il l'a gardé dans sa poche pendant un autre jour avant de le publier. A peine était-il irrévocablement hors de sa portée qu'il eut le sentiment d'avoir commis une bévue irréparable. L'instant d'après, il lui sembla qu'il avait agi directement et courageusement, qu'elle comprendrait et lui serait reconnaissante de sa franchise. Chaque matin, il entendait le bruissement du courrier glisser sous la porte avec un pressentiment soudain et froid, certain que sa lettre était arrivée. Chaque soir, de retour du travail de l'usine, il entrait dans les couloirs monastiques de Westover Court et tournait au coin du bureau avec l'espoir chaud et froid que dans la boîte aux lettres là-bas, sous le numéro 51, il y aurait une lettre l'attend. Lorsqu'au bout d'une semaine aucune nouvelle n'était venue, il commença à s'excuser. Elle était en visite, son courrier devait être réexpédié ou plus probablement retenu pour son retour. Mais un jour, en parcourant la rubrique sociale, dans un article sur les Berkshires, il trouva son nom en tant que prétendante à un tournoi de tennis. Il écrivit une deuxième note :

Chère Patsie :

Avez-vous reçu ma lettre d'il y a dix jours et ne voulez-vous pas m'écrire ?

Bien   à   vous,
BOJO .

Peut-être que sa première avait fait une fausse couche. De tels accidents
étaient rares, mais ils se produisaient pourtant. Il a calculé le délai le plus court
dans lequel elle pourrait recevoir sa lettre et y répondre et a attendu toute la
journée avec impatience. Encore une semaine s'est écoulée et aucun mot
d'elle. Que s'était-il passé ? Avait-il vraiment commis une erreur en envoyant
la première lettre ? Sa fierté a-t-elle été blessée, ou quoi ? Un sentiment de
désespoir commença à l'envahir. Il n'essaya pas une troisième lettre, le cœur
malade. L'idée qu'il aurait pu la blesser – il l'avait toujours imaginée comme
une enfant – était insupportable. Cela le blessait comme cela l'avait blessé
d'une tristesse obsédante, au lendemain de leur folle balade en luge, lorsqu'il
avait vu la douleur dans ses yeux, des yeux encore trop jeunes pour connaître
la tristesse et la laideur du monde. Finalement, grâce à une remarque fortuite
un jour qu'il était passé dans son club, il apprit qu'elle devait être présente à
une fête chez Skeeter Stoughton à Long Island. Oubliant l'incident de sa
tentative infructueuse d'entrer chez eux, il prit son ami en semi-confidence
et le supplia de lui garantir une invitation pour dimanche.

Lorsqu'il fut une fois dans le train et qu'il fut sûr que dans deux heures à
peine il la regarderait à nouveau dans les yeux, un sentiment presque de
panique s'empara de lui. Lorsqu'ils se précipitaient en automobile sur des
routes blanches et lisses et qu'il sentait les distances perdues fondre sous lui,
ce sentiment devenait l'une des misères les plus aiguës. Tout ce qu'il avait
soigneusement planifié et répété pour lui dire, abandonna soudain son esprit.

"Que dois-je dire ? Que dois-je faire ?" se dit-il, froid d'horreur. Il semblait
n'y avoir rien qu'il puisse dire ou faire. Sa présence même était une
impertinence qu'elle devait ressentir.

Heureusement, personne n'était dans la maison à l'exception de leur hôtesse
et il eut un court instant pour rassembler ses pensées avant de descendre
rejoindre la fête sur les courts de tennis. Il était connu de la plupart de la foule
qui saluait son apparition comme le retour de l'enfant prodigue. Patsie était
sur le terrain, lui tournant le dos alors qu'ils approchaient, Gladys Stone de
l'autre côté du filet. Quelqu'un a crié joyeusement : « Bojo Crocker ! et elle se
retourna avec un mouvement involontairement surpris, puis se maîtrisant
précipitamment au cri de son partenaire, enfonça le ballon dans le filet pour
perdre le point.

Quand ensuite, blotti sous un auvent rouge et blanc parmi l'éventail de
flanelles fraîches et de robes estivales, il la chercha, elle était sérieusement
concentrée sur son jeu, un petit froncement de sourcils sur son jeune front,
ses lèvres rebellement serrées, le blanc tourbillonnant. col de soie ouvert au
niveau de la gorge brunie, la manche retroussée au-dessus de l'avant-bras

ferme et élancé. Elle se déplaçait avec légèreté lorsqu'elle était un jeune animal, dans des mouvements de trébuchement lents et bien calculés ou dans des ressorts rapides. Son partenaire, un frère cadet de Skeeter, en vacances, se rassemblait dans les bals et les lui offrait avec une sollicitude bien évidente. Bojo ressentit une antipathie instinctive en regardant leur intimité riante. Il lui semblait qu'ils l'excluaient, qu'elle était encore une enfant incapable de distinguer un adolescent d'un homme, et qu'elle n'avait toujours pas besoin d'émotions plus profondes qu'une camaraderie légère et ludique.

Avec la fin du set, les salutations ne pouvaient plus être évitées. Alors qu'elle s'approchait directement de lui, lui tendant la main de la manière la plus naturelle, il eut l'impression qu'il devenait rouge jusqu'aux oreilles, que tout le monde devait percevoir sa gêne devant cette fille encore adolescente. Il dit bêtement, feignant l'étonnement :

"Vous êtes là ? Eh bien, c'est une surprise !"

"Oui, n'est-ce pas ?" dit-elle avec une inconscience apparente.

C'était tout. L'instant d'après, elle se retrouvait dans un nouveau groupe, organisant un autre match. Aussi court et circonstancié que son salut ait été, il le laissa dans un profond désespoir. Il l'avait blessée irrévocablement, elle en voulait à sa présence, c'était évident. Toute sa venue avait été une terrible erreur. Déprimé, il se tourna vers Gladys Stone pour tenter de dissimuler aux yeux étrangers le désordre qui régnait en lui. Il était encore trop inexpérimenté dans les mœurs des femmes du monde pour même soupçonner la profondeur du ressentiment qui pouvait résider dans son cœur torturé.

« Je suis terriblement heureux de vous voir... terriblement », dit-il en commettant la gaffe de donner à sa voix une note de sympathie discrète. Il avait eu un devoir pénible de lui apporter personnellement le petit bagage de son voyage sentimental – des lettres, un souvenir ou deux, plusieurs photographies – pour assister, les yeux voilés, au spectacle de son effondrement complet.

Elle s'éloigna un peu de ses paroles, se redressant et détournant son regard de lui.

"Avez-vous entendu la date du mariage, celui de Doris ?" dit-elle froidement.

C'était son moment de grimacer, mais il était incapable de répondre à l'attaque féminine.

"Tu devrais le savoir mieux que moi," dit-il doucement.

Elle le regarda avec une parfaite simulation d'ignorance :

"Vous étiez plutôt intéressé, n'est-ce pas ?"

"Plus que ça, comme tu le sais, Gladys," dit-il en la regardant directement dans les yeux. Un certain regard qu'elle y aperçut la fit reculer brusquement dans la banalité...

"Jouez-vous?"

"Parfois."

Miss Stoughton et d'autres impatientes du rôle des spectateurs organisaient des tables de ventes aux enchères à l'intérieur de la maison. Sa raison lui disait que la meilleure chose à faire serait de les rejoindre et de montrer une certaine indifférence, mais le désir, misérable et irraisonné, en lui de rester, d'être là où il pourrait la voir, remplir ses yeux, après tout le long été vacant était trop fort. Il hésita et resta en se disant :

"Supposons que je sois un imbécile. Elle pensera que je n'ai pas le courage d'une souris."

Il avait envie de bavarder, de rire au moindre prétexte, de conserver une attitude d'amusement léger et sans conséquence, mais sa tentative échoua. Il restait maussade et taciturne, les yeux irrésistiblement fixés sur la jeune silhouette si libre et indomptée, se délectant de l'excitation et des aléas du jeu, se demandant en lui-même que cette fille, qui semblait maintenant si calmement armée contre les manifestations du moindre intérêt en lui, avait autrefois balancé contre son épaule, cédant au sentiment enveloppant d'une nuit au clair de lune, de la solitude et de l'impulsion invisible et inexplicable l'un vers l'autre. Qu'est-ce qui avait mis fin à tout cela et comment était-il possible pour elle de dissimuler l'émotion qu'elle devait ressentir, sachant que ses yeux étaient fixés sur elle de manière fixe et maussade ?

Il était résolu à trouver un moment d'isolement pour lui parler directement et elle était tout aussi déterminée à l'empêcher. Du coup, il se sentait contourné à chaque geste, sans pouvoir se dire que cela avait été fait délibérément. Les autres qui avaient peut-être perçu son intention cherchaient une distance instinctive, avec cette sympathie innée qui va aux amoureux, mais Patsie, avec un œil prévoyant, appela le jeune Stoughton à ses côtés et feignant une cheville légèrement tordue, s'appuya lourdement sur son bras. De quelle façon ils regagnèrent la maison sans que Bojo ait pu, par crochet ou par escroc, gagner un moment pour un mot privé.

Au dîner, où il avait espéré que Skeeter Stoughton, en échange de sa demi-confiance, se serait arrangé pour qu'il s'assoie à côté d'elle, il trouva Patsie de l'autre côté de la table. Au regard accusateur adressé à Skeeter fut répondu un regard mystifié. Puis il comprit qu'elle avait dû réarranger les cartes elle-même. Il ne connaissait pas les mœurs des jeunes filles et leur cruauté instinctive envers ceux qui les aiment et même ceux qu'elles aiment elles-mêmes. Il était blessé, embarrassé, en proie à des suppositions idiotes qui le laissaient malheureux et gêné. Il était même prêt à croire qu'elle avait mis les autres dans ses confidences, que chacun devait regarder, souriant derrière son bon masque. Le dîner parut interminable. Il était trop misérable pour cacher ses émotions, négligeant honteusement ses voisins jusqu'à ce qu'un débutant de l'année le rallie malicieusement.

"M. Crocker, je crois que vous êtes amoureux !"

Il jeta un coup d'œil à Patsie, effrayé à l'idée que la remarque ait pu être portée, mais à son attitude il ne pouvait rien deviner. Elle s'éloignait, répondant à une remarque légèrement lancée au bas de la table. Il se mit à parler désespérément avec des phrases idiotes et dénuées de sens, conscient que son voisin le regardait avec un sourire malicieux.

"Es-tu vraiment amoureux ?" » dit-elle ravie lorsqu'il fut à court d'idées.

Il fut frappé par une inspiration soudaine.

"Si j'avoue, tu m'aideras ?" dit-il dans un murmure. Miss Hunter, ravie à l'idée de tout ce qui frôlait le romantique, hocha la tête en signe de réponse enthousiaste.

"Très bien, après le dîner", dit-il du même ton bas. Il eut le sentiment que Patsie avait essayé d'écouter et se mit à parler avec une gaieté pour laquelle il ne trouvait aucune raison en lui-même. Plusieurs fois, il jeta un coup d'œil par-dessus la table et il sentit – bien que leurs regards ne se croisèrent jamais – que son regard venait tout juste de le quitter, et qu'il était sur lui au moment où il se détournait. Il la trouva bien changée. Elle n'était pas encore une femme, par un certain voile de fragilité et de timidité inconsciente, mais l'enfant avait disparu. Son regard était plus sobre et plus pensif, comme si une pointe de tristesse lui avait volé les esprits bouillonnants de l'enfance et laissé approcher une compréhension d'épreuves plus profondes. Parfois, elle prenait une attitude d'une grande dignité, la grande manière, qui n'était pourtant qu'assumée et qui le faisait sourire.

Le dîner terminé, la danse commença. Il ne fit aucune tentative pour retrouver Patsie, repoussant également Miss Hunter avec des réponses évasives. Il dansa une ou deux fois, mais sans plaisir et finalement, pour ne pas assister au spectacle d'elle dansant avec d'autres hommes, prit prétexte d'un cigare du soir pour chercher l'obscurité oblitérante de la véranda. Bien caché dans un coin privilégié, il était assis, regardant d'un air maussade les couples occasionnels qui riaient se découpant sur la nuit étoilée. Il était totalement incapable de se rendre compte de la réception. Parfois, le soupçon lui traversait l'esprit que Doris aurait pu donner une version différente de leur scène de séparation que celle que les faits le justifiaient. Parfois, se rappelant des détails de romans romantiques qu'il avait dévorés, il était prêt à croire que sa lettre ne lui était pas parvenue, qu'elle avait été interceptée peut-être par Mme Drake. Au bout d'une heure, craignant d'avoir trop remarqué son absence, il se leva à contrecœur pour se joindre à la joyeuse fête intérieure. Soudain, alors qu'il tournait au coin de la rue, il rencontra un couple qui se séparait, l'homme revenant à la danse, la jeune fille appuyée contre un pilier, cueillant des vignes invisibles. Puis elle se tourna elle aussi, entrant dans une réflexion momentanée. C'était Patsie.

Elle s'arrêta net, devinant de qui il s'agissait, et le recul instinctif qu'elle fit lui fit monter aux lèvres un éclat de colère.

"Je vous demande pardon", dit-il avec raideur. "Je ne voulais pas t'ennuyer. J'avais fini de fumer. Je—" Il fit une pause, à bout de nerfs. A cet instant, s'il avait été amené à reconnaître ses véritables sentiments, il aurait juré qu'il la haïssait amèrement, d'une haine farouche et irraisonnée.

"Tu ne m'ennuies pas," dit-elle doucement.

"J'en avais peur."

"Non."

Il hésita un instant.

"Avez-vous reçu mes lettres?"

"Oui."

« Leur avez-vous répondu ? » dit-il avec un dernier espoir d'un éventuel malentendu.

Elle secoua la tête.

Il attendit un moment une explication et comme aucune explication ne venait, il commença à partir en disant :

« Je ne comprends pas du tout... mais... je suppose que cela n'a pas d'importance... »

Il se dirigea vers la porte. Puis arrêté. Il pensait l'avoir entendue appeler son nom. Il revint lentement.

"M'as tu appelé?"

"Non non."

Tout à coup, il s'approcha d'elle avec tempête, lui attrapant le bras comme il le ferait avec celui d'un vilain enfant.

"Drina, je ne serai pas refoulé comme ça. Au nom du ciel, qu'ai-je fait pour que tu me traites comme ça ? Dis-le-moi au moins !"

Elle ne luttait pas contre son emprise, mais détournait la tête sans réponse.

" Était-ce ma première lettre ? Vous n'aimiez pas que j'écrive de cette façon - si tôt - si peu de temps après avoir rompu les fiançailles ? C'était ça ? C'était vrai, n'est-ce pas ? "

Il lui sembla, même s'il n'en était pas sûr, que sa tête hochait la tête d'une manière affirmative.

"Mais qu'est-ce qui n'allait pas ?" s'écria-t-il consterné. "Tu ne voudrais pas que je manque de sincérité. Tu sais et je sais ce que tu représentais pour moi, tu sais que si j'ai continué avec Doris après—après cette nuit, c'était uniquement par sens du devoir, de la loyauté. Oui , parce que tu es toi-même venu vers moi et que tu m'as supplié de le faire. Si c'est vrai, pourquoi ne pas être ouvert sur... "

"Chut," dit-elle précipitamment. "Quelqu'un entendra."

"Je m'en fiche s'ils entendent tous", dit-il imprudemment. "Drina, à quoi ça sert de faire semblant. Tu sais que je suis amoureux de toi, toi et seulement toi, depuis le premier jour où je t'ai vu."

Elle retira son bras de sa poigne et se tourna vers lui d'un air de défi…

"Merci, je m'en fiche d'être le second violon !" dit-elle méchamment.

"Mon Dieu, c'est ça !"

"Oui, c'est ça", cria-t-elle et, s'éloignant de lui, elle s'enfuit au coin de la véranda et il lui sembla qu'il avait entendu le son d'un sanglot.

Il entra dans la maison, en proie à des émotions contradictoires, perplexe, en colère, enclin au rire, avec des éclairs d'espoir alternés et des rechutes soudaines dans le désespoir. Alors qu'il avait décidé qu'elle était partie pour la nuit, elle réapparut sans aucune trace d'inquiétude. Mais malgré tous ses efforts, il ne parvint pas à obtenir une autre occasion de lui parler. Elle l'évitait avec un antagonisme froid et installé. Le lendemain, c'était pareil. Il semblait que tout ce qu'elle faisait était calculé pour le blesser et lui montrer son hostilité. Il n'avait ni la force ni la sagesse de répondre avec indifférence, souffrant ouvertement. A dix heures du soir, alors qu'il se préparait misérablement à monter dans l'automobile qui devait l'emmener à la gare, Patsie descendit précipitamment les marches, quelque chose de blanc à la main.

"S'il te plaît, fais quelque chose pour moi", dit-elle à bout de souffle.

"Qu'est-ce que c'est?"

« Une lettre… je veux que vous l'envoyiez par la poste – c'est important. »

Il se retourna, prit la lettre et la mit dans sa poche sans s'en apercevoir.

Elle lui tendit la main. Surpris, il l'a accepté, sans toutefois céder.

"Au revoir, Bojo," dit-elle doucement.

L'instant d'après, il fut emporté. Lorsqu'il arriva à la Cour, il se souvint pour la première fois de sa commission et, s'arrêtant au bureau, il tendit distraitement la lettre à Della, en disant :

"Si tu sors, Della, envoie-moi ceci."

Elle éclata de rire, avec son irrésistible sourire irlandais.

"Ce qui vous fait rire?" dit-il, surpris.

"Vous êtes toujours prêt à faire des tours, M. Crocker", dit-elle en regardant l'inscription.

"Que veux-tu dire?" » demanda-t-il, perplexe, et, comprenant la raison de sa gaieté, il saisit l'enveloppe et y jeta un coup d'œil. Cela lui était adressé. Couvert de confusion, il s'enfuit vers sa chambre, dans une fièvre d'anticipation et d'espoir fou.

Cher Bojo :

Pardonnez-moi d'être un petit chat horrible et méchant. Je suis désolé mais tu es très stupide— *très* ! S'il te plaît, pardonne-moi.

PATSIE .

PS Dès que le mariage est terminé, nous arrivons à New York. Veux-tu venir me voir là-bas, et je te promets de bien te comporter.

DRINA .

Il se coucha au septième ciel de délices, se répétant cent fois chaque mot de cette lettre, retournant chaque phrase encore et encore pour une interprétation favorable. Il lui semblait que jamais il n'avait passé des jours aussi délicieusement heureux que les deux derniers.

CHAPITRE XXIV.

PATSIE APPELLE À L'AIDE

Pendant ce temps Fred et Louise revenaient. Il est allé les voir dans un hôtel à la mode où ils séjournaient temporairement. Les grandes pièces et le grand salon du coin, surplombant la rangée serrée de maisons et d'usines vers la rivière, devaient coûter au moins quinze dollars par jour. Louise entra aussitôt dans la chambre chez son coiffeur, fermant la porte.

"Félicitations, Prince", dit Bojo en riant, mais avec une certaine intention d'aborder les choses sérieuses. "La suite royale est charmante."

"N'oubliez pas que je suis un homme marié", a déclaré DeLancy, l'incorrigible, en riant. "N'as-tu pas honte d'essayer de me sermonner ?"

"Avez-vous découvert une mine d'or ?" dit Bojo.

"Oh ! J'ai eu deux ou trois bonnes choses l'été dernier", dit Fred, qui s'interrompit quelque peu confus en s'apercevant qu'il venait de révéler à son ami qu'il avait de nouveau tenté sa fortune à Wall Street.

"Alors c'est tout", dit Bojo d'un air sombre. "Je pensais que tu avais juré."

"Je ne l'ai jamais fait", a déclaré DeLancy avec obstination.

"Ce n'est pas mon affaire, Fred", dit finalement Bojo. "Seulement, vas-y doucement, mon vieux ; nous ne sommes ni l'un ni l'autre de grands manipulateurs et ce qui vient lentement, va avec précipitation."

"Honnêtement, Bojo, je fais attention", dit Fred avec une démonstration de conviction. "Plus de marges de dix pour cent et plus de hasards sauvages. Si j'achète, c'est sur la base d'une bonne information, pas de plongée."

"Es-tu sûr?"

"Oh, absolument ! Je prête serment solennel !" dit Fred avec un visage pour convaincre une réunion de théologiens.

"Et pas de marge ?"

"Oh, des marges conservatrices !"

"Qu'est-ce qu'on appelle conservateur ?"

"Vingt-cinq points, vingt points naturellement."

Bojo secoua la tête.

"Qu'est-ce que tu vas faire, vivre ici ?"

"Bien sûr que non. Nous cherchons un appartement pour l'hiver."

Bojo voulait savoir ce que Louise voulait dire, si elle avait décidé ou non de quitter la scène, mais il ne savait pas trop comment aborder le sujet. En étudiant DeLancy, il pensait qu'il avait l'air irrépressiblement heureux et indifférent à ce qui l'attendait. Il se demandait si Fred avait fait des démarches auprès de ses anciens amis en vue de les amener à accepter sa femme.

« Est-ce que Louise restera ici aussi ? » demanda-t-il finalement.

"Naturellement."

"Est-ce que… est-ce qu'elle abandonne sa carrière ?" dit-il avec hésitation.

DeLancy avait l'air plutôt embarrassé. Il n'a pas répondu dans un premier temps.

"J'ai laissé cela à Louise elle-même. C'est sa décision. Pour le moment, rien n'est réglé, pas encore."

Bojo sentit l'embarras qui l'envahissait. Il était venu poser une vingtaine de questions. Il a commencé à repartir avec le sentiment de n'avoir rien découvert. Au bruit de son départ, Louise sortit de la chambre les cheveux détachés. Elle avait probablement écouté. Elle lui dit au revoir avec une plus grande cordialité, avec un regard ironique dans les yeux.

"N'oubliez pas de nous chercher après."

"Oui oui."

Fred l'accompagna jusqu'à l'ascenseur.

"Dès que nous serons installés, nous ferons une fête", dit-il avec une tentative de retrouver sa vieille gaieté.

"Bien sûr."

Bojo s'en alla en haussant les épaules en se disant : "Où tout cela finira-t-il ?"

Au cours de l'été, un changement marqué s'était produit dans les conditions industrielles, un sentiment de mauvais augure flottait dans l'air, une menace vague et indéfinie était imminente. À l'usine, un cinquième des machines étaient inutilisées et Garnett envisageait d'un air maussade une réduction générale des salaires. Bojo ne prêtait presque plus attention aux affaires de Wall Street à présent, mais il savait que le mouvement à la baisse des valeurs avait été lent et progressif et que les prophéties de jours sombres étaient d'actualité. Les choses avec Marsh allaient mal. Les annonceurs désertaient le journal, il y avait eu plusieurs petites grèves avec des réajustements coûteux. Roscoe semblait avoir perdu son enthousiasme initial, être de plus en plus maussade, impatient et prompt à s'offusquer. Les raisons invoquées pour expliquer la dépression des affaires étaient nombreuses : surcapitalisation, timidité des petits investisseurs face à l'exposition des grandes entreprises, méfiance à l'égard des réformes politiques radicales. Quelles qu'en soient les causes, la marée descendante était là. Les gens étaient inquiets, découragés et parlaient de pauvreté. Granning estimait que le pays payait pour les péchés des grands aventuriers de la finance et le coût des structures vertigineuses qu'ils avaient bâties. Marsh, à partir de la connaissance de son monde journalistique, estimait qu'au-delà de tout se trouvait le pouvoir de coalition des grands systèmes bancaires, déployés d'un côté et de l'autre contre le gouvernement, attendant leur opportunité d'écraser la nouvelle idée financière de la société de fiducie organisée. de négocier des projets spéculatifs qui leur sont refusés. Lorsque Bojo, dans sa simplicité, demandait pourquoi, dans une grande nation en pleine croissance et aux ressources illimitées, une panique était toujours nécessaire, chacun cherchait à l'expliquer avec une logique confuse qui ne convainquait pas du tout. Ce n'est qu'à partir de là qu'il a compris qu'au-dessus du grand mécanisme productif de la nation se trouvait une structure artificielle, en possession de groupes puissants capables de contrôler les sources de crédit dont dépendent les sources de production.

Quatre jours après avoir lu dans les journaux le récit du mariage de Doris avec Boskirk, vers sept heures du soir, alors qu'il attendait que Roscoe l'appelle pour qu'il aille dîner, Sweeney, le Japonais, lui apporta un carte.

C'était Patsie, griffonnant à la hâte : "Je suis dehors. Pouvez-vous venir me voir ?"

"Où est-elle ? Dehors ?" » dit-il d'un ton flottant. Sweeney l'a informé qu'elle attendait dans une automobile.

Il devina que quelque chose de grave avait dû se produire et se précipita. Le visage de Patsie était à la fenêtre et regardait avec impatience. Lorsqu'elle le vit, elle se détendit momentanément avec un soupir de soulagement.

"Pourquoi, Patsie, qu'est-ce qui ne va pas ?" dit-il instantanément en lui prenant la main.

"Tu peux venir ? C'est important."

"Bien sûr."

Il a sauté à bord et la voiture est partie.

"Dites-lui de traverser le parc."

Il a transmis l'ordre. Et puis il se tourna vers elle.

"Je suis si inquiet!" dit-elle aussitôt en le regardant dans les yeux, avec des yeux qui contenaient une peur indéfinissable.

Il n'avait pas lâché sa main depuis qu'il s'était assis. Il la pressa fortement, repoussant l'envie de la prendre dans ses bras, qui lui venait avec le spectacle de sa misère. Les détails de sa séparation définitive avec Doris et sa sinistre déclaration de la ruine imminente de son père lui revinrent à l'esprit . Il n'y avait cru qu'à moitié à l'époque, mais maintenant cela lui revenait en mémoire avec une conviction instantanée.

« Votre père a des ennuis… des ennuis financiers ! dit-il soudain.

"Comment savez-vous?" dit-elle étonnée.

"Doris me l'a dit."

"Doris ? Quand ?" dit-elle. Elle se raidit à ce nom, même s'il ne remarqua pas l'action.

"La dernière fois que je l'ai vue, pourquoi, Drina, tu ne le savais pas ? Pourquoi elle est descendue, pourquoi elle m'a vu et a demandé à être libérée, tu ne connaissais pas sa raison ?"

"Je ne sais rien. Voulez-vous dire qu'elle…" elle s'arrêta comme si elle était dépassée par cette pensée, "qu'elle a alors su que papa était au bord de la ruine ?"

"Tu savais ? Pourquoi, ton père lui a dit ! — Doris et ta mère ! Tu ne savais pas ?"

"Non."

« On ne vous l'a pas dit après ?

"Non, non, pas un mot."

Il raconta rapidement les détails de la scène, ne remarquant pas dans son enthousiasme à quel point son intérêt était partagé entre la connaissance de ce qui menaçait son père et ce qui pesait sur la situation entre Doris et lui.

"Alors c'est Doris qui l'a cassé !" dit-elle soudain et un frisson parcourut son corps.

Il s'est vérifié, a vu clair et a répondu avec impétuosité.

"Oui, elle l'a fait, c'est vrai. Mais laissez-moi aussi vous dire la vérité. Je ne l'aurais jamais épousé, jamais, jamais ! Je n'ai jamais ressenti un tel soulagement, oui, un bonheur aussi absolu que cette nuit où je suis parti." libre. Je ne l'aimais pas. Je ne l'avais pas aimé depuis très, très longtemps. J'avais pitié d'elle. Je croyais que grâce à son amour pour moi, un grand changement se produirait en elle – pour le meilleur. Et c'est ce qui s'est produit. Je la plaignais. " J'avais peur de faire du mal. C'était tout. Elle le

savait, Drina. Tu ne peux pas croire que je m'en souciais, tu devais le savoir !
"

"Et pourtant... pourtant", commença-t-elle avec hésitation, et elle s'arrêta.

"Ne retenez rien", dit-il impulsivement. "Nous ne devons laisser rien se mettre entre nous. Dites tout ce que vous voulez. Mieux vaut ça."

« Ce que je n'ai pas compris, dit-elle enfin avec un effort où se manifestait son orgueil blessé, cet après-midi-là, quand tu as rendu l'argent à papa, après ce que tu m'as dit... Oh ! Je le dis."

"Tu pensais que j'allais dire la vérité à Doris et rompre les fiançailles. C'était tout, n'est-ce pas ?"

"Oui", dit-elle en se couvrant le visage, terrorisée à l'idée d'avoir pu dire une chose pareille, et pourtant tout son être accroché à sa réponse - "Je n'ai pas compris - après."

"Je suis sorti de la bibliothèque pour en finir avec tout et avant de m'en rendre compte, c'était Doris qui avait tout changé. Elle avait écouté. Elle avait tout entendu. Elle s'imaginait qu'elle était amoureuse pour la première fois. Elle m'a supplié. ne pas me détourner d'elle, lui donner une autre chance. J'ai été attrapé, que devais-je faire ?

"Elle t'aime," dit-elle à bout de souffle.

"Elle l'imagine seulement. Elle ne fait que jouer avec cette idée."

— Non, non ! elle t'aime, dit-elle d'un ton de grande souffrance.

"Mais, Drina," dit-il, consterné par son incohérence, "c'est toi qui es venue me voir, qui m'a supplié d'épouser Doris, comment peux-tu oublier ça ?"

Elle fondit en larmes.

"Quoi ! Vous êtes jaloux !... jaloux d'elle !" cria-t-il avec un grand espoir dans la voix, sa main se tendant vers elle.

Elle se raidit brusquement et recula, effrayée, dans son coin.

"Non, je ne suis pas jalouse", dit-elle furieusement. "Seulement blessé – terriblement blessé."

Ce changement soudain le laissa perplexe. Il le trouvait injustifié, incohérent et un reproche était sur ses lèvres.

A la fin, il se calma et dit, en s'efforçant de parler comme un étranger :

"Ce n'est pas, je suppose, ce que tu voulais me dire ?"

Instantanément, son inquiétude l'emporta sur son attitude de défi.

"Non, non. Je suis terriblement inquiet. Je veux votre aide, oh ! tellement."

Elle lui tendit timidement la main, comme pour s'excuser, mais toujours offensé, il retira la sienne en disant :

"Tout ce que je peux faire et tu n'as pas à craindre que j'en profite !"

"Oh!" elle recula et dit aussitôt : « Bojo, pardonne-moi, je suis très cruelle, je le sais. Me pardonneras-tu ?

"Je te pardonne", dit-il enfin, tremblant devant la douceur de sa voix, résolu, quelle que soit la tentation, à lui montrer qu'il pouvait se contrôler.

"Bojo, tout va contre papa, tout. Doris doit revenir et nous devons prévenir Dolly. Il a besoin de toute l'aide que nous pouvons lui apporter."

"Es-tu sûr?" dit-il, étonné.

"Oh, je sais."

"Mais ton père a des millions et à Pittsburgh et à la Nouvelle-Orléans, il en a gagné au moins dix de plus. Comment est-ce possible ?"

"J'ai entendu... j'ai écouté et puis... ma mère me l'a dit."

"Quand?"

« La nuit après le mariage, afin que dans un mois nous soyons ruinés, que je... je devrais regarder vers l'avenir. »

"Oh, comme Doris !" il pleure.

"Oui, c'est ce qu'elle voulait dire", dit-elle avec un frisson. "Pensez-y, ma mère, ma propre mère. Ensuite, je suis allée le voir, chez papa, mais il ne m'a rien dit, j'ai seulement ri et j'ai dit que tout allait bien, mais je savais ! Je ne sais pas comment ni pourquoi, mais je le savais à son regard."

"Pourtant, je n'arrive pas à y croire", dit-il, incrédule.

"Oh ! Je me sens si seule et si impuissante", s'écria-t-elle en se tordant les mains. "Il faut faire quelque chose et je ne sais pas comment le faire. Bojo, tu dois m'aider, tu dois me le dire. C'est de l'argent, il ne peut pas avoir d'argent, je crois que personne ne le lui prêtera." Soudain, elle se tourna vers lui, lui attrapa le bras : « Tu dis que Doris le savait, papa lui a dit... avant le mariage !

"Oui, parce qu'elle me l'a dit."

" Oh ! c'est trop terrible, " s'écria-t-elle, " et le sachant, elle lui permit de lui faire un cadeau d'un demi-million. "

« Il a fait ça ? Vous en êtes certain ?

"Absolument. J'ai vu les liens."

"Mais cela prouve que tout va bien", s'écria-t-il joyeusement.

"'Il veut te voir maintenant', dit-elle"

"Tu ne connais pas papa," dit-elle en secouant tristement la tête. "Bojo, il faut récupérer Doris, elle peut faire pour toi des choses qu'elle ne fera pour personne d'autre... Oh ! oui, tu ne sais pas. Alors j'ai quelque chose... un quart de million. Je veux Transformez-le en espèces. Il ne me le prendra pas s'il le savait. Mais vous pourriez le déposer à son crédit, lui faire croire que quelqu'un l'a fait de manière anonyme - cela ne pourrait-il pas être fait ?

Il leva sa main avec un gonflement soudain de la gorge et l'embrassa en murmurant quelque chose d'incohérent.

"Ce n'est rien à faire, rien", dit-elle en secouant la tête.

"J'aimerais pouvoir aller vers lui", dit-il dubitatif.

"Tu peux. Tu peux. Je sais que papa te croit, te fait confiance. Oh ! si tu le voulais.

"Bien sûr que je le ferai et tout de suite", dit-il joyeusement. Il se pencha par la fenêtre et donna l'ordre. "Mon Dieu, mon enfant, nous avons tout oublié le dîner. Il faudra que je m'invite." Il lui prit la main, la tapotant comme pour la calmer. " Ce n'est peut-être pas si grave que vous l'imaginez. Nous télégraphierons à Doris ce soir, les Boskirk peuvent faire beaucoup. Bien sûr, ils vous aideront. Et puis il y a votre mère – elle a son propre argent, je sais. "

"C'est de ça que j'ai peur, maman", dit-elle dans un murmure.

"Que veux-tu dire?"

Elle secoua la tête.

"Ne me demandez pas. Je n'aurais pas dû le dire. Et pourtant... et pourtant..."

"Nous y sommes presque", dit-il précipitamment. Il avait envie de lui dire quelque chose, révolté par la discipline qu'il s'était imposée, quelque chose qui venait du cœur et pourtant quelque chose dont elle ne s'offusquerait pas. Il hésita et balbutia : « Merci d'être venu vers moi. Vous savez, vous comprenez, n'est-ce pas ?

Elle se tourna, son regard se posa sur le sien un long moment, elle sursauta comme pour dire quelque chose, s'arrêta et se détourna précipitamment, mais aussi bref que ce moment ait été, un sentiment de contentement fondant l'envahit. L'instant d'après, ils s'arrêtèrent. Dans le vestibule, elle lui fit attendre dans le petit salon et se dirigea vers la bibliothèque. Il avait ramassé un journal et avait fait les cent pas, le parcourant anxieusement, jetant de brefs regards vers les vastes salons luxueux et vers les domestiques en livrée qui semblaient bouger nerveusement, tous les yeux et toutes les oreilles flairant le danger dans l'air. L'accent de la peur était même dans les gros titres. Il regardait une légende faisant état de rumeurs de suspensions et de prophéties de maladie lorsque Patsie revint en trébuchant.

"Tout va bien. Il veut te voir maintenant," dit-elle, le bonheur dans les yeux, lui tendant la main pour le guider.

CHAPITRE XXV

DRAKE ADMET SON DANGER

Drake était devant la cheminée, bougeant ou plutôt se déplaçant d'avant en arrière, et cette nervosité inhabituelle semblait de mauvais augure à Bojo. Cependant, au léger bruissement des portières, Drake s'avança à grands pas énergiques, la main levée...

"Eh bien, étranger, je pensais presque que tu avais fui le pays. Comment vas-tu ? Heureux, très heureux de te voir." Il se leva avec un sourire, tapotant l'épaule de Patsie, qui s'appuyait contre lui. « Voyons tes mains, Tom. On me dit que tu es devenu un fils de labeur plutôt excité. »

"Je suis très heureux de *vous voir* ", dit Bojo en l'étudiant avec anxiété. Au début, il se sentit rassuré, l'ancien sang-froid et la confiance insouciante étaient là dans le ton et dans les gestes. Ce n'est qu'en l'examinant de plus près que ses pressentiments revinrent. Autour des yeux, imperceptible d'abord, mais caché au fond, il y avait un regard traqué et inquiet qui frappa immédiatement le jeune homme.

"Je voulais que Bojo vienne," dit Patsie à bout de souffle. "Je pensais que, d'une manière ou d'une autre, il pourrait être utile."

"J'aimerais seulement pouvoir le faire", a déclaré immédiatement Bojo. "Tu sais que tu peux me faire confiance."

"Oui, je le sais," dit brièvement Drake avec un visage soudainement assombri. Il ajouta obstinément en tirant l'oreille de sa fille d'un regard bienveillant : "Cette demoiselle est toute paniquée pour rien. Elle vient de parler affaires devant eux."

"Oh, papa, pourquoi ne pas être honnête ? Quoi qu'il arrive, nous pouvons y faire face. Faites-le-nous savoir", dit Patsie avec ses grands yeux tristement fixés sur son visage avec incrédulité.

"Je suis dans un combat – un gros combat, Tom, c'est tout, un peu plus dur que les autres combats," dit-il d'une voix forte comme s'il se parlait à lui-même. "Si vous voulez voir quelques ructions et apprendre quelques choses qui pourraient vous aider à gérer certaines marques de coyotes plus tard, pourquoi venir - il est possible que vous puissiez être utile."

"Merci, monsieur", dit Bojo avec reconnaissance, exalté au septième Ciel par cette permission qui semblait lui ramener l'ancienne intimité. Patsie le regardait avec des yeux brillants.

"Oui, mais qu'en est-il de ton travail, de l'usine ?" dit Drake.

"Au diable l'usine", dit Bojo avec ferveur, avec l'instinct américain pour l'adéquation du mot direct. Tout le monde éclata de rire devant son impétuosité.

"Eh bien, Tom, j'ai toujours voulu que tu sois dans la famille", dit Drake en lui frappant l'épaule avec un regard sournois à Patsie. "Faites-le comme vous le souhaitez. Je serai très heureux de vous avoir, même si vous m'avez donné une leçon assez dure !"

A ce moment où Patsie et Bojo n'osaient pas se regarder, la situation fut heureusement sauvée par l'annonce du dîner.

Dans la salle à manger, ils attendirent plusieurs instants que Mme Drake apparaisse jusqu'à ce qu'enfin un valet de pied leur apporte la nouvelle que la maîtresse de maison était indisposée et les supplia de s'asseoir sans elle. Drake parut plutôt surpris et partit dans une abstraction maussade pendant un bon moment, pendant lequel Patsie échangea des regards soucieux avec Bojo.

"C'est plus grave qu'il ne veut l'admettre", pensa-t-il. "Je dois avoir l'occasion de lui parler seul. Il ne dira jamais la vérité avant Drina."

Le dîner terminé, un repas plutôt anxieux pris dans de longs silences avec des éclats occasionnels de conversation forcée, Bojo trouva l'occasion de chuchoter à Patsie alors qu'ils retournaient vers la bibliothèque.

« Trouvez une excuse et quittez-nous dès que vous le pouvez. Je vous verrai avant de partir.

Elle lui fit un léger mouvement des yeux pour montrer qu'elle avait compris et partit en dansant devant elle.

"Maintenant, avant de commencer vos affaires, laissez-moi vous mettre tous les deux à l'aise", cria-t-elle. Elle montra des chaises et les poussa vers leur siège en riant. Elle apporta les cigares et insista pour les servir avec des bougies, tandis que chacun la regardait, charmé et apaisé par la grâce et la jeunesse de son esprit, bien que chacun connaisse la raison de son engagement. Elle campa enfin sur l'accoudoir du fauteuil de son père, avec une dernière étreinte enveloppante, qui sous des apparences d'exubérance, traduisait une profonde sollicitude.

« Dois-je rester ou tu veux parler seul ? »

"Rester." Drake attrapa la main qui s'était glissée autour de son cou et la tapota avec une tendresse rude. "En plus, je veux que tu te débarrasses de certaines idées fausses. Eh bien, Tom, je vais te raconter la situation." Il s'arrêta un moment comme pour réfléchir, avant de recommencer avec une apparence de franchise qui faillit convaincre le jeune homme, mais qui échoua devant l'instinct alarmé de sa fille. "Mlle Patsie ici présente prend trop au sérieux quelque chose que sa mère lui a répété. Je n'essaierai pas de nier que les temps sont fragiles. Ils le sont. Ils peuvent devenir soudainement pires. Cela dépend entièrement d'un certain groupe d'hommes. Mais le Le point fort aussi bien que le point faible de la situation actuelle est qu'elle peut dépendre d'un certain groupe. Il n'y aura pas de panique pour la simple raison que dans la panique, ce groupe perdra des dizaines de millions là où d'autres en perdront des milliers. Dans le passé, ce groupe, grâce à son contrôle direct ou interdépendant, a pu dominer les centres de crédit, les institutions de prêt d'argent, telles que les grandes banques et les compagnies d'assurance. eux-mêmes les grandes exploitations industrielles qui dépendent de la capacité de financer des centaines de millions. De plus, ils ont pu limiter à des domaines étroits des hommes comme moi et d'autres nouveaux venus, qui souhaitent s'élever au même avantage financier. Dernièrement, cette suprématie a été menacée par la montée d'une nouvelle idée financière, la société Trust. Cette nouvelle forme de banque, en raison de la portée permise par la loi actuelle, a pu faire des affaires et accorder des prêts sur des garanties qui, bien que valables, sont interdites à une banque en vertu des statuts. Les sociétés de fiducie, capables de réaliser des affaires plus rentables et de payer par conséquent de bons intérêts sur les dépôts, se sont développées à tel point qu'elles menacent d'éclipser les banques. C'est pourquoi les sociétés de fiducie ont été créées et rachetées par la jeune génération de financiers afin d'acquérir les moyens de se procurer le crédit nécessaire au développement de leurs grands projets d'expansion industrielle, sans être à la merci d'influences qui peuvent être contrôlé par d'autres. A partir du moment où le groupe dominant percevait cette phase du développement de la société Trust, la guerre était certaine. C'est là que j'interviens. Des trucs plutôt secs. Pouvez-vous l'obtenir?"

Patsie hocha la tête, peut-être plus intéressée par les manières de son père que par ce qu'il disait. Bojo écoutait avec une concentration douloureuse.

"Après mon contrat à Indiana Smelters et le tournant à Pittsburgh et à la Nouvelle-Orléans, je savais que les couteaux étaient sortis contre moi. J'ai essayé de faire la paix avec Gunther mais j'aurais tout aussi bien pu essayer de coucher avec le tigre. J'ai vu ça. Il y avait plusieurs choses que je voulais faire – de grandes choses. Je devais avoir du crédit. Où pourrais-je l'obtenir – oser l'obtenir ? Alors je me suis tourné vers les sociétés de fiducie. Ils veulent m'avoir et ils veulent les avoir. Il s'arrêta, se frotta le menton et dit avec un sourire : « Peut-être qu'ils me piqueront – bien et durement – mais au pire, nous pourrions nous inquiéter avec huit ou neuf millions, n'est-ce pas, en vivant économiquement, Patsie ?

"Est-ce que c'est le pire que cela puisse signifier ?" dit-elle en s'éloignant pour le regarder dans les yeux.

Il hocha la tête, ajoutant :

"Oh, ce n'est pas agréable d'avoir quinze à vingt millions coupés de notre toison, mais nous pouvons quand même vivre, vivre confortablement."

Elle fit semblant de le croire en se jetant dans ses bras.

"Oh ! Je suis tellement soulagé."

Sa main passa sur sa tête dorée dans une douce caresse et son visage, comme le vit Bojo, était tendu et sombre, même si ses paroles étaient légères :

"Mais je ne vais pas perdre ces vingt millions, pas si je peux l'empêcher !"

Patsie a bondi de rire, a capté le signal de Bojo et s'est enfuie en criant :

"De retour dans un instant. Je dois voir comment va maman."

Lorsque les rideaux, gonflés à sa sortie tumultueuse, se furent reposés, Bojo dit doucement :

"M. Drake, est-ce ce que vous souhaitez que je croie ?"

"Eh, qu'est-ce que c'est ?" dit Drake en levant les yeux.

"Dois-je croire ce que tu viens de dire ?"

Il y eut un long moment entre eux, pendant que chacun étudiait l'autre.

« Jusqu'où puis-je te faire confiance ? » dit lentement Drake.

"Que veux-tu dire?"

« Puis-je avoir votre parole que vous ne le direz pas à Patsie – ni à personne ?

Bojo réfléchit un moment en fronçant les sourcils.

"Est-ce absolument nécessaire ?"

"C'est la condition."

"Très bien, je ne lui dirai rien de plus que ce qu'elle sait. Est-ce que cela vous satisfera ?"

Drake hocha lentement la tête, les yeux toujours fixés sur le jeune homme comme s'il envisageait enfin l'opportunité d'une confidence.

« C'était en partie vrai, » dit-il lentement ; "Seulement en partie. Il y a plus que ça. Ce n'est pas *encore une question* d'être anéanti, mais c'est peut-être une question. Tom, je ne suis pas sûr de ce qu'ils m'ont eu. Tout dépend de l'Atlantic Trust. Si ils osent le laisser aller contre le mur... » Il sourit, poussa un long sifflement et leva les bras.

"Mais sûrement pas tous... tu ne veux pas dire anéantis ?" » dit Bojo, consterné. "Vous devez valoir vingt, vingt-deux millions."

"Je vaux cela et bien plus encore", dit doucement Drake. "Sur le papier et pas seulement sur le papier, dans n'importe quel autre système bancaire au monde, je vaudrais vingt-sept millions de dollars. Chaque centime. N'oubliez pas cela après, Tom. Vous ne verrez jamais rien de plus drôle. Vingt -sept millions et aujourd'hui je ne peux pas emprunter cinq cent mille dollars avec des garanties valant quarante fois plus. Vous ne comprenez pas. Je vais vous le dire.

CHAPITRE XXVI

UN COMBAT EN MILLIONS

Drake n'a pas immédiatement procédé. Ayant impulsivement exprimé son intention de révéler sa crise financière, il hésita, comme s'il regrettait cette impulsion. Il quitta la cheminée et fit du porte à porte comme pour se garantir des auditeurs, mais sans but, plutôt par indécision que par précaution. En revenant, il jeta son cigare, pourtant à moitié consommé, et en prit un nouveau, offrant la boîte à Bojo sans s'apercevoir qu'il n'en avait pas besoin. Sa réticence était si évidente que Bojo se sentit obligé de dire :

« Peut-être préféreriez-vous ne pas me le dire, monsieur !

"Je vous dirais seulement ce que savent mes ennemis", dit sèchement Drake en se jetant à terre. "Ils savent à un dollar près ce que j'ai promis et sur quoi je peux m'appuyer... Oh ! faites-leur confiance."

"M. Drake," dit lentement Bojo, "Je n'ai pas besoin de vous dire, n'est-ce pas, que je ferais n'importe quoi dans ce monde pour Patsie, et cela sans savoir le moins du monde ce qu'elle ressent envers moi - croyez-moi. Je vous dis cela parce que je veux que vous sachiez que je suis venu seulement dans l'espoir le plus fou de pouvoir aider d'une manière ou d'une autre.

Drake secoua la tête.

" Vous ne pouvez pas, et pourtant... " Il hésita une dernière fois puis dit, d'une manière rêveuse, indécise, si étrangère à sa nature qu'elle montrait l'étendue du combat mental par lequel il avait traversé, " et pourtant là Il y a certaines choses que je serais heureux que vous sachiez – dont vous vous souviendrez, Tom, une fois que tout sera fini, surtout si vous entrez dans la famille. Car je ne pense pas que vous compreniez très bien ma manière de me battre. vision de certaines choses de votre point de vue... J'avoue que vous aviez une raison.

"Je ne t'ai pas jugé", dit précipitamment Bojo en rougissant d'embarras. "Je ne faisais que me juger, sous ma propre responsabilité."

"Eh bien, tu m'as jugé aussi", dit Drake en souriant. "Oui, et je l'ai senti, et je dirai maintenant que je me sentais mal à l'aise, sacrément mal à l'aise. C'est pourquoi je vais vous laisser voir que selon ma façon de voir les choses, je joue au carré du jeu. Je suis Je vais vous laisser entendre une certaine petite réunion très intéressante qui va avoir lieu » (il jeta un coup d'œil à l'horloge) « dans environ une demi-heure. M. James H. Haggerdy vient me faire une proposition de Gunther and Co. Cela va vous intéresser."

"Merci", dit simplement Bojo.

"Maintenant, voici la situation en un mot. Si je pouvais survivre à cette dépression pendant un an, six mois, ou s'il n'y avait pas eu de dépression, mais en temps normal, je serais capable de conclure un accord et de dégager plus de cent millions. — J'ai joué gros. C'était en moi — le destin — je devais couler ou nager sur un gros enjeu. Si j'avais gagné, j'aurais été parmi les rois du pays. C'est ce que je voulais — pas de l'argent " J'ai le poker dans le sang. Cependant. Voici le cas : j'ai gagné de l'argent, comme vous le savez, beaucoup d'argent. Ma valeur était considérable après le lancement des fonderies d'Indiana. Je valais dix millions de plus lorsque j'avais revendu Pittsburgh et la Nouvelle-Orléans. C'était la crise. Je voulais me joindre à la foule intérieure - pas simplement être un boucanier, car c'est à peu près ce que j'avais été. C'est pourquoi ils ont racheté leur ancien chemin de fer. J'ai été classé comme un dangereux "Je l'étais. Ainsi, tout homme est dangereux jusqu'à ce qu'il obtienne ce qu'il veut. Je suis allé voir Gunther et j'ai posé cartes sur table. Gunther est un grand homme, le seul homme à qui je l'aurais fait, mais il a un défaut. - il peut détester. Le maître idéal ne devrait avoir ni amis ni ennemis. J'ai dit à Gunther :

"'Gunther, parlons franchement. Je veux entrer sur le terrain - à votre niveau - vous savez ce que cela signifie. Votre parole et moi serons satisfaits. Suis-je encore assez grand ? Voulez-vous que je sois à l'intérieur ou à l'extérieur des parapets ? Dire le mot.'

"Il était assis là, souriant, écoutant, regardant par la fenêtre.

"'Je sais que ce que je demande est une grande chose, oublier ce que je t'ai coûté. C'est beaucoup demander. Mais tu es assez grand pour voir au-delà. Dis le mot et je suis à toi, à *travers* à partir de maintenant, contre vents et marées, et je vais vous présenter maintenant une campagne aussi grande que tout ce que vous avez mené jusqu'à présent. Tout ce que je veux, c'est votre parole : est-ce la paix ou la guerre ! »

"C'est là qu'il jouait au carré.

"'Je n'oublie pas facilement', a-t-il déclaré.

"'Alors c'est la réponse ?' J'ai dit.

"Il acquiesca.

"'Je suis désolé. Je suis venu vers toi parce que tu es le seul homme ici que je suis prêt à admirer", dis-je, car je savais que cela ne servait à rien, mais en sortant, j'ai rebondi. dans un dernier plan : "Dans un an, je vais vous faire la même offre, et quand je le ferai, j'emporterai quelques armes supplémentaires."

"Je suis sorti et je me suis mis au travail. En fait, j'avais déjà commencé. Je suis entré avec Majendie de l'Atlantic Trust, Ryerson du Columbian et Dryser du Seaboard Trust. J'ai acheté mon entrée. Je " J'avais mon mot à dire dans les institutions capables de prêter des millions avec de bonnes garanties sans avoir à esquiver une cloche pressée en ville. Ensuite, j'ai commencé avec un groupe de gens du Moyen-Occident pour me faire sentir. Il ne restait plus qu'un grand champ et c'était un On se demande combien de temps cela resterait tranquille. Ils avaient organisé leurs industries sidérurgiques et leurs chemins de fer, ils avaient éliminé ou digéré leurs concurrents, contrôlé le champ de la production et fait avancer les choses glorieusement, mais ils avaient oublié, ou presque oublié, une chose qu'ils auraient dû contrôler en premier, le fer à verser dans leurs fourneaux et le coke pour les faire fonctionner. Quand ils se sont réveillés, ils m'ont trouvé aux commandes de l'Eastern Coke and Iron Company, détenant environ quatre-vingts millions de dollars. de terres en Virginie occidentale et en Virginie dont ils devaient disposer tôt ou tard. Puis ils se sont réveillés en force. La première chose qu'ils ont faite a été de m'envoyer un message via Haggerdy pour que je quitte le Seaboard Trust et que je sois un bon petit garçon et ils m'ont laissé venir jouer. J'en ai ri, même si je savais que cela signifiait une guerre au couteau. Il y a une dizaine de semaines, j'ai eu un avant-goût de ce qu'ils pouvaient faire. Bien sûr, pour transporter ce que je transportais, j'avais besoin de grosses sommes, et j'avais de gros blocs de Eastern Coke et de fer hypothéqués non seulement parmi mes relations à la Trust Company, mais aussi dans les banques de la ville, où ils se trouvaient avec de bonnes marges. Il y a dix semaines, lorsque je suis passé chez une certaine banque pour renouveler mon prêt, on m'a dit qu'ils avaient décidé, en raison des perspectives commerciales, de la tendance à la baisse des prix, etc., de rappeler leurs prêts et de procéder à un très base conservatrice. Bien sûr, sous ce rigamarole, je savais ce qui se faisait – les ordres du quartier général – et bien plus à suivre. J'ai placé le prêt auprès de l'Atlantic Trust et j'ai attendu. La semaine dernière, nouveau refus. Cette fois, l'avertissement était un peu plus pointu. Le président lui-même a examiné avec une vive inquiétude — c'est toujours l'expression — le montant des actions Eastern C. et I. actuellement hypothéquées. Un effondrement du titre, qui était en baisse constante, pourrait sérieusement perturber les conditions financières dans tout le pays, etc. Eh bien, j'ai surmonté cela et quelques autres jusqu'à ce que j'arrive là où je suis perplexe. Une banque a le droit de décider elle-même sur quoi elle souhaite prêter de l'argent ; il peut refuser un prêt sur n'importe quel titre ou sur tous les titres proposés, et qu'allez-vous faire à ce sujet ? Les sociétés de fiducie détiennent tout ce qu'elles peuvent et, en plus, elles sont elles-mêmes mises sous pression. En fait, avec de solides propriétés qui valent aujourd'hui sur le marché entre cinquante-cinq et cinquante-sept millions, dont nous possédons soixante pour cent, il n'y a pas une banque en ville qui nous prêterait cent mille dollars. . La nouvelle s'est répandue et ceux qui sont indépendants n'osent pas. J'ai besoin de deux millions d'argent liquide d'ici après-demain, je dois absolument les avoir, et ils le savent et Haggerdy vient ici pour me surveiller, examiner mon portefeuille et dire : « Qu'avez-vous que nous voulons ! »

A ce moment, le majordome arriva avec une carte.

"Avez-vous dit que quelqu'un était ici ?" dit Drake en étudiant la carte.

"Non monsieur."

"Faites entrer M. Haggerdy quand j'appelle", dit Drake avec un signe de tête de renvoi. Il se leva et, faisant signe à Bojo, le plaça dans l'embrosine de la fenêtre, où un léger renfoncement le cachait complètement du reste de la pièce.

"Pas besoin d'un dossier ; prenez-le juste par curiosité", dit-il en retournant à son bureau.

M. James H. Haggerdy entra comme un gros animal sortant d'une cage et clignant des yeux au soleil. Il n'était pas homme à tourner autour du pot et, au cours de sa longue et variée expérience à Wall Street, on lui avait dit de nombreux noms, mais on ne l'avait jamais stigmatisé avec quoi que ce soit de mesquin, ce qui créait un certain lien de sympathie entre les deux hommes.

"Bonjour Dan !"

"Bonjour Jim !"

Haggerdy s'installa sur une chaise, refusa un cigare et dit directement :

"Eh bien, Jim, je suppose que tu sais pourquoi je suis venu."

"Bien sûr, pour emporter les meubles et l'argenterie", dit Drake en riant.

"C'est à peu près ça !" dit Haggerdy en hochant la tête avec une torsion sinistre des lèvres. Il avait le sens de l'humour, même s'il riait rarement. "Dan, ils t'ont eu."

"C'est ce qu'ils semblent penser."

"Et ils veulent vos actions Eastern C. et I.."

"C'est tout à fait évident. Vont-ils l'accepter comme cadeau ou veulent-ils que je les paie pour l'avoir pris ?" » dit Drake sombrement.

"A quoi ça sert de faire semblant", a déclaré Haggerdy. "Gunther veut les actions et va les avoir. Voulez-vous les vendre maintenant ou les céder. Vous êtes un homme sensé, Dan ; vous devriez savoir quand vous êtes battu."

"Je ne suis pas sûr d'être un homme sensé", a déclaré Drake facétieusement.

"Tout est dans le jeu. Vous ne donnez pas un coup de pied parce que vous avez été attrapé, n'est-ce pas ?" » dit Haggerdy, comme surpris.

"Non. Si j'étais à la place de Gunther, je devrais faire exactement ce qu'il fait. Très bien. Seulement, je ne suis pas sûr, Jim, il ferait ce que je fais si les conditions étaient inversées."

"Vous avez payé environ 79 pour l'action. Vous détenez un million d'actions. Le titre est aujourd'hui à 54. Nous vous rachèterons à 55. Prends-le, Dan."

"Merci pour le conseil, mais ma réponse est non."

"Pourquoi?"

"Ce titre vaudra 150 dollars dans deux ans."

"Deux ans, ce n'est pas aujourd'hui. Vous êtes confronté à des conditions." Il le regarda comme pour essayer de comprendre ses motivations. "Le vieil homme ne négocie pas quand il dit 55 ans ; il veut dire 55 ans et pas plus."

"Je sais que."

"Où allez-vous réunir deux millions de dollars cash en quarante-huit heures ? Vous voyez, nous sommes bien informés."

Drake sourit comme si c'était la chose la plus simple au monde.

« Supposons que le Clearing House refuse de dédouaner l'Atlantic Trust demain. Qu'est-ce que cela signifie ? »

"Une panique."

« Et où iraient alors votre Eastern Coke et votre fer ?

"À 40 ou 35 ans, là où vous vouliez qu'il aille, peut-être."

"Et tu ne peux pas comprendre un indice ?"

"Pas quand je sais qu'un titre qui vaut plus de cent a été poussé à la baisse exprès pour me geler."

"Tu ne parles pas de moralité, Dan ?"

"Oh non ! Vous pensez que je suis battu. Je sais que je ne le suis pas."

"Tu bluffes, Dan."

"Découvrir."

"Demain, il sera trop tard."

"Peut-être, mais si Gunther peut l'acheter à 40 ou 35, pourquoi devrait-il me payer 55 ?"

"Je pense qu'il t'aime bien, Dan," dit lentement Haggerdy.

"Non. Il veut être sûr d'obtenir le stock. Il ne veut pas se bousculer pour l'obtenir", a déclaré Drake. "Je suis surpris de t'entendre dire de telles bêtises."

Haggerdy se leva en secouant la tête de manière impressionnante.

"Une erreur, Dan… une erreur." Il attendit un moment puis joua sa dernière carte. "Bien sûr, si vous vendez cette affaire, il est entendu que Gunther vous accompagnera pour le reste. Et cela pourrait signifier la question du toit au-dessus de votre tête."

"Cela signifie un crédit à la banque – que je serai autorisé à fournir de bonnes garanties comme un membre respectable de la foule ?"

"Exprimez-le comme vous voulez, c'est tout. Gunther rachètera vos avoirs dans la Trust Company pour ce que vous avez payé pour les acheter et il vous accompagnera jusqu'au bout sur les fonderies d'Indiana - ce qui signifie quelque chose sauvé de l'épave - et, Dan, il y a un un gros fracas juste à l'horizon. »

"Je pensais que c'était la proposition", a déclaré Drake en ruminant. "Eh bien, Jim, c'est plus que jamais non."

"Pourquoi plus que jamais ?"

"Parce que dans le bon vieux anglais, cela ne signifie qu'une chose : sortir, sauver ma peau aux dépens des autres."

"Tout à fait, chacun pour soi."

"Pas avec moi. J'ai donné ma parole sur l'affaire Coke et Iron. Je vais y parvenir. Dites à Gunther que je vendrai à 80 tout ou rien, et donnez-lui vingt-quatre heures."

Haggerdy tendit la main en signe d'adieu.

"Es-tu sûr des autres gars, Dan ?" dit-il sournoisement.

"Je m'en fous de ce que les autres peuvent faire. J'ai donné ma parole et je la maintiens."

"Je suis désolé pour toi, Dan", dit Haggerdy en secouant la tête d'un air menaçant. "Téléphone-moi si tu changes d'avis."

"Merci pour vos vœux, mais ne perdez pas le sommeil, attendez", a déclaré Drake en riant.

Bojo en sortit consterné.

"Vous ne voulez pas dire que l'Atlantic Trust est en danger", s'est-il exclamé, prévoyant d'un seul coup d'œil les structures qui allaient s'effondrer.

"C'est en danger, d'accord", dit Drake d'un air maussade, "mais ils ne le feront pas – ils n'osent pas le laisser fermer – c'est impossible!"

"Et si vous ne parvenez pas à récolter deux millions ?"

Drake haussa les épaules.

"Mais il y a sûrement un moyen," s'écria Bojo, impuissant, "des amis, il doit y avoir un moyen de l'élever. Cette maison vaut sûrement le double de ça, elle n'est pas hypothéquée, n'est-ce pas ?"

"Non, c'est tout à fait clair, mais il appartient à ma femme", dit Drake, et de nouveau apparut sur son visage cette ombre de désespoir brisé que Bojo avait remarqué vingt fois.

"Mais alors… est-ce qu'elle réalise…"

"Oui, elle le sait", se dit Drake. Il était facile de voir que l'entretien avec Haggerdy l'avait profondément convaincu. " En dehors de cela, la fortune de Mme Drake s'élève à trois millions, que je lui ai donné... "

« Mais pourquoi ne lui as-tu pas dit, à elle et à ta fille – qu'ils devraient… » Soudain, il s'arrêta net, ses yeux rencontrèrent ceux de Drake et un soupçon de vérité le frappa. "Tu ne veux pas dire..."

"Ne le fais pas", dit Drake, impuissant, et pour la première fois il entrevit l'immensité de sa souffrance intérieure. La minute suivante, il avait récupéré précipitamment son masque en disant : « Ne me pose pas de questions à ce sujet, je ne peux pas, je ne dois pas vous le dire.

"Mme Drake a refusé de vous aider !" s'exclama Bojo, emporté. "Elle l'a… elle l'a fait. Je le vois à ton visage."

Drake se dirigea vers la cheminée et baissa les yeux. Il hocha alors la tête comme s'il se parlait à lui-même.

"Oui, ma femme pourrait me venir en aide. J'ai été obligé de le lui demander. Elle ne le fera pas. Je vis dans un paradis pour les imbéciles. C'est ça qui fait mal !"

CHAPITRE XXVII

LE SCHÉMA DE PATSIE

Lorsque Bojo rentra chez lui après une brève interview volée avec Patsie, il avait du mal à croire ce dont il avait lui-même été témoin. Il semblait incroyable que toute cette magnificence et ce luxe puissent se dissiper en une nuit, et qu'ils puissent dépendre de l'hésitation d'une heure dans un échange insensé. Mais plus profond encore que le sentiment d'un désastre imminent – dont il ne parvenait même pas à se rendre compte – était la révélation de la véritable situation dans la maison Drake. Sans dire à Patsie l'étendue du danger que courait son père, il avait raconté que Drake avait demandé de l'aide à sa femme et que celle-ci avait refusé. Puis Patsie avait raconté, d'une manière brisée, comment elle avait plaidé auprès de sa mère et cherché en vain à lui faire comprendre la véritable gravité de la situation, le péril de son père et son besoin immédiat. Aux supplications et aux remontrances, Mme Drake restait sourde, s'abritant derrière une réponse invariable. Pourquoi devrait-elle dépenser de l'argent après de l'argent ? Qu'y gagnerait-il ? S'il avait dilapidé la fortune familiale, raison de plus pour elle de sauver ce qu'elle possédait. Le pire était que Dolly était à l'étranger et que Doris et son mari naviguaient au large de Palm Beach et que le télégramme qu'ils envoyaient risquait de ne pas leur parvenir à temps.

Le lendemain matin, Bojo attendit par intermittence l'ouverture de la Bourse, les souvenirs redoutés des prophéties de Haggerdy lui trottant dans la tête. Cela le ramenait à l'époque où il faisait lui-même partie du vaste tourbillon de la spéculation. Il déjeunait, un œil sur l'horloge, attendant que les aiguilles avancent jusqu'à l'heure fatale de dix heures. À cette heure cinq minutes, il traversait fébrilement le chemin vers le téléscripteur de l'hôtellerie voisine. Il avait le sentiment d'être aspiré de nouveau dans l'ancienne vie d'émotions violentes et de bouleversements théâtraux irréels. Il se souvenait de la veille de la chute de Pittsburgh et de la Nouvelle-Orléans, où il avait attendu dans les bureaux de Hauk et Flaspoller, partageant ses quartiers avec Forshay, pour endurer les dernières minutes avant la crise qui allait balayer leur fortune alors qu'un raz-de-marée anéantissait une vallée. . Il n'avait pas compris alors le rire ironique dans les yeux de Forshay, mais en revenant aux anciennes associations, il se sentit revivre avec une nouvelle compréhension poignante l'acte final de cette tragédie.

Entre le Tom Crocker de ces jours haletants et le moi ordonné qu'il avait construit au cours de ces derniers mois de discipline, semblaient s'interposer des mondes irréels.

Le groupe réuni dans la branche hôtelière de Pitt & Sanderson était indolemment intéressé plutôt qu'excité. Il s'agissait de joueurs frivoles et superficiels, de jeunes encore novices dans l'excitation du jeu et de vieillards qui ne parvenaient pas à s'arracher à leur habitude établie. Ils formaient une toute petite coterie où les différences d'âge et de richesse s'effaçaient par le lien commun du hasard quotidien. Il connaissait bien ce genre de type, le plongeur imprudent risquant des milliers de personnes sur des marges peu profondes, déterminé à tout gagner ou à tout perdre en un seul meurtre ; le vétéran rongeur, aux yeux perçants et aux poings serrés, se méfiant de nombreux échecs, qui se contentait de jouer pour une augmentation d'un demi-point et de prendre son profit instantané. Le groupe allongé l'observait avec un instant de curiosité, cherchant dans quelle catégorie placer l'intrus, que ce soit parmi la foule changeante d'absentéistes qui s'arrêtaient pour obtenir des informations momentanées ou parmi ce groupe occasionnel et pressé d'âmes perdues qui n'attendaient rien d'autre qu'un désastre complet.

Bojo a regardé la cassette avec presque le sentiment avec lequel un ivrogne réformé ferme sa main sur le verre qui avait autrefois été sa destruction. Son esprit, excité par les souvenirs de la nuit précédente, était préparé au choc. À sa grande surprise, le cortège de valeurs – Reading, Union Pacific, Amalgamated Copper, Northern Pacific – n'a montré que des déclins fractionnaires. La rupture dont il était témoin ne s'est pas produite. Il a attendu un quart d'heure, une demi-heure, une heure. Le marché est resté faible mais lourd.

"Rien à faire", dit-il en se tournant vers son voisin, un oiseau financier du type plutôt cheval, grisonné et chauve.

"Tu fais court ?"

"Je n'ai pas encore pris ma décision. Qu'en penses-tu ?" dit-il pour attirer l'autre.

"Pense?" » dit l'autre avec l'enthousiasme de la conviction du joueur. "Seigneur, il n'y a qu'une chose à penser. Ce marché a touché le fond il y a deux semaines. Quand il commencera à monter, regardez les choses s'emballer."

"Tu penses?" » dit Bojo avec cette tendance instinctive à chercher l'espoir dans la moindre paille qui est la partie la plus étrange de toutes les étranges connaissances du moment qu'engendre la spéculation. Il a dû écouter pendant cinq minutes des discours passionnés, entendre toutes les raisons racontées pour lesquelles la longue dépression n'était que psychologique et un tournant vers le haut une certitude. Il s'éclipsa aussitôt, plutôt soulagé de cette confiance d'un prophète superficiel, et lorsqu'il rencontra Patsie sur rendez-vous, la nouvelle qu'il lui apporta dissipa les sentiments d'appréhension dont elle souffrait la semaine dernière.

"Après tout, nous avons peut-être été un peu paniqués", dit-il avec une nouvelle impression de gaieté. "Souviens-toi d'une chose, ton père connaît ce jeu et quand il dit que le grand groupe n'a pas l'intention de paniquer, parce qu'eux-mêmes ont trop à perdre, Patsie, il doit savoir de quoi il parle."

"Si seulement Doris était là", dit-elle, son instinct de femme n'étant pas convaincu.

"Vous avez envoyé le télégramme ?"

"Hier soir. J'aurais dû avoir la réponse ce matin. C'est ce qui m'inquiète. Peut-être qu'elle ne leur parviendra pas à temps et même si elle arrive, il leur faudra plus de deux jours avant de pouvoir rentrer."

"Cela aiderait beaucoup", a-t-il admis. L'idée de demander de l'aide à Doris après ce qui s'était passé était une perspective devant laquelle il répugnait, mais il était résolu à ne rien reculer, prêt à sacrifier sa fierté ne serait-ce que pour obtenir l'aide que, connaissant leurs relations, il savait que Boskirk pouvait apporter. le financier en péril.

"Au moins, je ferai ce que je peux", dit-elle en secouant la tête avec détermination.

Il la regarda d'un air dubitatif. "J'ai bien peur, Patsie, que quelques centaines de milliers ne vous aideront pas beaucoup, mais si votre décision est prise."

"C'est inventé."

"Très bien, quelle adresse dois-je leur donner ?" Il se pencha en avant et répéta le numéro.

Vingt minutes plus tard, ils étaient dans le bureau de Swift et Carlson, dans la pièce intérieure, en train de parler à l'associé principal. Thaddeus C. Swift était l'un des innombrables agents par l'intermédiaire desquels Daniel Drake opérait pour placer ses entreprises les plus sérieuses, de l'ancienne génération de Wall Street, conservatrice, apparemment insensible à la marée tourbillonnante de jeunes hommes stridents qui se déchaînaient autour de lui. Il connaissait Patsie depuis son enfance et la recevait comme sa propre fille, avec peut-être un regard interrogateur et interrogateur sur le jeune homme qui attendait un peu mal à l'aise à l'arrière-plan. Patsie a ouvert la conversation directement sans la moindre hésitation.

"M. Swift," dit-elle impérieusement, "vous devez me donner votre parole que vous garderez ma confiance." Et comme cela faisait que le vieux monsieur la regardait d'un air effrayé, elle ajouta avec insistance : « Vous ne devez pas dire un mot de ma venue ici ni de ce que je vous demanderai de faire. Promis.

"Ça a l'air assez terrible", dit M. Swift, souriant avec indulgence. Dans son esprit, il décida que cette visite signifiait une demande de quelques centaines de dollars pour une fantaisie de jeune fille. "Eh bien, comment dois-je jurer ? Traverser mon cœur et tout ce genre de choses ?"

"M. Swift, je suis sérieux, terriblement sérieux," tapant du pied avec agacement, "et s'il vous plaît, ne me traitez pas comme un enfant."

Il comprit que l'affaire était d'une certaine importance et, flairant peut-être des complications, il se retira dans une attitude défensive.

"Supposons que vous me disiez un peu ce que vous attendez de moi", dit-il prudemment, "avant que je fasse une telle promesse."

Patsie, qui, pour ses raisons, ne voulait pas que son père ait le moindre soupçon de cette visite, hésita, regarda tour à tour M. Swift et Bojo, et se détourna nerveusement, cherchant une nouvelle méthode pour parvenir à ses fins.

"Mlle Drake vient vous voir en tant que cliente", dit Bojo, décidant de parler, "pour vous consulter sur ses intérêts. Tant qu'il s'agit de ses affaires, il semble tout à fait naturel, n'est-ce pas, que vous deviez garder sa confiance ? »

"Eh, quoi ?" dit M. Swift en fronçant les sourcils. Il parut se répéter la question et répondit à contrecœur : " Bien sûr, bien sûr, ça va, c'est vrai. Si c'est seulement pour me consulter sur vos affaires... "

"'Votre promesse. Personne ne doit savoir ce que je fais'"

"C'est absolument cela", dit Patsie précipitamment. Elle se tenait à côté de lui, lui tendant obstinément la main. "Votre promesse. Personne ne doit savoir ce que je fais."

M. Swift fit une réserve mentale et hocha la tête. Les trois s'assirent.

"Combien ai-je déposé en actions et obligations sur mon compte ?" » a demandé Patsie.

"Voulez-vous une liste?" dit M. Swift, se préparant à appuyer sur un bouton.

"Non, non, pas maintenant ; seulement la valeur, d'une manière générale."

"Bien sûr", a déclaré M. Swift, en mettant ses doigts dans une cage et en regardant par-dessus leurs têtes jusqu'aux profondeurs du plafond, "bien sûr, cela dépend quelque peu de l'état du marché. Même si ce que vous avez est le meilleur des titres, , comme vous devez le savoir, même les meilleurs n'apporteront pas aujourd'hui ce qu'ils apporteraient il y a un an. »

"Oui, mais de manière générale", a-t-elle insisté.

« D'une manière générale, dit-il prudemment, je dois dire que ce que vous possédez représenterait un capital de 500 000 $ à 510 000 $. Peut-être, dans des conditions favorables, un peu plus.

Patsie et Bojo le regardèrent avec étonnement.

"Vous avez dit 500 000 $?" dit-elle incrédule.

Il acquiesca.

"Tu penses à Doris", dit-elle, perplexe.

"Pas du tout. C'est approximativement la valeur de votre avoir. Votre père a déposé chez moi des titres d'une valeur de 260 000 $ à votre majorité en janvier dernier."

"Oui, oui; je le sais, mais—"

"Et des titres d'une valeur nominale de 250 000 $ à l'occasion du mariage de votre sœur."

"Il a fait ça ?" s'exclama Patsie, le cœur dans la gorge ; "Il a vraiment fait ça ?" Ses yeux se remplirent de larmes et elle se détourna précipitamment avec une émotion tout à fait inexplicable pour le plus âgé. Bojo lui-même était très ému à la pensée de la façon dont le père, face à un conflit suprême, avait été prêt à risquer ses réserves pour assurer l'avenir de ses filles.

Patsie revint, son émotion dans une certaine mesure contrôlée. Elle posa la main sur l'épaule de M. Swift, qui continuait à la regarder sans comprendre.

"Je sais que vous ne comprenez pas ; vous le comprendrez plus tard. M. Swift, je veux que vous vendiez chacun de mes titres, maintenant, immédiatement. Je veux que tout soit en espèces."

M. Swift la regarda comme s'il avait vu un fantôme, puis rapidement vers Bojo. Dans son esprit se dessinait peut-être une idée fantastique de fugue. Peut-être Patsie a-t-elle deviné quelque chose, car elle rougit légèrement et dit :

"Mon père en a besoin. Je veux le lui donner."

Ses paroles clarifièrent l'atmosphère, même si elles laissèrent M. Swift obstinément déterminé.

"Mais, Patsie," dit-il, comme un père le ferait à son enfant, "c'est une bombe. Je ne peux pas vous permettre, sous ma propre responsabilité, de faire une chose pareille sur un coup de tête. Vous ne devriez pas me le demander. Comment faire tu sais que ton père est dans le besoin ? Il ne t'a pas envoyé ici ?

"Non, non, jamais. Ne le connaissez-vous pas mieux que cela ? S'il le savait, il ne le permettrait jamais. C'est là toute la difficulté, ne voyez-vous pas ? Il ne doit jamais le savoir et vous devez vous arranger d'une manière ou d'une autre pour qu'il je ne devinerai jamais que cela vient de moi. »

M. Swift la regarda complètement étonné. Enfin il se tourna et, s'adressant à Bojo, dit :

" Vous êtes dans la confiance de Miss Drake ? Si c'est le cas, vous pourrez peut-être m'aider. Est-ce qu'elle sait ce qu'elle fait, et est-il possible qu'elle ait une raison valable de croire que son père puisse avoir besoin d'une telle aide ? " une aide héroïque comme celle-ci ?

Son visage exprimait tellement d'étonnement mêlé de consternation à l'idée que Daniel Drake puisse être en difficulté que Bojo perçut pour la première fois ce qu'il aurait dû prévoir, le danger direct pour le financier dû au soupçon sur sa véritable situation qui devait provenir de la révélation des intentions de Patsie.

"M. Swift," dit-il avec une grande perturbation, "je ne sais pas si nous avons fait preuve de sagesse en vous parlant si franchement. Vous comprendrez peut-être maintenant pourquoi Miss Drake a insisté sur une promesse de secret."

"Quoi ! Daniel Drake a besoin d'argent ?" » dit M. Swift, le regardant ou plutôt à travers lui, et percevant déjà l'énorme signification de cette révélation dans ces temps bouleversés.

"Au moins, Miss Drake le croit", dit prudemment Bojo. "Elle peut exagérer la nécessité. Ce qu'elle fait, elle le fait parce qu'elle a décidé elle-même de le faire et non parce que je le lui ai conseillé ou suggéré le moins du monde. Vous êtes un trop bon ami de la famille que je connais. , monsieur, pour parler de ce qui s'est passé.

"Oh, M. Swift," dit Patsie en intervenant et en lui saisissant impulsivement la main, "vous *m'aiderez*, n'est-ce pas ?"

M. Swift la regardait d'un air vide, une centaine de pensées lui traversant l'esprit ; encore trop bouleversé par les nouvelles qu'il venait de recevoir, et qui ne pouvaient manquer d'être pleines de signification pour sa propre fortune, pour pouvoir se concentrer pour le moment sur la décision immédiate.

Patsie répéta sa demande avec une lèvre tremblante. Il sortit de son abstraction et se mit à réfléchir, arrangeant et réarrangeant devant lui une pile de lettres, enfin convaincu que la situation était de la plus haute gravité.

"Attends, attends un instant, je dois y réfléchir," dit-il lentement. "C'est une décision particulièrement grave que vous m'avez soumise. Ma chère Patsie, vous ne savez rien de ces questions ; vous êtes un enfant."

"J'ai dix-huit ans et j'ai le droit de disposer de ce qui m'appartient."

"Oui, oui, tu as le droit, mais j'ai le droit aussi de te conseiller et de te faire voir la situation telle qu'elle existe." Son attitude changea immédiatement et il dit simplement et franchement : « Puisque vous m'avez fait confiance, vous devez m'accorder toute votre confiance. Je n'en abuserai pas. Monsieur Crocker, je vois à votre manière et à votre tentative de prudence que ce Ce n'est pas une bagatelle. Savez-vous par vous-même à quel point c'est grave ? Ne me cachez rien, s'il vous plaît.

"Je ne le ferai pas", a déclaré Bojo. "Je connais mes connaissances personnelles et je pense que c'est aussi sérieux que possible."

Les deux hommes échangèrent un regard et leur regard en disait encore plus à Swift que ses paroles ne le révélaient, plus qu'il souhaitait que Patsie elle-même le soupçonne.

« Supposons que le pire soit vrai, » dit M. Swift après un moment de réflexion, « et que votre père soit en danger d'échec complet ? Je suppose simplement que ce cas extrême vous montre la difficulté de ma position. Votre père a placé ces titres sur votre compte avec la ferme intention que quoi qu'il arrive à lui, vous serez pourvu comme ses autres filles sont pourvus, et sans aucun doute sa femme sera prise en charge. Si je vous permets de le faire, même pour une question de sentiment il est possible que, dans un cas extrême, tout ce que vous possédez ainsi que tout ce que possède votre père soit effacé. Vous en rendez-vous compte ? »

"Et c'est exactement ce dont je crains qu'il puisse arriver", s'exclama-t-elle, inquiète au-delà de toute prudence par ses pressentiments.

"Et tu es prêt à prendre le risque de tout perdre ?" dit-il lentement ; "car après tout, il n'y a aucune raison pour que vous sacrifiiez ce qui vous appartient légitimement et légalement, même si votre père échouait complètement."

"Sans raison?" elle a pleuré. "Crois-tu un instant que l'argent compte pour moi alors que lui, mon père, celui qui me l'a donné, en a besoin ?"

"Mais si même cela ne le sauvera pas ?" insista-t-il en secouant la tête.

"Qu'est-ce que cela a à voir avec la question ?" dit-elle avec impatience, presque en colère. "Tout ce que j'ai, je veux qu'il l'ait. C'est tout ce qu'il y a à faire."

Il contempla un instant son visage frais et ardent, puis posa sa main sur la sienne, marmonnant quelque chose dans sa barbe que Bojo ne comprit pas, bien qu'il devinât sa révérence.

"Alors tu feras ce que je veux?" s'écria-t-elle joyeusement, devinant sa reddition.

Il hocha la tête, jeta un regard impuissant à Bojo et s'éclaircit la gorge d'une voix rauque. "Comme tu veux, ma chérie," dit-il très doucement.

"Et tu vendras tout d'un coup ?" elle a pleuré.

"Je ne peux pas le promettre", dit-il doucement. "Un tel bloc de titres ne peut pas être mis sur le marché d'un seul coup. Mais je ferai de mon mieux."

"Mais combien de temps cela prendra-t-il ?" » dit-elle consternée.

"Quatre jours, peut-être cinq."

"Mais ce sera trop tard. Il me faudra l'avoir après-demain."

"Cela impliquera un sérieux sacrifice", a-t-il déclaré.

"Qu'importe ? Je dois l'avoir demain soir."

"Tu es déterminé ?"

"Absolument."

"Il faudra donc qu'il en soit ainsi."

"Et quand cela sera fait," s'écria-t-elle joyeusement en frappant dans ses mains avec ravissement, "tu m'aideras à le lui envoyer pour qu'il ne s'en doute jamais ?"

Il hocha la tête, cédant chaque point, peut-être plus ému qu'il ne voulait le montrer.

Ils quittèrent le bureau après que Patsie eut signé l'ordre formel.

À la maison, ils trouvèrent un télégramme de Doris.

Chère Patsie, votre télégramme nous a plongés dans la plus grande anxiété. Jim et moi partons immédiatement. Je serai à New York après-demain. Courage. Nous ferons tout pour vous aider.

DORIS   .

Cette nouvelle et leur succès de la matinée leur ont infiniment redonné le moral. Il semblait que les nuages s'étaient soudainement dissipés et laissaient tout avec une promesse de soleil et de beau temps. Ils déjeunèrent presque gaiement. Mme Drake gardait toujours sa chambre et Patsie était impatiente que la journée passe et que la suivante ait la certitude que la vente était conclue. Confiante de son premier succès, elle a déclaré qu'une fois Doris de retour, elle accompagnerait sa sœur chez sa mère et lui ferait honte s'ils ne parvenaient pas à la persuader de prendre conscience de la gravité de la situation. Quand Bojo est parti, ils avaient même oublié pendant une demi-heure que des monstres comme Wall Street, les prêts et les banques pouvaient exister. La prise de conscience de la gravité des désastres humains les avait en quelque sorte laissés simples et dépourvus d'artifices ou de coquetterie les uns envers les autres. Il retrouva en elle la Patsie d'autrefois. Il comprit qu'elle l'aimait, qu'elle l'avait toujours aimé, que le léger malentendu momentanément survenu entre eux venait du long renoncement de l'été et de la jalousie passionnée d'une sœur pour l'autre. Il a tout compris, mais n'a pas profité de ses connaissances. En la quittant, il la tint un moment, les mains sur ses épaules, la regardant sérieusement dans les yeux. Devant l'intensité de son regard, elle se détourna un peu effrayée, pas tout à fait réconciliée. Déjà le sien, mais hésitant encore avant l'aveu définitif. La conscience de combien il lui était indispensable dans ces moments d'épreuve le retenait dans le mouvement impulsif vers elle. Il lui prit la main et s'inclina profondément, un peu chimérique peut-être, et s'éloigna précipitamment sans avoir confiance en lui pour parler. Dehors, il courait comme si les blocs n'étaient que des marches, balançant sa canne et fredonnant glorieusement. Il était si heureux que l'idée que quelqu'un d'autre puisse être malheureux, qu'un désastre puisse la menacer, elle ou n'importe qui qui lui appartenait, lui paraissait incroyable.

« Tout va bien se passer », se répétait-il avec assurance. "Tout, je le ressens."

Il revint à la Cour radieux et gai et habillé pour le dîner, surprenant Granning, qui entra préoccupé et anxieux, par le flux d'esprits animaux. A la vue de son bonheur contagieux, Granning le regarda avec un sourire complice.

"Eh bien, les choses ne sont pas si noires après tout, alors ?"

"Vous pariez que non !"

"Je suis content de l'entendre. Vous m'avez fait peur hier soir. Je suppose que quelque chose en plus des actions et des obligations a dû vous remonter le moral," ajouta-t-il avec méfiance avec un sage hochement de tête. "Je suis content de le voir, mon vieux. Tu es maman et sombre comme un hippopotame depuis assez longtemps."

"Ai-je?" dit Bojo en riant avec un peu de confusion. "Eh bien, je ne le serai plus. Tu es toi-même un vieil hippopotame." Il l'a mis à genoux et l'a jeté avec un vieux tacle sur le canapé, et ils se bousculaient et riaient ainsi lorsque le téléphone sonna. C'était la voix de Patsie, très faible et pitoyable.

"Avez-vous entendu ? La Clearing House a refusé d'autoriser l'Atlantic Trust. Oh, Bojo, qu'est-ce que cela signifie ?"

CHAPITRE XXVIII

UNE DERNIÈRE CHANCE

Bojo s'éloigna du téléphone avec un visage si grave que Granning le salua avec une exclamation involontaire :

"Bon Dieu, Bojo, qu'est-ce qui ne va pas ?"

"L'Atlantic Trust a fait faillite. La Clearing House a refusé de donner son accord. Vous savez ce que cela signifie."

"Mais, dis-je, vous n'êtes pas concerné. Vous êtes hors du marché depuis des mois. Je dis, vous n'aviez rien."

"Non, non," dit sombrement Bojo. Il alla s'asseoir, la tête dans les mains. "Je ne pense pas à moi. Quelqu'un d'autre. Je ne peux pas vous le dire; vous devez deviner. Tout sera probablement publié assez tôt. Par George, c'est un cropper."

"Je pense que je comprends", dit lentement Granning. Il s'assit à son tour, frappant du pied les chenets tordus de l'âtre. "L'Atlantic Trust - et un milliard - qui sait, un milliard et demi de dépôts ! À quoi diable allons-nous ? Cela va nous frapper tous : de mauvais temps !"

Bojo se leva lourdement et sortit. A peine avait-il quitté l'isolement verdoyant de la Cour pour entrer dans le conflit strident de Times Square qu'il ressentit l'inquiétude instantanée que les grands désastres transmettent instantanément à une foule métropolitaine. Des camions de journaux passaient en criant, s'arrêtant pour lancer de grands paquets des derniers figurants aux combats, se précipitant en groupes de gamins des rues qui se dispersaient, criant leur mal perçant d'une voix aiguë et propageant la contagion. Tout le monde dévorait la dernière feuille affolée, certains se précipitaient chez eux, d'autres s'arrêtaient net, fascinés pour lire jusqu'au bout. Il en acheta un autre à la hâte à un vendeur de journaux strident qui le lui montra au visage. Le pire était vrai. Le grand Atlantic Trust s'était vu refuser l'autorisation. Les soupçons les plus sombres portaient sur sa solvabilité. Les noms d'autres banques, d'institutions colossales, étaient liés dans les mêmes effroyables rumeurs. Le lendemain, une douzaine de banques connaîtraient une ruée telle que la génération n'en avait pas connue. Il a hélé un taxi et s'est dépêché vers le centre-ville. Drake lui avait dit que tout dépendait de l'Atlantic Trust. Maintenant que cela avait échoué, cela signifiait-il sa ruine absolue ? Patsie l'attendait déjà alors qu'il s'arrêtait devant le grand manoir de pierre grise. Elle se jeta dans ses bras, tremblante et physiquement perturbée. Il avait peur qu'elle s'effondre complètement et commença à lui murmurer avec sollicitude à l'oreille de nombreux mots trompeurs d'espoir et de réconfort.

" Ce n'est peut-être pas si grave. Votre père... avez-vous vu votre père ? Comment savez-vous ce qu'il a fait ? Peut-être qu'il est parvenu à un accord cet après-midi. Peut-être s'est-il sauvé par quelque coup audacieux. Je le crois capable. de n'importe quoi."

Elle arrêta le flot inutile de mots en passant ses doigts sur ses lèvres.

"Oh, comme nous étions heureux cet après-midi", dit-elle, pour le moment presque effondrée. Mais aussitôt le courage spartiate qui était au fond de son caractère l'emporta. Elle se redressa, disant si doucement qu'il fut surpris :

"Bojo, nous ne devons pas nous tromper. C'est la fin, je le sais. Quoi qu'il arrive, nous devons aider immédiatement."

"Pourtant, j'ai toujours le sentiment, je n'y peux rien, que quelque chose s'est peut-être produit. Il a peut-être été capable de faire quelque chose aujourd'hui."

"J'aimerais pouvoir ressentir cela", dit-elle tristement.

La main toujours dans la sienne, elle la conduisit vers la grande bibliothèque, qui semblait une région de choses mystifiantes et sombres, éclairée uniquement par les lumières des lampes de bureau.

"Tout ce que nous pouvons faire, c'est attendre", a-t-elle déclaré.

"As-tu vu ta mère ?" dit-il enfin.

Elle secoua la tête. "C'est inutile. Je n'ai aucune influence sur elle. Doris peut-être, ou le mari de Doris ; elle pourrait faire quelque chose par peur de ce que les autres pourraient penser d'elle, mais elle ne le ferait pas à ma place."

"Je ne comprends pas du tout", dit-il en secouant la tête.

"Je peux," dit-elle doucement. "Ma mère ne l'aime pas. Elle ne l'a jamais aimé. Elle l'a épousé comme Doris et Dolly se sont mariés, pour de l'argent, pour une position."

"Mais même alors-"

"Oui, même alors," reprit-elle avec un rire qui contenait des larmes. " Ne penseriez-vous pas que, pour le bien du nom et de l'honneur de sa famille, par simple simple gratitude ordinaire pour ce qui lui a été donné, elle se séparerait de la moitié, voire du tiers de sa fortune ? Mais vous ne connaissez pas mon mère. Quand elle aura pris sa décision, rien ne pourra jamais la changer.

"Espérons que vous vous trompez."

Elle rit encore et commença à marcher de long en large, les mains serrées, essayant de trouver une issue.

"Pauvre papa, juste au moment où il a besoin de tout son courage pour continuer à se battre ! Cela aussi l'a brisé. C'est le seul coup dont il n'a pas pu se remettre."

Le majordome entra à ce moment, annonçant le dîner.

"Non, non, pas pour moi", dit-elle. "Je ne pourrais pas ; mais toi, peut-être ?"

"Non, pas avant que ton père revienne."

Le majordome est sorti. Bojo lui tendit la main en disant : « Viens ici, assieds-toi à côté de moi. Épuisée par la tension des émotions, elle obéit tranquillement. Elle vint s'asseoir sur le canapé à côté de lui, le regarda un instant dans les yeux, y vit la profondeur de la tendresse et de la sympathie et, avec un sourire fatigué et fugitif, posa sa tête sur son épaule avec gratitude.

Il était presque onze heures lorsque Drake entra avec lassitude. Ils étaient épuisés par la longue tension de leur veillée, attendant le moindre bruit qui annoncerait son arrivée, mais à son entrée ils se levèrent, vibrants d'alerte. Un simple coup d'œil à Drake, au regard traqué et harcelé sur son front révéla à Bojo que le pire était arrivé. Patsie s'approcha courageusement de son père avec un sourire constant qui ne faiblit jamais et lui passa les bras autour du cou.

"Plutôt mauvais, n'est-ce pas, papa ?" dit-elle.

Il hocha la tête, incapable pour le moment de parler.

"Je suis vraiment désolé. Qu'à cela ne tienne, même si nous devons commencer par le bas, nous gagnerons à nouveau."

Bojo s'était approché et avait pris sa main libre, cherchant anxieusement la réponse dans ses yeux.

"Je suppose que le jeu est terminé", dit enfin Drake. "Il n'y a qu'une seule chance, et même si j'ai juré de ne jamais le faire..." il s'arrêta un instant, passant sa main sur les boucles dorées de Patsie, "Je suppose que je vais devoir ravaler ma fierté", dit-il.

"Tu vas vers elle", dit la fille en frissonnant.

"Encore une fois," dit-il sombrement.

La quittant, il se dirigea vers la petite table près du bureau et se servit un verre bien fort.

" Ouf, quelle journée ! Encore deux heures et j'aurais peut-être pu m'en sortir ; je pensais que j'avais tout réglé, mais ce gâchis du Clearing House a mis fin à tout ça ! Vous ne pouvez pas vendre des œufs à des hommes à cinq cents pièce quand ils savent le faire. - demain, ils pourront avoir la même chose à trois cents.

Il essaya de sourire, mais en fin de compte, Bojo était alarmé de voir le désordre physique et moral qui l'avait envahi depuis hier. Malgré la détermination de Drake à adopter une attitude stoïque, il ressentait l'amertume mordante et la révolte qui lui rongeaient l'âme.

Patsie voulait qu'il s'assoie pour se reposer un moment, pour qu'on lui apporte quelque chose, ne serait-ce qu'un morceau, mais il refusa distraitement.

"Non, non, je dois en finir. Je dois savoir où j'en suis."

Il retarda cependant son départ, visiblement révolté contre le rôle qu'il avait décidé de jouer.

"Ta mère est à la maison ?" dit-il brusquement.

"Elle est à la maison, dans sa chambre", a déclaré Patsie.

Il fit un dernier tour avant de se décider enfin, puis il leur fit un bref geste de la main en disant :

"Attendez."

L'instant d'après, il sortit, non pas avec sa vieille démarche habituelle, mais d'un pas en retard, comme s'il était déjà convaincu de la futilité de sa mission.

« Il le fait pour ses filles », pensa Bojo ; "seulement cela le rendrait si humble." Il sentait avec un peu de regret qu'il avait jugé Drake assez durement, car dans ces dernières interviews, il lui avait parfois semblé qu'il y avait une absence de cette enjouement que, dans son esprit, il aurait aimé associer à la figure romantique de le manipulateur. Maintenant que les secrets de la maison lui étaient dévoilés, il ressentait fortement la vulnérabilité intérieure de tels hommes. Capables extérieurement de défier les grands tournants de la fortune et de présenter un front souriant à l'adversité, mais incapables de résister au coup mortel qui frappe les régions vitales de leurs sentiments et de leurs affections. Aussi implacable qu'il ait été, ne donnant ni ne demandant quartier dans ses luttes avec les siens, Bojo réalisa enfin la tendresse et l'orgueil équivalant presque à une faiblesse avec lesquels il idolâtrait les siens. Ce qu'il avait vu agir dans l'âme de l'homme au cours de cette dernière demi-heure lui faisait ressentir bien plus que la simple ruine de ses biens matériels. Le moment était trop tendu pour être décrit, le problème trop énorme. Ils étaient assis côte à côte, sa main sur la sienne, regardant devant eux, attendant.

Dix minutes, une demi-heure s'écoulèrent sans un bruit. Il imaginait à quels arguments et à quelles supplications devait recourir le père désespéré, essayant, par son inexpérience, de se représenter le drame d'une de ces scènes domestiques qui passent inaperçues.

Patsie l'entendit en premier. Elle se releva d'un bond en inspirant brusquement. Il se releva moins précipitamment, entendant enfin le bruit de pas qui revenaient. L'instant d'après, Drake entra dans la pièce et regarda les deux silhouettes dressées du jeune homme et de la jeune fille. Puis il essaya de sourire et n'y parvint pas. Son instinct devina à l'instant ce qui s'était passé. Elle s'approcha rapidement de lui et passa ses bras autour de ses épaules comme pour le soutenir.

"Peu importe, papa," dit-elle courageusement. "Ne vous en souciez pas, l'argent n'est pas tout dans ce monde. Quoi qu'il arrive, vous m'avez."

CHAPITRE XXIX

LE DÉLUGE

Le lendemain, le déluge éclata.

En quittant Patsie et son père, il avait parcouru l'avenue dans le vain espoir que son père serait en ville, espérant le retrouver à son hôtel. En chemin, à sa grande surprise, il aperçut une longue file de formes curieuses s'étendant le long du trottoir. En s'approchant, il aperçut une file d'hommes et de femmes, certains debout, d'autres assis, campant pour la nuit. Puis il remarqua surtout les grandes colonnes blanches de l'Atlantic Trust et comprit que c'étaient les premiers avant-postes effrayés de l'armée du désespoir et de la panique qui viendrait le lendemain faire irruption aux portes. Au matin, une douzaine de banques dispersées dans la ville étaient assiégées par des hordes effrénées de déposants, une douzaine d'autres se préparant en toute hâte à faire face à la marée imminente de mauvaises rumeurs et de désastres.

Avec l'ouverture de la Bourse, les ravages ont commencé, car avec la menace d'effondrement de gigantesques systèmes bancaires, les commandes affluaient de tout le pays pour vendre à tout prix. Dans les heures folles qui suivirent, les avoirs furent lancés sur le marché en quantités telles que la machinerie de la Bourse fut momentanément paralysée. Les actions se vendaient à une demi-douzaine de chiffres simultanément, jusqu'à ce qu'il devienne une impossibilité humaine pour les courtiers frénétiques de répondre aux demandes qui affluaient sur eux de vendre à n'importe quel prix. Toute rumeur était crue et criée avec frénésie : des curateurs devaient être nommés pour une douzaine d'institutions : l'enquête du Surintendant de l'État révélait d'incroyables détournements et détournements de fonds. Des actes d'accusation devaient être rendus contre les hommes les plus éminents du monde financier, et à la fin de la journée, aux fabrications les plus folles de l'imagination survenait l'horreur suprême des faits. Majendie, le président de l'Atlantic Trust, était mort, tué de sa propre main. Mais ce qui s'est passé aujourd'hui ne serait rien demain.

À la demande frénétique de Patsie, Bojo descendit en fin de matinée voir M. Swift. Il dut attendre près d'une heure dans les bureaux extérieurs, regardant des hommes essoufflés et affolés, des hommes de cinquante et soixante ans aussi affolés que des jeunes de vingt-cinq ans, brisés sous la tension de leur première connaissance d'une ruine écrasante, d'une masse convulsive aveugle. entrer et sortir. Alors une porte s'ouvrit et un secrétaire le fit entrer. M. Swift le reçut avec une poignée de main agitée, et appréciant les précieuses secondes, sans attendre ses questions, éclata :

"M. Crocker, il m'est absolument humainement impossible de faire ce que Miss Drake a demandé. Nous avons disposé hier de plus de quarante mille dollars. Vendre maintenant serait un massacre financier auquel je ne donnerai tout simplement pas ma permission. De plus, tout cela est très c'est bien de parler de vente, mais qui va acheter ? »

"Si vous ne pouvez pas vendre", dit Bojo d'un ton sombre, "Miss Drake aimerait savoir ce que vous pourriez lever sur ses avoirs en guise de garantie."

« Elle veut savoir ? » dit M. Swift, nerveux avec l'angoisse de vingt opérations à sauvegarder, « Je vais vous le dire. Pas cent mille dollars, ni dix mille. Il n'y a pas une institution qui oserait affaiblir sa trésorerie pour -jour sur toute garantie offerte. M. Crocker, dites pour moi que je refuse absolument et complètement d'offrir une seule sécurité. Une porte s'ouvrit et derrière le secrétaire on voyait déjà les visages de deux nouveaux visiteurs. M. Swift, sans cérémonie, lui saisit la main et le renvoya. "C'est impossible, c'est tout ; c'est impossible."

Bojo est sorti et a téléphoné au résultat. Il a même essayé, même s'il connaissait la futilité de sa tentative, de contracter un prêt auprès de deux banques où il était connu, l'une la sienne et l'autre le dépositaire de Crocker Mills. Au début, il n'allait pas plus loin qu'un subordonné, qui levait les mains à la première mention de son projet. Il eut alors l'occasion d'exposer sa demande au vice-président, qui le connaissait depuis son enfance. Le refus fut tout aussi instantané. Les banques ne venaient en aide à personne, craignant pour leur propre sécurité. Il a même tenté d'appeler son père sur une longue distance, mais après de longues et fastidieuses attentes, il n'a pas réussi à le localiser. Ce qu'il lui aurait demandé, il ne le savait pas très bien, seulement qu'il cherchait frénétiquement un moyen, une voie, pour venir en aide à la jeune fille qu'il aimait, même si au fond il connaissait la futilité de sa tentative ; peut-être même malgré son admiration pour son altruisme, heureux que le sacrifice n'ait pas pu être fait. Il monta plus tard dans l'après-midi pour lui expliquer tout ce qu'il avait essayé de faire, pour qu'elle remonte un peu la rivière afin de prendre un peu de repos et de calme, mais Patsie refusa obstinément. Elle craignait qu'à tout moment son père ne revienne la chercher, lui déclarant qu'elle devait être prête à aller vers lui. Peut-être avait-elle des craintes qu'elle ne lui exprimait même pas, mais elle restait comme elle était restée toute la journée, attendant fébrilement. Drake n'est revenu que bien après minuit. Ensuite, des conférences devaient avoir lieu dans sa bibliothèque jusque tard dans la grisaille du matin. Tout semblait sens dessus dessous. La nuit était comme le jour. À chaque heure, une automobile bruissait, un coup de cloche précipité suivi d'un passage fantomatique et fugitif dans la bibliothèque de personnages étranges et pressés. Drake n'était plus l'homme abattu et résigné, brisé dans son orgueil et son courage, de la nuit précédente. Il les mit de côté à la hâte avec un câlin rapide et convulsif pour sa fille et une poignée de main de bienvenue pour Bojo. Il ne disait rien et ils ne pouvaient rien deviner de tous les remèdes désespérés qui étaient discutés et mis en œuvre lors de la conférence changeante au sein de la bibliothèque. Il était plus de quatre heures lorsque Bojo partit, après avoir persuadé Patsie de l'inutilité d'une nouvelle veillée. Il se sentait trop éveillé et tremblant pour avoir besoin de dormir. Il descendit l'avenue et, dans la grisaille convalescente de l'aube faible et maladive, croisa les files croissantes de déposants toujours obstinément accrochés à leur poste, ayant l'impression de parcourir un monde de cauchemars et d'alarmes. Vers sept heures, il revint à la Cour pour prendre un bain et une tasse de café. Là, il reçut des nouvelles de Fred DeLancy, qui était venu frénétiquement la nuit précédente mendier des prêts pour sauvegarder ses marges en voie de disparition. Ni Marsh ni Granning n'avaient pu lui venir en aide et il était parti complètement déconcerté, jurant qu'il serait anéanti s'il ne parvenait pas à réunir seulement dix mille dollars avant le lendemain. Bojo secoua la tête. Il n'avait aucune envie de l'aider. Les quelques milliers qui lui restaient lui semblaient quelque chose de miraculeusement solide et précieux dans l'évaporation tourbillonnante des valeurs fictives. Il ne pouvait rien faire avant l'arrivée de Doris et de son mari, si quelque chose pouvait être fait à ce moment-là. Il redescendit à Wall Street par pure curiosité et entra dans la galerie des spectateurs de la Bourse. La panique était devenue un délire. Il se tenait penché par-dessus la balustrade, contemplant profondément cette frénésie qui avait autrefois été sa vie. Retiré de son péril – en le jugeant. Ce qu'il a vu était laid à regarder. Quelques personnages se sont démarqués, sombres, joueurs et provocateurs jusqu'au bout, affrontant la crise comme des sportifs face à la dernière chance. Mais pour le reste, l'élément humain semblait avoir disparu dans la folie animale des bêtes piégées en attente de destruction. Ces groupes d'hommes changeants, en lutte, en lutte, hurlants et rauques, toutes forces jetées aux vents, luttant pour le dernier échelon disparu de la sécurité financière, lui donnèrent un dernier dégoût de la vie à laquelle il avait renoncé. Il sortit et croisa un autre groupe de sauvages hurlants sur le trottoir, ressentant tout d'un coup la note aiguë de tragédie qui réside dans la manifestation de la rage oblitérante d'un grand peuple se débarrassant enfin de toute la horde superficielle de petits parasites éliminés par le pouvoir. force purificatrice d'une grande panique.

Doris est arrivée en fin d'après-midi et il y a eu une consultation familiale à laquelle il n'était pas présent. Tout ce qui aurait pu être fait la semaine précédant la décision de la question. Le sort de Drake était entre les mains de Gunther, chez qui il avait été convoqué cette nuit-là pour connaître les conditions qui lui seraient accordées par le groupe de dirigeants financiers qui avait été organisé à la hâte pour sauver le pays de la convulsion qui menaçait maintenant de l'écraser. chaque industrie et chaque institution.

A minuit, Drake revint homme ruiné, dépouillé de tout ce qu'il possédait, en faillite. Seuls Patsie et Bojo étaient là quand il entra. Un certain calme semblait avoir remplacé l'activité fébrile contre nature des dernières quarante-huit heures, le calme de la défaite acceptée, la fin des espoirs, la certitude de l'échec.

"C'est fini", dit-il avec un signe de tête de reconnaissance. "Ils m'ont eu. J'ai plutôt faim, mangeons quelque chose."

"Qu'est-ce que tu veux dire par c'est fini ?" dit Patsie en s'approchant de lui. "Tu as perdu?" Il acquiesca. "Combien?"

"Dépouillé."

"Tu veux dire qu'il ne reste plus rien, pas un centime ?"

Pour la première fois, le vieux regard traqué revint dans ses yeux. "C'est pire que ça", dit-il. "C'est ce qu'il faut réparer. Ton papa est en faillite, Patsie, avec un million et demi de moins."

"Tu dois ça?"

"Assez proche."

"Mais que vas-tu faire ? Ils ne peuvent pas te mettre en prison."

"Oh, non," dit-il sombrement, "il n'y a pas de quoi avoir honte là-dedans ; du moins, jusqu'à présent." Il s'arrêta un instant et, en l'observant attentivement, ils devinèrent tous deux qu'il pensait à sa femme. "Si le pire devait arriver", a-t-il ajouté d'un air maussade, "je dois trouver un moyen de payer tout cela, chaque centime."

"Mais, M. Drake," dit Bojo précipitamment, "il n'y a sûrement aucune raison pour que vous ressentiez cela. D'autres ont connu le malheur, ont été contraints à la faillite. Tout le monde saura qu'on ne pouvait rien y faire, que les conditions étaient contre toi, que tu y as été forcé.

"Et tout le monde", dit-il rapidement, s'exprimant sans réserve pour la première fois, "dira que Dan Drake savait échouer au bon moment et de la bonne manière." Il fit un geste de la main, comme pour indiquer la grande maison à laquelle il pensait, et ajouta avec amertume : « Que penseront-ils de cela, quand cela continuera ? Ils ne penseront qu'une chose : que j'ai travaillé de travers. , jeu de double-croisement et saler ma fortune derrière un jupon ! Par Dieu, c'est ça qui fait mal ! Il abattit son poing avec un accès de colère comme on n'en avait jamais vu chez lui auparavant et se releva tremblant et lourd. "Non, par Dieu, si j'échoue, elle ne pourra plus continuer avec ses millions." La rage qui le possédait le rendait apparemment inconscient de leur présence. "Oh, quel idiot, quel idiot aveugle et méprisable j'ai été ! Si elle vaut un centime, elle vaut quatre millions aujourd'hui, et chaque centime que j'ai gagné pour elle, je lui ai donné. Parlez de chefs d'entreprise, Aucun d'entre nous ne peut la toucher. Oh, elle sait très bien ce qu'elle a fait toutes ces années. Elle n'a pris aucun risque. Elle savait quand et comment me faire travailler. Intelligente ? Oui, elle est intelligente et aussi froids qu'ils les rendent. Sous tous ses prétextes d'être faibles et maladifs, de larmes et d'hystérie, vous ne pouvez pas la battre.

"Oh, papa, papa," dit Patsie en posant sa main sur son bras pour le calmer, "elle ne peut pas, elle ne refusera pas de te venir en aide maintenant quand il s'agit d'honneur, de notre honneur et de son honneur. . Je sais, je vous le promets, nous paierons chaque centime de ce que vous devez.

"Tu penses ? Essayez !"

"Papa," dit doucement Patsie, "J'ai 500 000 $ que tu m'as donné. Bojo et moi avons fait de notre mieux pour les vendre et récolter des fonds pour toi. Si seulement tu m'avais fait savoir plus tôt, peut-être que nous aurions pu. Chaque centime de cette somme ira. à toi. Doris aussi, je le sais, lui donnera le troisième. Nous demanderons seulement à ma mère ce que nous nous donnons. Qu'elle ne refusera pas, elle ne peut pas, elle n'osera pas. Papa, il y a une chose que tu Ne vous inquiétez pas. Nous ne laisserons personne dire un seul mot contre vous. Chaque centime que vous devez sera payé. Je vous le promets.

A la première mention de ce qu'elle avait fait, Drake se retourna et la regarda, sourd à ce qui avait suivi. Quand elle a fini, les larmes lui montaient aux yeux. Pendant un instant, il ne put contrôler sa voix.

"Tu as fait ça?" dit-il enfin. "Tu aurais fait ça ?"

"Eh bien, papa," dit-elle en souriant, "je ne pouvais rien faire d'autre."

Il la prit soudain dans ses bras et la touche de gentillesse le brisa là où tout le reste avait échoué. Bojo se détourna précipitamment pour ne pas empiéter sur le caractère sacré de la scène. Lorsqu'un long moment après, Patsie le rappela depuis la fenêtre où il se tenait, Drake semblait être devenu soudainement vieux et faible.

"Je veux que tu attendes ici, Bojo chéri," dit-elle aussi déterminée que son père semblait sans volonté ni énergie. "Je vais régler ça maintenant. Je vais voir ma mère. Ne t'inquiète pas."

Elle sortit après s'être légèrement penchée pour un dernier baiser et un contact de la main sur les faibles épaules.

Resté seul, il y eut un long silence. Finalement, Drake se leva et commença à arpenter la pièce, parlant tout seul, s'arrêtant de temps en temps avec de brusques contractions des bras, des poings serrés, pour prendre une longue inspiration et secouer la tête. Au moment où Bojo s'y attendait le moins, il s'approcha brusquement et lui dit :

"Tom, je te dis ceci, et tu peux croire que je le pense sincèrement, que ce sera le cas. Je ne prendrai pas un centime à cette enfant. Avec tout ce que j'ai fourni aux autres, elle ne restera pas dans la pauvreté. C'est je dois être ma femme qui me soutient dans tout ça." Dans son excitation, il saisit le jeune homme par le poignet pour que les doigts lui entament la chair. " Il faut que ce soit elle et seulement elle, tu comprends, sinon... " Il s'arrêta avec un regard sauvage, avec un trouble qui laissa Bojo froid d'appréhension, et soudain, comme s'il avait peur d'en dire trop, Drake laissa tomber le poignet du jeune homme . durement et alla s'asseoir en se couvrant le visage de ses mains.

«Je le pense vraiment», dit-il, et plusieurs fois il répéta la phrase comme pour lui-même.

Ils ne parlèrent plus. Bojo, assis sur le bord de sa chaise, regardait l'homme plus âgé, retournant ce qu'il avait entendu, sans oser réfléchir. Après une longue attente, une femme de ménage frappa et entra.

"M. Crocker, s'il vous plaît. Miss Drake aimerait que vous veniez dans la chambre de sa mère."

Bojo, surpris, se releva précipitamment en disant : « Très bien, tout de suite. Il se retourna, cherchant un mot d'encouragement, hésita et sortit.

Lorsqu'il entra dans le petit salon qui donnait sur les appartements privés de Mme Drake, il les trouva tous deux face à face, Patsie droite et méprisante, les yeux brillants et colériques, et sa mère, dans un peignoir enfilé à la hâte et une casquette de chambre, agrippée. une sorte de couette en dentelle bleue, enfoncée hystériquement au fond d'un grand fauteuil. Au premier coup d'œil, il devina la scène de cris et de reproches qui venait de se terminer. A son entrée, Mme Drake éclata furieusement :

" Je ne le veux pas ; je ne serai pas insulté ainsi. Monsieur Crocker, je vous demande, je vous ordonne, de quitter la pièce. Il suffit que ma fille profite de moi. Je n'aurai pas honte. devant des étrangers. »

"Verrouillez la porte", dit doucement Patsie, "et gardez la clé."

Il l'a fait et est revenu à ses côtés.

"Ne vous souciez pas de ce qu'elle dit", dit Patsie avec mépris. "Elle n'est pas malade, elle n'est pas hystérique, c'est tout faux : elle sait ce qu'elle fait."

À ces mots, Mme Drake éclata en sanglots exagérés et se recroquevilla sur la chaise, se couvrant le visage de la couverture à laquelle elle s'accrochait, sans se rendre compte du grotesque de son acte.

"Maintenant, tu vas m'écouter", dit Patsie, s'efforçant de rester calme malgré sa colère. "Vous ne me trompez pas du tout, alors autant écouter tranquillement. Je sais combien d'argent vous avez et chaque centime vous a été donné par mon père. Vous valez plus de quatre millions de dollars, Je sais que."

"Ce n'est pas vrai, c'est un mensonge", a déclaré Mme Drake en criant.

"C'est vrai", continua calmement Patsie, "et vous savez que c'est vrai. Cette maison est à vous et tout ce qu'elle contient. Voulez-vous que je vous dise exactement quelles actions et obligations vous possédez en ce moment ? Dois-je avoir mon père entre aussi et raconte-nous en détail ce qu'il t'a donné pendant toutes ces années ? Tu veux ça ? Elle attendit un moment et ajouta avec mépris : « Non, je suppose que je ce n'est pas ce que vous voulez. Je vous ai déjà demandé de l'aider à obtenir un emprunt pour lui éviter de perdre ce qu'il avait. Vous auriez pu le faire : vous avez refusé. Je vous demande de donner exactement ce que je donnerai et ce que Doris donnera, 500 000 $, afin qu'il n'y ait rien, pas le moindre reproche contre sa réputation, contre le nom que vous portez et que je porte. Le ferez-vous ou non ?

"Vous ne savez pas de quoi vous parlez", s'écria sauvagement la mère. "C'est 500 000 $ maintenant, c'est 500 000 $ demain et puis c'est tout. Vous voulez que je me ruine. Vous pensez que parce qu'il a continué à tout risquer, parce qu'il n'a jamais pu être satisfait, que je devrais souffrir aussi. Vous me voulez de me rendre pauvre. Eh bien, je ne le ferai pas. De quel droit avait-il risqué de l'argent qui ne lui appartenait pas ? De quel droit me faisais-tu des reproches, de m'insulter ?

Bojo a tenté de faire irruption dans le flot de phrases insignifiantes et répétées. Lui aussi a vu clair dans l'hypothèse de l'hystérie, protégeant derrière un manteau de faiblesse une femme froide et cupide.

"Ma chère Mme Drake," dit-il d'un ton glacial, "vous êtes fière de votre position dans la société. Laissez-moi vous dire ceci. Ne réalisez-vous pas que si votre mari échoue pour un million et demi et que vous continuez à vivre comme vous avez vécu que ce serait un scandale public ? Vous ne réalisez pas ce que les gens diront ?

"Non, je ne le fais pas", s'écria-t-elle. "Je n'admets pas de telles absurdités ridicules. Je sais que j'ai droit à ma vie, à mon existence. Je sais que ce qui est à moi est à moi. S'il a perdu de l'argent, d'autres ont perdu de l'argent de la même manière qui jouent comme lui. Ils devraient aussi assumer leurs pertes, sans s'adresser à des gens qui ne sont pas responsables, qui ne croient pas à de telles choses. Et alors à quoi cela servira-t-il " L'argent est à moi. Pourquoi jeter de l'argent après l'avoir perdu ? Je vous dis qu'il n'a jamais pensé aux devoirs et aux responsabilités envers sa famille ; je l'ai fait. Je ne m'appauvrirai pas moi-même, je n'appauvrirai pas ma famille, Je ne le ferai pas, je ne le ferai pas, et je ne serai pas harcelé et intimidé de cette manière brutale. Tu es une mauvaise fille, tu as toujours été une fille désobéissante et méchante. Tu as toujours été cette chemin vers moi dès le début. Maintenant, vous pensez que vous pouvez m'y forcer, mais vous ne le ferez pas.

"Mère", commença Patsie d'un ton pierreux, mais elle fut interrompue par un nouveau torrent de mots.

"Non, non, je ne peux pas, je ne le ferai pas, je suis malade, je suis malade depuis des jours. Veux-tu me tuer ? Je suppose que c'est ce que tu veux. Continue. Dépose-moi, fais-moi malade. Oh, mon Dieu, mon Dieu, je ne peux pas le supporter, je ne peux pas le supporter. Je ne peux pas. Appelez le médecin, le docteur ou quelqu'un. "

"Viens," dit Bojo, prenant Patsie par le bras alors que Mme Drake entrait dans le paroxysme qu'elle savait parfaitement assumé. "C'est inutile d'essayer de lui dire autre chose. Demain, peut-être que Doris et son mari auront plus d'effet."

Ils sont sortis sans même se retourner.

Patsie était dans une telle rage d'indignation, tremblante de la tête aux pieds, qu'il dut la prendre dans ses bras et la faire taire.

"Que dirons-nous à papa?" » dit-elle enfin désespérée.

"Mentir", dit-il. "Dites-lui que ce sera fait."

Mais quand ils revinrent dans la bibliothèque, Drake avait disparu. Il n'est pas revenu de la nuit. Par la suite, d'après ce qu'ils ont appris, il a dû passer la nuit à errer dans la ville.

Le lendemain matin, Mme Drake a fermé ses portes, informée par un médecin qu'elle était trop malade pour voir quelqu'un et que les voir pourrait avoir des effets désastreux. Malgré cela, ils ont forcé l'entrée et, en présence de Doris et de son mari, ont recommencé la même scène honteuse et dégradante de la nuit précédente. Rien ne pouvait ébranler Mme Drake, ni les remontrances, ni le mépris, ni les larmes. Drake revint hagard et les yeux hagards vers midi pour apprendre le résultat, qu'ils ne purent lui cacher. Il est sorti immédiatement. A cinq heures, il a été transporté à l'hôpital après avoir été renversé par un autobus. Diverses histoires sur la façon dont cela s'est produit ont circulé. La compagnie d'assurance qui souscrivait son assurance-vie a tenté en vain de prouver son suicide. Les dépositions des témoins semblaient toutes indiquer un accident. Il avait traversé la rue, avait perdu son chapeau et, en se baissant pour le ramasser, il glissa et tomba sous les roues.

La mort est survenue quelques heures plus tard.

CHAPITRE XXX

LES ANNÉES APRÈS

Lors de la liquidation des affaires de Daniel Drake, on a constaté qu'avec les sommes provenant de son assurance-vie, il restait un déficit d'un peu plus de 400 000 $. Dans cette crise, le vieil esprit loyal et généreux de Doris est revenu pour peut-être la dernière fois. Elle souhaitait assumer la totalité de la dette, mais Patsie ne voulait pas l'écouter. Elle aurait peut-être préféré, dans son dévouement au nom de son père, assumer toutes les responsabilités avec une certaine fierté farouche. Finalement, la somme fut divisée. La sœur cadette quitta la maison de sa mère et alla séjourner quelques temps chez Doris.

Il fut officiellement annoncé que la santé de Mme Drake avait été détruite par les catastrophes familiales. Elle partit peu après pour Paris, Rome et la Riviera italienne, où sa santé s'améliora rapidement et elle passa le reste de sa vie en exil avec une aversion prononcée pour tout ce qui est américain.

La panique qui a balayé le pays, ravageant aussi bien les pauvres que les riches, s'est progressivement apaisée en une longue période de dépression. Fred DeLancy a perdu chaque centime qu'il possédait et est devenu dépendant de la carrière de sa femme. Il s'est complètement retiré de la société. Quelques-uns de ses amis le voyaient à de rares moments, mais chaque fois qu'il le pouvait, il évitait de telles rencontres, car elles lui rappelaient les attentes de ses premiers jours. Le destin, qui lui avait joué plusieurs mauvais tours, lui réservait cependant une compensation. Avec l'arrivée de l'engouement pour la danse, quelques années plus tard, M. et Mme Fred DeLancy, qui furent les premiers à saisir ses possibilités, devinrent soudain la fureur de la société, et dans l'abandon des barrières qui suivit la ruée frénétique de l'ennui parmi Nos groupes les plus conservateurs, les DeLancy, ont curieusement retrouvé une certaine position sociale. L'adversité lui avait appris l'importance de gagner de l'argent. Guidé par les mains d'un de ces personnages remarquables et adroits qui suscitent et développent la popularité, l'attaché de presse Fernando Wiskin, génie de la diplomatie, l'engouement DeLancy envahit le pays. Ils avaient leur propre restaurant, avec des studios de danse attenants, et un club de danse après minuit. Ils sont apparus au cinéma, ont fait des voyages en Europe. Ils ont créé une douzaine de modes, inspiré des sculpteurs, des illustrateurs et des caricaturistes, et suscité une foule d'imitateurs, certains meilleurs et d'autres pires. Correctement encadrés, ils recevaient des honoraires pour leur instruction qu'un chirurgien pourrait envier, mais comme autrefois un joueur était toujours un joueur, ce qu'ils gagnaient miraculeusement, ils le dépensaient énormément, et malgré tous les avertissements, cela ne surprendrait personne si, avec le détournement du public inconstant d'une mode. dans un autre, les DeLancy, après avoir dépensé 50 000 dollars par an, finiraient aussi pauvres qu'ils avaient commencé.

Roscoe Marsh, durement touché par la panique, après des revers constants consécutifs à une aventure plutôt visionnaire dans le journalisme, se vit contraint de céder son journal à un syndicat organisé par son propre rédacteur en chef, un homme issu des rangs, qui avait longtemps attendu son opportunité, un Américain autodidacte du type qui envisage avec complaisance l'arrivée dans l'arène des fils de grandes fortunes avec la conviction qu'une Providence égalisatrice les a envoyés dans le monde pour être correctement tondus. Marsh, malgré ces revers, conservait encore une fortune considérable, constamment augmentée par une nombreuse famille d'oncles, de tantes et de cousins dont le seul but dans la vie semblait être de mourir aux moments opportuns. Il s'est intéressé à de nombreux mouvements radicaux, plutôt par besoin d'excitation dramatique que par amour de la publicité ou par conviction profonde. Mais au fond, il se croyait l'homme le plus sincère du monde, et il continua longtemps à croire qu'il avait une mission à accomplir.

George Granning est devenu l'un des hommes solides du commerce de l'acier. Des quatre jeunes hommes qui s'étaient rencontrés cette nuit-là sur le toit de l'Astor et avaient prophétisé leur avenir, il était le seul à exécuter son programme dans les moindres détails. Il se marie, accède à la direction des fonderies Garnett, les quitte pour devenir directeur général d'une filiale de la société sidérurgique avec un salaire dont il n'avait jamais rêvé. Il est devenu un étudiant attentif des conditions industrielles et, en dehors de sa carrière commerciale, a trouvé le temps de siéger à de nombreux conseils d'arbitrage et d'enquête industrielle. Bien que sa croissance intellectuelle ait été plus lente que celle de ses compagnons plus doués, il n'a jamais renoncé à un seul fait acquis. À trente-cinq ans, il s'élargissait constamment, constamment curieux de nouveaux intérêts. Il se lança en politique et devint de plus en plus un pouvoir dans les conseils du parti et, bien qu'il n'aspirât pas à de telles fonctions, il fut rapidement nommé à des postes de recherche et d'utilité sociale.

La panique a étendu son influence paralysante sur l'histoire des industries de la nation. Un mois après les événements relatés dans le dernier chapitre, Bojo réfléchissait encore sur sa ligne d'action lorsqu'il apprit par hasard la grave crise à laquelle étaient confrontées les usines Crocker. Sachant que son père avait besoin de lui, il n'hésita plus et, prenant le train par impulsion, un matin, il arriva au moment où son père s'asseyait pour le petit-déjeuner et lui annonça qu'il était venu pour rester.

Avant la fin de l'année, il avait épousé Patsie et s'était installé dans la petite ville industrielle pour affronter la lutte acharnée pour la survie de l'usine que son père avait si péniblement érigée. Pendant trois ans, il travailla sans répit, plus durement qu'il ne croyait qu'il était possible à un homme de travailler. Grâce à ce dévouement, Crocker Mills a résisté à la dépression financière et a émergé triomphalement avec une force supplémentaire en tant que leader et modèle parmi les communautés industrielles du monde. Malgré les sacrifices et les exigences extraordinaires imposées à ses connaissances et à sa jeunesse, il a vécu ces années comme les meilleures de sa vie, réalisant que son leadership avait son importance dans le bien-être et la croissance de milliers d'employés. Lorsque, la bataille gagnée, il partait avec sa famille à New York et dans des intérêts plus importants, il y avait des moments où il confiait à sa femme que la vie semblait privée de la moitié de son attrait. En relation avec Granning, avec qui il s'était rapproché par des liens d'amitié, il consacra de plus en plus son temps et son argent aux problèmes d'américanisation des grandes populations industrielles étrangères de ce pays avec un tel enthousiasme que plus d'un quart fut soupçonné de de croire aux idées socialistes les plus radicales.

LA FIN